WILDIS STRENG

Todesgleis

Kriminalroman

GMEINER SPANNUNG

Besuchen Sie uns im Internet:
www.gmeiner-verlag.de

Im Ehnried 5, 88605 Meßkirch
Telefon 07575/2095-0
info@gmeiner-verlag.de

1. Auflage 2016

Lektorat: Claudia Senghaas, Kirchardt
Herstellung: Mirjam Hecht
Umschlaggestaltung: U.O.R.G. Lutz Eberle, Stuttgart
unter Verwendung eines Fotos von: © carlitos / photocase.de
Druck: CPI books GmbH, Leck
Printed in Germany
ISBN 978-3-8392-1956-0

Personen und Handlung sind frei erfunden.
Ähnlichkeiten mit lebenden oder toten Personen
sind rein zufällig und nicht beabsichtigt.

Für Heiko
Ii mooch di

SONNTAG, 24. APRIL

Der Zug fuhr gegen das Ohr des Mannes. Der Mann zuckte ein wenig, nur ganz leicht, kaum wahrnehmbar. Er lag auf der Platte einer großen Anlage in Rüddern, in Hohenlohe, in der Nähe von Crailsheim. Das kleine Züglein mühte sich sichtlich gegen den wuchtigen Schädel, surrte und rumorte, musste aber schlussendlich kapitulieren, Alfons Jensens Kopf lag auf den Schienen und blieb da. Irgendwo klingelte ein Handy. Die Augenlider flatterten, immer wieder, schwangen schließlich auf. Die Augenbrauen zogen sich zusammen wie vom Schmerz verzerrt, schließlich fuhr eine Hand durch das schütter gewordene Haar, der Schädel hob sich von der Platte, und augenblicklich surrte das Züglein weiter. Der Mann tastete nach seinem Handy, das wohl in der Sakkotasche steckte, immer noch benommen, und drückte schließlich die grüne Annahmetaste. »Ja?«, sagte er und schmeckte einen schalen Geschmack im Mund.

»Alfons! Ja, wo bischn?«

Seine Frau. »In Rüddern. Ii bin eigschloofa.«

»Kummsch etz no hamm?«

»Ja.« Er legte auf und schmeckte wieder den unangenehmen Geschmack im Mund, er würde schnell seine Zähne putzen müssen. Er erhob sich, hörte, dass das Züglein immer noch surrte und stellte den Trafo ab. Dann bemerkte er diesen Gestank, der nicht vom Renovieren kommen konnte. Verdammt, jetzt hatten sie sich solche Mühe gegeben mit dem alten Kuhstall, ihn tipptopp hergerichtet, und jetzt das. Sicher war eine Ratte in den doppelten Boden gekrochen und dort verreckt. Er zog erneut sein Handy, um erst nach der Nummer des Kammerjägers zu suchen und dann einen Termin auszumachen.

Sie schwebte, da war sie sich sicher. Obwohl. Sicher war gar nichts, schon gar nicht in der Welt, in der sie sich aufhielt, seit längerer Zeit, vielleicht, solange sie denken konnte, sie wusste es nicht. Vielleicht war sie schon immer in dieser Welt gewesen, einer Zwischenwelt, in der man nur schweben konnte. Es war nicht unangenehm. Manchmal fragte sie sich, ob sie vielleicht tot war, und ob das hier der Himmel war. Aber den Himmel hatte sie sich irgendwie anders vorgestellt. Heller. Hier sah sie nicht unbedingt etwas. Aber es war nicht dunkel, nicht direkt, eher nebelverhangen. Und manchmal hörte sie Musik. Musik, die sie mochte, aber sie hatte den Namen vergessen. Überhaupt hatte sie alles vergessen, auch ihren eigenen Namen, aber sie hörte die Musik, und manchmal hatte sie das Gefühl, dass sie sich doch an etwas erinnern konnte. Aber so schnell, wie es sich einstellte, so schnell verschwand dieses Gefühl auch wieder und ließ sie zurück in dieser warmen, nebelverhangenen Welt, im Schwebezustand.

Der Mann, ein recht junger Kerl Anfang dreißig, stand inmitten des ehemaligen Stalls in Rüddern, den der MECC – der Modelleisenbahnclub Crailsheim – mit so viel Arbeit und Mühe renoviert hatte. Er hatte den liebevollen Anlagen kaum Beachtung geschenkt, was Jensen etwas geärgert hatte. Bisher hatte sich noch jeder, der diese Räumlichkeiten betreten hatte, sehr positiv geäußert. Immerhin war eine ihrer Anlagen sogar schon das Titelbild einer führenden Fachzeitschrift gewesen, worauf er wirklich stolz war. Jetzt kratzte sich der Mann am Kopf, der mit recht fettigem Haupthaar bedeckt war.

»Also, irgendwas verwest hier«, stellte er fest. »Aber ich glaub net, dass das eine Ratte ist. Ratte riecht anders.«

»Mäuse?«, schlug Jensen vor.

Der Mann schüttelte den Kopf, stellte seine arzttaschenartige Tasche ab und packte eine Art durchsichtigen Schlauch aus. Dann ging er schnüffelnd im Raum auf und ab und stellte schließlich fest: »Hier ist der Geruch am stärksten.«

»Und jetzt?«

»Muss ich ein Loch in den Boden bohren. Ist das okay?« Er stampfte prüfend auf, wie um sich zu vergewissern, dass man das Holz mit der Bohrmaschine sehr wohl durchbohren könnte.

»Bleibt ja nix, oder?«, vermutete Jensen.

Der junge Mann zuckte die Schultern und bleckte gelbliche Raucherzähne. Dann holte er aus seiner Arzttasche eine kleine Bohrmaschine, die kurze Zeit später an besagter Stelle aufheulte. Es tat Jensen in der Seele weh, als der Holzboden so schnöde zerstört wurde, aber er sagte sich, dass etwas Holzkitt den Schaden durchaus beheben würde. Der Kammerjäger pustete den feinen Holzstaub beiseite und fädelte seinen Leuchtschlauch, dessen Ende so hell strahlte wie die Solarlichterketten in

Jensens Garten bei Nacht, durch das Loch. Ein schwarz-weißes Digitaldisplay flammte auf. Eine Weile schob der Kammerjäger den Schlauch hin und her, dann zog er ihn endlich wieder heraus. »Versteh ich nicht«, meinte er, mehr zu sich selbst.

»Was denn?«

»Da unten liegen Müllsäcke. Habt ihr da etwa euren Müll entsorgt?«

Jensen zog die Augenbrauen zusammen, das konnte doch nicht sein. Das war unmöglich. »Eigentlich nicht.« »Eindeutig Müllsäcke«, beharrte der Mann und zeigte die Aufnahme, die das Display gespeichert hatte. »Unglaublich«, murmelte Jensen.

»Ich fürchte, die müssen da raus«, konstatierte der Experte. »Denn von diesen Säcken kommt der Gestank.«

Wenn Jensen gehofft hatte, dass einer seiner Clubkumpanen, der beispielsweise nebenberuflich Jäger war, auf diese unorthodoxe Weise einen streunenden Familienhund hatte entsorgen wollen, so wurde er bitter enttäuscht. Am späten Nachmittag war der harte Kern der Renovierer, allesamt Rentner und Pensionäre, erschienen. Mit finsteren Mienen setzte Hanselmann das Brecheisen an einer der Bodenplatten an, während Jensen wütend vor sich hin murmelte, das könne ja wohl nicht sein und er würde dem, der da seinen Müll abgelagert hätte, schon was husten. Die anderen schwiegen zwar, waren aber nicht weniger wütend. Irgendwann sagte Hanselmann: »Jetz hältsch amol dei Gosch!« Woraufhin Jensen auch tatsächlich verstummte. Er stemmte sich weiter gegen das Brecheisen, bewegte es hin und her, mit einiger Kraftanstrengung. Schließlich war ein Knirschen zu hören, und endlich brach mit wüstem Knarzen die Bodenplatte heraus, am Rand entstanden hässliche Splitter. Eine Wolke furchtbaren Gestanks stieg auf, begleitet von einem Schwarm riesiger, grünschillernder Fliegen, deren empörtes Summen augenblicklich die Luft erfüllte. Die Männer stöhnten angewidert und hielten sich die Hände vor den Mund. Endlich legte sich Hanselmann hin und tastete nach einem der blauen Müllsäcke. Er zog ihn über den Rand des Lochs und ließ ihn sofort wieder fallen. Denn der Müllsack war nicht dicht, sondern hatte ein Loch, ein ziemlich großes sogar. Und aus dem Loch war etwas herausgefallen. Etwas, das sie alle entsetzte. Auf dem Boden lag eine menschliche Hand. Eine Hand, die dunkellila verfärbt war. Trotzdem wussten alle sofort, wem sie gehört hatte.

»Teil N«, meinte Lisa und hielt eine Stange hoch, die von einem Zelt hätte stammen können, tatsächlich aber zum Gestänge einer Hollywoodschaukel gehörte, die sie gestern im Obi gekauft hatten. Und heute, an ihrem arbeitsfreien Sonntag, hatten sie endlich die Muße, die Schaukel zusammenzubauen. Heiko studierte mit gerunzelter Stirn die Bauanleitung und schüttelte den Kopf. »Nein, wir brauchen erst das K. Das muss zweimal da sein. Hast du das?« Lisa sichtete das Konvolut von Stangen, das sie auf der Terrasse ausgebreitet hatten. Seit sie das Haus in Tiefenbach gemietet hatten, besaßen sie auch einen Garten mit einer schönen Terrasse. Es war Lisas Idee gewesen, jetzt eine Hollywoodschaukel zu kaufen, denn wie schön wäre es, wenn man da sitzen könnte, im Spätfrühling, und sich die leichte Hohenloher Brise durchs Haar wehen lassen konnte, eine Tasse Milchkaffee in der Hand, zufrieden mit sich und der Welt. Die Rosen trieben bereits Knospen aus, Lisa wusste von letztem Jahr, dass sie lachsrosa waren und wunderbar dufteten.

»Du musst dich schon konzentrieren, sonst wird das hier nie was!«, schalt nun Heiko, ihr Freund und Kollege. »Ja, Herr Kommissar«, meinte Lisa brav und grinste. Sie strich sich eine Strähne ihres blonden Haares aus dem Gesicht und reichte Heiko schließlich die K-Stangen. »Zwei, oder?« Heiko machte »Hm«, diesmal war es zustimmend gemeint. »Hm« war nämlich die hohenlohische Universaläußerung und war je nach Intonation durchaus unterschiedlich zu interpretieren. Lisa Luft, die jetzt schon seit einiger Zeit in Hohenlohe wohnte, ursprünglich aber aus dem nordrhein-westfälischen Wesel stammte, hatte die verschiedenen »Hm« schon besser deuten gelernt. Allerdings war sie noch nicht perfekt darin. »Und jetzt brauche ich die Y-Schrauben«, meinte Heiko und hielt die beiden Stangen probeweise zusammen. Als er nach dem Inbusschlüssel griff, klingelte sein Handy.

Praktischerweise hatten sie es nicht weit. Denn Rüddern war wirklich das nächste Dorf, einen Kilometer in Richtung Triensbach, wenn man einer kleinen Landstraße entlang des Schmiedebachs folgte, die auf der linken Seite von Weiden und rechts von weitläufigen Feldern gesäumt war. Hinter einem kleinen Wäldchen lag das idyllische Dörfchen Rüddern, das aus einigen wenigen Höfen und Häusern bestand. Neu war in Rüddern die Modellbauanlage des MEC Crailsheim. Heiko hatte zwar schon davon gehört, sie allerdings noch nicht besichtigt. Und dort war die Leiche gefunden worden. Heiko parkte den schwarzlackierten BMW M3, ein Cabrio, das er allen Bedenken seines Chefs zum Trotz als Dienstwagen nutzte, am Straßenrand. Die Kommissare betraten das scheunenartige Gebäude, und sofort fiel ihnen das Loch im Holzboden auf. Neben dem Loch lag ein Müllsack, unweit davon eine einzelne, abgetrennte Hand, es stank nach Verwesung und Erbrochenem. Kein Wunder, dachte sich Heiko, da hätte sich mir auch der Magen umgedreht, wenn ich das ohne Vorwarnung gesehen hätte. Uwe, der Crailsheimer Spurensicherer, war schon eingetroffen, ebenso die Kollegen von der Haller Spurensicherung, die bei Mordfällen immer unterstützend eingriffen. Die zuständige Pathologie befand sich wiederum in Ulm, die Leiche würde also alsbald dorthin überstellt werden. Uwe, der soeben an einem der Säcke hantierte, blickte endlich auf und entdeckte sie. Er ging auf sie zu, nickte zum Gruß und meinte dann: »Der Kerl verteilt sich schön auf drei Müllsäcke.«

Lisa schluckte, und Heiko fand es »brachial.« Die nordrhein-westfälische Kommissarin hatte inzwischen auch viele Feinheiten des Hohenloher Dialektes verstanden, und »brachial« war so ziemlich das Brutalste, was man sich hierzulande nur vorstellen konnte.

»Ja«, stimmte Uwe zu.

»Sicher weiß man noch keinen Namen?«, vermutete Heiko.

Uwe widersprach. »Doch«, meinte er, blickte noch einmal theatralisch auf das Loch und erklärte dann: »Ein Fritz Klingler. Kennt ihr den?« Die Frage war eher an Heiko gewandt, der ja schließlich in Crailsheim aufgewachsen war, und da herrschte die Regel, dass man maximal drei Leute zu fragen brauchte, bis man einen gefunden hatte, der eine bestimmte Person kannte. Und Heiko kannte ihn tatsächlich.

»Ist das der alte TÜVler?«

Uwe zuckte die Achseln.

»Wenn's der ist – das war ein richtig harter Hund. Der war total pedantisch und hat vor allem bei den Jungen jedes Rostfleckchen beanstandet.«

»Na, in Rente dürfte er schon gewesen sein, die Rache käme etwas spät«, bemerkte der Spurensicherer.

»Mal eine blöde Frage – woher weiß man denn so genau, um wen es sich handelt?«, wollte Lisa wissen. Uwe führte sie zu der blaulila schimmernden Hand, die wirklich unangenehm roch und nicht wirklich mehr menschlich aussah, sondern eher wie ein Halloween-Requisit. »Siehst du den Mittelfinger und den Ringfinger?«, erklärte er. »Die Kuppen fehlen. Wie bei Klingler, laut Aussage seiner Vereinskameraden. Ich würde sagen, die Wahrscheinlichkeit ist hoch.«

Heiko nickte zustimmend.

»Ist er denn als vermisst gemeldet?«, erkundigte sich Lisa.

Uwe schüttelte den Kopf. »Soweit ich weiß, nicht.«

»Komisch«, fand Lisa.

»Hm«, machte Heiko nachdenklich und fuhr dann fort: »Weißt du schon was über den Todeszeitpunkt?«

Uwe fuhr sich über die rasierte Glatze. »Die Herren haben gemeint, der Boden sei vor etwa zwei Wochen zugemacht worden.«

Heiko stöhnte. »Toll. Dann können wir ja Zeugen getrost vergessen.«

»Und wer hat die Leiche gefunden?«, schaltete sich nun Lisa ein.

»Ein ganzer Trupp. Die sind total neben der Kappe. Hocken da hinten im Kämmerle, der Pfarrer ist auch dabei.«

Die beiden Kommissare gingen an den Modellbahnanlagen vorbei, ohne ihnen weiter Aufmerksamkeit zu schenken – Heiko nahm sich allerdings vor, sich das später unbedingt mal genau anzuschauen – und betraten den kleinen Raum, der mit Biergarnituren bestückt war und der wohl später einmal für Kaffeeklatsch und Versammlungen genutzt werden würde. Der Tiefenbacher Pfarrer, den die Kommissare schon kannten, da sie ja in Tiefenbach wohnten, saß mit einer Gruppe von vier älteren Herren, die sämtlich absolut verstört wirkten, an einem der Biertische. Einer von ihnen redete gerade auf den Pfarrer ein, und der hörte mit würdiger Miene zu und nickte ab und zu. Heiko räusperte sich.

»Entschuldigung, wenn wir kurz stören dürfen?« Es war auch als Frage gemeint, denn immerhin hatten die Männer soeben ihren zerstückelten Kumpanen gefunden. Der Pfarrer nickte leicht und deutete somit an, dass es okay sei. Heiko und Lisa setzten sich.

»Lisa Luft und Heiko Wüst von der Kriminalpolizei«, stellte Lisa vor und versuchte ein leichtes Lächeln.

»Sie kennen das Mordopfer?«, fragte Heiko in die Runde.

»Der Fritz Klingler«, lautete die Antwort aus gleich mehreren Mündern. Heiko betrachtete die Männer – sie wirkten ehrlich bestürzt. Obwohl ein guter Schauspieler das sicherlich auch simulieren konnte, keine Frage. »Und Sie sind?«, fuhr Heiko fort.

Der drahtige Herr mit dem militärischen Kurzhaarschnitt stellte sich als Alfons Jensen vor, ein schlanker, trotz seines Alters um die Sechzig immer noch schwarzhaariger Mann als Winfried Baumeister. Ein Friedhelm Hanselmann, der sich als nächster meldete, wirkte aufgrund seiner relativen Leibesfülle und seiner latenten Nervosität irgendwie verweichlicht, er trug ein gestreiftes Hemd und einen nicht dazu passenden grünen Pullunder. Der vierte Mann hieß Willi Rot, wirkte sehr nervös und war ungemein schmal. »Und was haben Sie hier gemacht?«, fragte Lisa nun.

Es war Jensen, der antwortete: »Mir ist heute früh der unglaubliche Gestank aufgefallen. Da hab ich gedacht, eine Ratte wär im Boden verreckt.«

»Wieso ist der Boden eigentlich doppelt?«, hakte Heiko sofort nach.

»Das ist ein alter Milchviehstall. Und wir vom MEC haben den renoviert und die Anlagen reingebaut. Um sie auch der Öffentlichkeit zugänglich zu machen, versteht ihr?«

Lisa nickte und lächelte aufmunternd.

»Jedenfalls hab ich dann den Kammerjäger geholt, und der hat so ein Leuchtding da runtergeschoben und hat dann die Müllsäcke entdeckt.«

»Ein Endoskop«, präzisierte Rot.

»Womöglich, kann sein«, bestätigte Jensen. »Dann hab ich mich erst voll aufgeregt, weil ich gedacht hab, jemand hat da einen Hund entsorgt oder irgendwas Verbotenes. Und zusammen mit den Jungs hab ich dann den Boden aufgemacht. Und wir haben den Fritz gefunden.«

»Und Sie haben ihn erkannt, weil an der linken Hand zwei Fingerkuppen fehlen«, erklärte Lisa.

»Na, also das ist der einzige, den ich kenne, bei dem das so ist. Der war doch beim TÜV, und er hat die Finger mal unter die Arbeitsbühne gekriegt«, informierte Jensen.

Heiko schüttelte sich innerlich, das war ja schrecklich. »Wo hat denn der Herr Klingler gewohnt?«

»In Roßfeld«, gab nun Baumeister Auskunft, der, wie Lisa auffiel, für sein Alter wirklich noch ungemein attraktiv war. Er wirkte wie einer dieser Herren, die immer die Mittfünfzigerinnen in den Rosamunde-Pilcher-Filmen bezirzten, Cabriofahrer mit einem lässigen, edlen Schal um den Hals und eleganter Sonnenbrille im Haar.

»Er war verheiratet?«, vermutete Heiko.

»Früher schon. Aber seine Frau hat's nicht mehr ausgehalten.«

»Warum denn?«

Jensen winkte ab. »Ach, der war schon recht. Das sind alte Geschichten.«

»Nein nein, so etwas ist sehr wichtig für uns. Sagen Sie's ruhig.«

»Na, er war halt ein Kontrollfreak. Recht spießig noch

dazu, was die Rolle der Frau angeht, wenn Sie verstehen, was ich meine.«

»Kinder, Küche, Kirche?«, vermutete Lisa.

»Also, Kirche jetzt weniger«, fand nun Hanselmann. Dann wurde er sich bewusst, dass ja der Herr Pfarrer dabeisaß, und meinte in seine Richtung: »Nix für ungut, Herr Mühlbaum.«

Pfarrer Mühlbaum winkte ab. Er war derlei wohl gewohnt und war hier sowieso nur der Statist.

»Jedenfalls durfte die halt Hausfrau und Mutter sein und hat ein bisschen Haushaltsgeld zugeteilt bekommen, ihn bei größeren Ausgaben fragen müssen, das Haus tipptopp in Schuss halten – was er natürlich auch kontrolliert hat – und so weiter. Und sowas macht heutzutage ja keine mehr mit«, fuhr Jensen fort, und es klang eher ein bisschen bedauernd.

Da hast du ganz recht, dachte Lisa bei sich, das wäre ja noch schöner. »Woher wissen Sie das so genau?« »Meine Frau kennt seine Ex näher.«

»Hm«, machte Heiko. »Und hatte Herr Klingler auch Kinder?«

»Drei«, antwortete Jensen. »Einen Sohn und zwei Töchter, aber die eine ist behindert.«

Heiko überlegte, ob man wegen der Behinderung nachfragen dürfte, entschied sich dann aber dagegen. »Geistig. Die hatte wohl einen Unfall«, fügte Hanselmann dann allerdings wie automatisch hinzu.

»Was für einen Unfall?«

»Auto, glaub ich.«

»Hm.«

»Ja.«

»Und hatte Herr Klingler jetzt eine Freundin oder so?«, fragte Lisa weiter.

»Nicht, dass ich wüsste«, meinte Jensen. »Der hat über sowas nicht geredet. Oder wisst ihr was?«

Die Herren schüttelten einhellig die Köpfe.

»Fällt Ihnen jemand ein, der ein Problem mit Herrn Jensen hatte?,« forschte Lisa weiter.

»Vielleicht war es ja Raubmord«, schlug Rot vor. »Einer von den Ausländern vom Spargelhof.« »Spargelhof?«

»Also, Alfons. Das heißt Erntehelfer«, tadelte Baumeister. »Die können aber bestimmt Kohle gebrauchen. Fragen Sie doch die.«

»Wäre ein Möglichkeit«, gab Heiko zu und setzte innerlich hinzu: wenn auch keine sehr wahrscheinliche. Ein Raubmörder würde sich wohl kaum die Mühe machen, die Leiche auf derart komplizierte Weise verschwinden zu lassen. »Noch jemand?«

»Seine Ex«, schlug Hanselmann vor. »Und all die Leute, denen er die Karre stillgelegt hat.«

»Wieso hat ihn denn keiner vermisst?«, wollte Lisa nun wissen.

Die Herren wechselten etwas betretene Blicke. Dann endlich meinte Hanselmann: »Also, das war nicht das erste Mal, dass er verschwunden war. Der war schon ein paar Mal weg. Und dann ist er immer spontan für ein paar Wochen nach Thailand. In Urlaub.«

»Aha«, machte Heiko und konnte sich sehr wohl denken, was Klingler in Thailand so alles getrieben hatte. Sicherlich war es ihm eher weniger um die Besichtigung buddhistischer Tempel gegangen. »Und da habt ihr euch halt gedacht, der hat sicher wieder seinen Spaß, lassen wir ihn mal schön in Ruhe.«

»So ähnlich«, gab Jensen zu. »Konnte ja keiner wissen, dass der tot ist.«

»Und wann habt ihr ihn zum letzten Mal gesehen?«

»So vor drei Wochen ungefähr«, meinte Jensen und blickte die anderen zustimmungsheischend an. Die nickten nacheinander.

»Mal noch was anderes«, schaltete sich Lisa wieder ein. »Wer hat denn alles einen Schlüssel für hier?« Jensen wechselte einen Blick mit den Vereinskameraden, dann meinte er: »Wisst ihr, wir sind hier ja auf dem Land, und da gab es mal so ein Nummern-Fahrradschloss«

»Ahja? Und das wurde aufgebrochen?«, hoffte Lisa.

Rot druckste ein bisschen herum, dann meinte er: »Naja, ich hab einmal vergessen, es wieder hinzumachen, und es dann irgendwie verschlampt.«

»Ihr habt kein neues Schloss gekauft?«, vermutete Heiko.

»Wer soll denn eine solche Anlage klauen, das würde doch auffallen«, hielt Jensen dagegen. »Die wertvollen Sachen bewahren wir in einem abschließbaren Schrank im Hinterzimmer auf, die Züge und die Wagen. Ich glaube nicht, dass Einbrecher Interesse an der Landschaft haben.«

Das hohenlohisch-westfälische Ermittlerteam stand vor dem ehemaligen Milchviehstall, der jetzt die Vorzeigeanlage des MEC Crailsheim war. Heiko zündete sich eine Zigarette an. Auch nach drei Jahren Beziehung hatte Lisa es noch nicht geschafft, ihm dieses Laster auszutreiben.

»Und was machen wir jetzt?«, fragte Lisa. »Fragen wir auf dem Spargelhof, ob jemand was gesehen hat?« Heiko blickte die kleine Straße hinunter. »Vor drei Wochen? Vor vier oder fünf? Oder wann genau?«

»Du hast recht, wir sollten erst den Todeszeitpunkt eingrenzen.«

Heiko brummte, das konnte ja lustig werden. Bisher hatten sie jeden ihrer Mordfälle gelöst, er bezweifelte allerdings stark, dass sie diesmal ebenfalls Erfolg haben würden, weil der Mord selbst ja augenscheinlich schon eine ganze Weile zurücklag. »Also zur Exfrau? Oder erst mal zu ihm nach Hause?«

»Erst heim, dann zur Exfrau«, entschied Lisa.

Klingler wohnte in einem Haus in der Dorfmitte von Roßfeld, ein weißes, nicht allzu großes Einfamilienhaus, das ursprünglich augenscheinlich dafür gedacht gewesen war, eine Familie zu beherbergen. Der Vorgarten bestand aus akkurat geschnittenem Rasen und einigen sorgfältig gepflegten Rosen, die verheißungsvoll sprossten. Ansonsten war der Vorgarten schmucklos, entbehrte jeglichen Dekokitsches. Lisa und Heiko hatten den Mann vom Schlüsseldienst dabei, der ihnen fachmännisch die Tür knackte. Sie bedankten sich bei dem älteren Herrn und entließen ihn. Die Tür schwang auf und blockierte kurz. Gleich darauf entdeckten Lisa und Heiko auch den ansehnlichen Haufen aus Zeitungen und Post, der dafür verantwortlich war. Die Ermittler betraten einen gefliesten Flur mit einem kleinen Schuhschrank, dessen Flügeltüren geschlossen waren. Geradeaus ging es ins Wohnzimmer, das mit einer Couchgarnitur bestückt war, die wohl aus den Achtzigern stammte und damals wirklich modern gewesen sein musste – wild gemustert und in Cord. Hinter dem Wohnzimmer lag die Küche, weiß gefliest mit den damals üblichen hässlichen Resopalschränken, aber mit neumodischem Cerankochfeld. Auf dem Kochfeld stand ein Topf mit von weißgrauem Schimmel überwucherten Kartoffeln, in der Spüle ein Teller mit einigen inzwischen schwarzen Brotkrümeln.

»Wohl seine Henkersmahlzeit«, vermutete Lisa.

»Hm«, machte Heiko.

»Der Kerl hatte gar keine Spülmaschine«, fiel Lisa auf. »Kein Wunder, dass ihm die Frau abgehauen ist.« Heiko grinste trotz der Situation. Solche verlassenen Wohnungen waren immer sehr seltsam, und noch seltsamer war, dass niemand auf das Mordopfer gewartet hatte und dass ihn auch niemand vermisst hatte. »Zwei Wochen sind eine lange Zeit«, sinnierte Heiko.

»Ja, schon komisch, dass ihn keiner vermisst hat. Ich meine, von der Familie.«

»Wenn er aber nun diese Gewohnheit hatte, ab und zu abzuhauen, weg von allem«, überlegte Heiko laut, »dann dürften die sich nicht wirklich gewundert haben.«

»Na, ich würde meinen Vater trotzdem mal anrufen, so als Tochter oder Sohn. Du etwa nicht?«

»Schon.«

Lisa entdeckte zwei Weingläser auf der Ablage. »Die nehmen wir nachher dem Uwe mit«, bestimmte sie.

Das Arbeitszimmer des Mannes war akribisch sortiert, bis zur Zimmerdecke reichende Regale voller Ordner, in säuberlichen Ablagen auf dem Schreibtisch lagen stapelweise Briefe, die einen Stempel mit der Aufschrift »KOPIE« trugen. Lisa nahm einen davon zur Hand und las: »›An das Ordnungsamt. Hiermit teile ich Ihnen mit, dass das Fahrzeug mit dem Kennzeichen CR-SE 4 seit zwei Monaten keinen TÜV mehr hat. Bitte handeln Sie dementsprechend. Mit freundlichen Grüßen, Fritz Klingler.‹«

»Nett«, fand Heiko. »Sind das alles solche Briefe?«

Lisa sah sich den Stapel durch. »Eine ganze Sammlung. Das muss sein Hobby gewesen sein.«

Heiko seufzte. »Verdammt. Die müssen wir alle durchschauen.«

Lisa nickte. »Ich fürchte, ja.«

Ein Schubladenschrank war vollgestopft mit Eisenbahnprospekten aller Art, außerdem gab es kästenweise Dias von irgendwelchen Zügen. Lisa hob einige davon prüfend gegen das Licht. »Ist das von der Brücke Richtung Onolzheim gemacht worden?«

Heiko sah auch durch und nickte dann. »Da stehen die Eisenbahnfotografen öfter. Da ist nicht viel im Hintergrund.«

Lisa sortierte das Dia vorsichtig wieder ein, offenbar waren sie dem Mordopfer wichtig gewesen, und sie wollte das respektieren.

Im Bad steckten sie einen einfachen, braun melierten Kamm ein, ein DNA-Abgleich würde letzte Gewissheit über die Identität des Mannes bringen. »Seltsam«, meinte Lisa, und ihr Blick war immer noch auf die Ablage des Waschbeckens gerichtet. »Siehst du, was ich sehe?«

»Zwei Zahnbürsten«, erkannte Heiko.

»Hat er doch nicht alleine gewohnt?«

»Vielleicht hatte er zwei Zahnbürsten?«, schlug Heiko vor.

Lisa schüttelte den Kopf. »Seine ist die elektrische«, bestimmte sie. »Perfekte und akribische Mundpflege, das passt zu ihm.« Sie deutete auf die pinkfarbene im Plastik-Zahnputzbecher. »Die rosane ist nicht seine.« Heiko brummte zustimmend und zog ein Tütchen, um die Zahnbürsten einzupacken.

Heiko und Lisa begaben sich weiter ins Schlafzimmer, das von einem riesigen, massiven Doppelbett mit lindgrüner Tagesdecke dominiert wurde. Hier fanden die Kommissare kaum Persönliches vor, außer einem Kleiderschrank mit wenigen, sorgfältig gebügelten Hemden und Bundfaltenhosen. In einer Kommode lagen Unterwäsche und Socken, und über dem Bett hing ein altertümlicher »Jesus-als-Guter-Hirte«-Kunstdruck im kitschigen, schweren Goldrahmen. »Was für ein komischer Typ«, fand Lisa. »Ich dachte, der hätte mit Religion nichts am Hut gehabt.«

»Sowas hat man damals von der Oma zur Hochzeit gekriegt«, erklärte Heiko. »Und dann haben es die meisten auf den Dachboden gestellt.«

»Sonst hat er keine Bilder aufgehängt.«

»Außer dem hier.« Heiko deutete auf das Foto eines Konfirmanden, das auf dem Nachttisch des Mannes stand.

»Wohl sein Sohn?«, schlug Lisa vor. »Den Rest der Familie sehe ich aber nirgends. Du?«

Heiko schüttelte den Kopf und öffnete gedankenverloren die Schublade des Nachtschränkchens, auch hier nichts, was irgendetwas über Klinglers Familie ausgesagt hätte. Nur Eisenbahnerzeitschriften, diverse Modelle, die teilweise wertvoll aussahen, und ein paar gebügelte und gefaltete Herrentaschentücher. In einer kleinen Ringschachtel entdeckte Heiko den Ehering, den der Mann wohl schon vor längerer Zeit abgelegt hatte, die Schachtel roch etwas muffig. »Also, ich weiß im Moment nichts, was uns hier weiterhelfen könnte«, resümierte Heiko. »Du?«

Lisa wiegte den Kopf.

»Na, man hat irgendwie ein bisschen so eine Ahnung, was er für ein Typ gewesen ist. Ein Bauchgefühl.« Heiko stimmte zu. »Gehen wir am besten die Exfrau besuchen«, schlug er vor.

Nach einem kurzen Abstecher zum Revier, wo sie Uwe ihre Funde übergaben, widmeten sie sich der Ehefrau. Hedwig Klingler wohnte in einer Wohnung in der Stadt, in einer großen Wohnanlage. Als sie die Tür öffnete, war den beiden Kommissaren sofort klar, dass sie noch nicht Bescheid wusste. Die Frau war etwa Ende Fünfzig und wirkte nicht im Mindesten derangiert, im Gegenteil. Sie trug einen modischen, hellblond gefärbten Kurzhaarschnitt und ein hellrotes Kleid. Die Lippen hatte sie rot geschminkt, zudem trug sie eine Kette aus kugelförmigen Korallenstücken.

»Ja?«, fragte sie nicht unfreundlich.

»Frau Klingler?«

Die Dame schüttelte den Kopf. »Jetzt wieder Butzer«, erklärte sie.

»Wüst und Luft von der Kriminalpolizei«, stellte Lisa vor. »Wir müssten kurz mit Ihnen sprechen.«

»Wenn es nicht zu lange dauert. Ich will zu der Vernissage im Stadtmuseum.«

Die Wohnung war eine seltsame Mischung aus moderner Einrichtung und einigen offensichtlichen Überbleibseln aus dem ehelichen Haus – so ein etwas antiquiert wirkender, dunkler Esstisch mit in scheckigem Gobelin bezogenen Stühlen. Die Vorhänge, die bis zum Boden herabhingen, waren gelb und transparent und tauchten den Raum in ein warmes Licht. Hedwig Butzer wies auf die Ledercouch, die offenbar zu den neuen Möbelstücken gehörte.

»Möchten Sie etwas trinken?«, fragte sie beflissen. Die Kommissare verneinten.

»Frau Butzer, wir müssen Ihnen leider etwas Schlimmes mitteilen«, begann Lisa.

Die Augen der Frau weiteten sich vor Entsetzen. »Ist etwas mit Karolin?«

»Was? Nein, nein.« Lisa vermutete dass Karolin die Tochter war. Dann fuhr sie fort: »Ihr Exmann wurde tot aufgefunden.«

Die Frau setzte sich mit einem geseufzten »Oh!« auf den Esstischstuhl.

»Es tut uns sehr leid«, kondolierte Lisa.

»Oh«, sagte die Frau noch einmal, und dann: »Das muss es nicht. Wir sind schon lange geschieden. Ich bin nicht so sehr betroffen. Ich bin nur erschrocken. Und er tut mir leid.«

»Hm«, machte Heiko und wusste nicht genau, wie er diese Bemerkung einordnen sollte.

»Wie meinen Sie das?«, hakte Lisa nach.

»Nun, er war wohl doch sehr allein in letzter Zeit. Der einzige aus der Familie, mit dem er zu tun hatte, war Christian.«

»Christian?«

»Unser Sohn.«

»Sie haben noch weitere Kinder«, stellte Lisa fest. Sie hatte an der Wand das entdeckt, was bei Klingler zuhause gefehlt hatte: Eines jener Familienfotos, die man beim Fotografen machen ließ und auf denen jede Familie wie frisch aus einer amerikanischen Fernsehserie aus den Achtzigern entsprungen schien – adrett hergerichtet, wie aus dem Ei gepellt, strahlend und vor allem überglücklich. Lisa war aufgestanden, um das Foto genauer betrachten zu können.

Frau Butzer trat neben sie. »Das ist mein Mann«, meinte sie und deutete auf den mittelgroßen, damals noch dunkelhaarigen Familienvater, der etwas untersetzt, aber durchaus kräftig war. Wohl extra für den Fotografen hatte er ein strahlendes Lächeln aufgesetzt, ein harter Zug um den Mund und nicht mitlächelnde Augen verrieten allerdings, dass er wohl gerne das Heft in der Hand gehabt hatte. »Und das ist unser Sohn Christian. Die Töchter, Karolin und Viola«, stellte Frau Butzer vor, als seien die Menschen nicht abgebildet, sondern befänden sich tatsächlich im Raum. »Das war vor Karolins … Unfall.«

Lisa sah zwei fröhliche junge Mädchen, eine etwas pummeliger, rothaarig, mit netten Grübchen und katzengrünen Augen. Die andere war schmal und brünett, mit dunklen Augen und kinnlangem Haar. Den jungen

Mann hatten sie schon auf dem Foto in Klinglers Schlafzimmer gesehen.

»Der Unfall Ihrer Tochter …«, begann Heiko und wusste nicht genau, wie er fortfahren sollte.

»Ein Autounfall. Sie hat nicht aufgepasst und hatte den Führerschein neu.«

Ein allgemeines Schweigen entstand, in dem Heiko zum ersten Mal das Plätschern eines Zimmerbrunnens auffiel, der auf der marmornen Fensterbank zwischen Orchideen stand.

»Hatte mein Mann auch einen Unfall?«, fragte nun die Frau in die Stille hinein.

»So, wie es bisher aussieht, wurde er ermordet«, informierte Lisa vorsichtig und überlegte, wie man der Frau schonend beibringen konnte, dass ihr Mann zerstückelt in Müllsäcken gefunden wurde.

»Ermordet?«, entfuhr es der Frau. »Was?«

»Ja.«

Wieder Schweigen, wieder der Zimmerbrunnen.

»Für uns ist es wichtig, dass wir wissen, wer ein Problem mit Ihrem Exmann gehabt haben könnte«, meinte Lisa weiter und war froh, auf diese Weise die heikle Klippe und die Frage nach der genauen Todesart umschiffen zu können. Nun lachte die Frau etwas hysterisch, und sie breitete einigermaßen hilflos die Arme aus. »Wer nicht. Mein Mann war kein angenehmer Zeitgenosse.«

»Inwiefern?« Die Frau begann, mit den Kugeln der Kette zu spielen.

Lisa bemerkte ihre perfekt rotlackierten Fingernägel.

»Ein Pedant. Ein Spießer. Ein Macho. Ein Besserwisser. Ein Unsympath.«

»Hm«, machte Heiko und wollte sie damit zum Weiterreden auffordern. Es funktionierte.

»Man hatte den Eindruck, dass es ihm Spaß machte, wenn er jemandem den Wagen stilllegen konnte. Er war als TÜV-Prüfer absolut gefürchtet.«

»Nun, das ist aber nicht unbedingt ein Mordmotiv«, gab Heiko zu bedenken.

Doch die Frau hatte sich bereits in Fahrt geredet. »Wissen Sie, was eines seiner Hobbys war, seit er in Rente war? Leute anzeigen. Eine abgelaufene Plakette, ein rotes Nummernschild, falsch geparkt, falscher Kat-Aufkleber, hat er alles angezeigt.«

»Klingt nicht grad nach nettem Opa«, fand Heiko etwas unprätentiös.

»Wahrhaftig nicht«, bestätigte die Frau. »Und er war ein Scheißvater.«

Lisa schluckte bei der Verwendung des weder zur Generation noch zur Optik der Frau passenden Fäkalausdrucks. Da schwang eine ordentliche Portion Wut mit.

»Er hat sich immer nur um seinen Sohn gekümmert. Nach dem Unfall war Karo ihm gänzlich egal, sie war ihm peinlich.«

»Wo lebt Karolin denn jetzt?«

Die Frau schluckte. »In Gaildorf, in einer speziellen Einrichtung in der alten Klinik. Ich besuche sie, sooft ich die Kraft dazu habe. Zuerst haben wir zusammen gewohnt, aber … es ging nicht. Ich habe es versucht, aber es …«

Lisa bemerkte, wie der Frau Tränen in die Augen stiegen und wechselte rasch das Thema. »Und Viola?«

»Viola ist auch ohne ihren Vater sehr glücklich. Sie hat schon immer gemacht, was sie wollte und sich nicht um seine Meinung geschert.« »Wo wohnt denn Ihre Tochter?«, fragte Heiko.

»Viola? In der Blaumühle. Mit ihrem Mann und zwei Kindern.«

»Und der Sohn?«

Die Frau straffte sich. »Er wohnt im Kreuzberg in einem Neubaugebiet. Ich war da aber noch gar nicht. Christian hat eher zu meinem Mann als zu mir den Kontakt gehalten. Von mir und seinen Schwestern hat er sich eher zurückgezogen.«

»Er hat sich mit Ihrem Mann solidarisiert?«, forschte Lisa.

Die Frau zuckte die Achseln. »Wer weiß. Vielleicht war er auch nur hinter dem Erbe her.«

»Am besten, wir klappern die Kinder nacheinander mal ab«, schlug Lisa vor. Heiko zündete sich eine Zigarette an. Die Luft war blau, unendlich blau, eine Biene schwirrte vorbei, leichter Blumenduft stieg aus den Vorgärten auf. Es war Frühling geworden, in ein, zwei Wochen würden die Obstbäume alle in Blüte stehen und ganz Hohenlohe rosaweiß sprenkeln. Bisher gab es nur einzelne bunte Tupfer, Löwenzahn, Tulpen, Narzissen.

»Na, die Karolin können wir uns wahrscheinlich schenken, so, wie sich das anhört.«

»Sag das nicht«, gab Lisa zu bedenken und wedelte ungehalten mit der Hand, um den Zigarettenqualm nicht im Gesicht zu haben. »Wo ist denn diese Blaumühle?«, fragte Lisa weiter.

»Bei Jagstheim, glaube ich. Das ist eine von diesen kleinen Mühlen, wo du nur ein Schild siehst von der Straße aus.«

»Wo der Sohn wohnt, wissen wir nicht?«

Heiko zückte sein Smartphone und suchte im Telefonbuch nach Christian Klingler. Und tatsächlich gab es einen Treffer. »Doch. Goldbacher Straße.«

»Also. Gehen wir da als erstes hin, oder? Das ist doch näher.«

Keine Viertelstunde später standen die beiden Ermittler vor einem Haus, das auf einem eher kleinen Grundstück stand und so ausgerichtet war, dass die Nachbarn rundum in die Fenster kucken konnten. Das war wohl auch der Grund, warum die Vorhänge zugezogen waren. Ein anthrazitfarbener Mittelklassewagen mit sportlichem Look stand in der Einfahrt.

»Feile«, urteilte Heiko und meinte damit das Auto.

»Hm?«, machte Lisa.

»Angeberkarre mit nix dahinter.«

»Anders als dein M3, oder?«, grinste Lisa und fand, dass Heiko echt niedlich war, wenn er auf sein Auto stolz war.

»Der hat immerhin 321 PS«, verteidigte Heiko. Lisa lächelte milde und wuschelte ihm wie einem Schuljungen durchs schwarze Haar, das mittlerweile schon ein paar graue Strähnen hatte. Heiko weigerte sich allerdings, seine Haare zu färben, denn das fand er absolut unmännlich, und Lisa hatte nichts gegen Schwarzgrau. Auch sie fand die Vorstellung, dass Heiko unter einer weißen Plastikduschhaube das Haarfärbemittel einwirken lassen würde, nicht gerade prickelnd. Da waren graue Haare immer noch besser. Das hohenlohisch-westfälische Ermittlerteam folgte einem gepflasterten Weg, der den spärlich sprossenden Rasen durchschnitt. Die Haustüre lag ebenerdig und war schmucklos und weiß, und tatsächlich öffnete schon nach dem ersten Läuten ein Mann, der ungefähr in Heikos Alter war. Er trug ein cremefarbenes Hemd zur dunklen Jeans und hatte das spärliche braune Haar schwungvoll frisiert.

»Ich kaufe nichts und bin überzeugter Atheist«, empfing er die beiden Kommissare und wollte die Tür gleich wieder schließen. Er hielt jedoch in der Bewegung inne, als Heiko ihm schnell seinen Ausweis vor die Nase hielt.

»Polizei. Kriminalpolizei. Wüst und Luft. Wir müssten mit Ihnen reden.«

Christian Klingler stutzte, entschuldigte sich murmelnd, heutzutage sei so viel Gesindel unterwegs, und bat die beiden herein.

»Kaffee?«, bot er an und wies auf die riesenhafte, italienische Espressomaschine, die eine Art Barbereich, der das Wohnzimmer von der Küche trennte, dominierte.

»Wir haben eine schlimme Nachricht für Sie, Herr Klingler.«

Der Mann blieb wie angewurzelt stehen. »Meine Schwester?«

»Nein. Ihr Vater. Er wurde tot aufgefunden. Und er wurde ermordet.«

»Tot? Wo? Wie? Von wem?« Er sog scharf die Luft ein und rang sichtlich um Fassung.

Es berührt ihn, dachte Lisa. Anders als Klinglers Exfrau. Der war es egal.

»Man hat ihn im Clubhaus des MEC gefunden, in Rüddern. Die Todesursache … ist noch nicht ganz klar. Und den Täter suchen wir gerade«, informierte Heiko.

Christian setzte sich zwar nicht, legte aber eine Hand auf die Bar und verlagerte sein Gewicht darauf. »Ich dachte, er wäre in Thailand.«

»So?«

»Er hat das schon ein paar Mal gemacht. Ist einfach abgehauen. Einfach so, ein paar Wochen weg.«

Heiko sparte es sich, laut zu mutmaßen, was Klingler in Thailand wohl so alles besichtigt hatte, derlei Spekulationen wären jetzt allzu pietätlos gewesen. »Sie haben sich nicht gewundert, dass er sich nicht gemeldet hat?«

Der Sohn des Mordopfers schüttelte den Kopf. »Hört sich vielleicht seltsam an. Aber für ihn gehörte das zur Entspannung. Verantwortungslosigkeit im besten Sinne.«

»Hm«, machte Heiko und dachte kurz über das Gehörte nach. Das war durchaus plausibel. Einfach seine Ruhe haben, niemandem Bescheid geben müssen, niemanden um Erlaubnis fragen müssen, keine Kompromisse eingehen müssen. Das hatte schon was. Und so etwas konnte man sich nur leisten, wenn man erwachsene Kinder oder gar keine Kinder hatte und Single war.

»Für ihn war das Freiheit. Als Kontrastprogramm zum Familienleben, das er all die Jahre hatte. Sie verstehen.«

»Laut Ihrer Mutter war er kein allzu guter Vater«, lockte Lisa.

»Mein Vater konnte ein Arschloch sein. Aber nur, wenn man ihn provoziert hat. Wenn man wusste, wie man ihn anpacken musste, ging das schon.«

»Hört sich ja nicht grade nach Traumehemann an«, fand Lisa.

»Wissen Sie, meine Mutter ist auch hysterisch. Sie hat sich schon immer in der Rolle der armen, unterdrückten Ehefrau gesehen und diese Aschenputtel-Rolle regelrecht zelebriert. Das hat meinen Vater eben auch genervt, wenn er immer automatisch der Böse war.«

»Hm«, machte Heiko wieder und wiegte den Kopf, diesmal hatte er da wenig Verständnis, das Mordopfer schien schon nicht grad umgänglich gewesen zu sein. »Er hat sie verprügelt?«, vermutete der Kommissar.

»Wen – meine Mutter?«

»Ja.«

Nun lachte Christian unfroh. »Nein. Viola hat öfters eine gekriegt. Aber sie hatte es meistens auch verdient. Papa hat sie inzwischen enterbt. Karolin hat das cleverer angestellt, sie ist immer mit ihm klar gekommen. Bis zum Unfall.«

»Was war das denn für ein Unfall?«, wollte Lisa wissen, sie hatte den Eindruck, dass Christian Klingler nicht so emotional auf diese Frage reagieren würde wie seine Mutter.

»Der Klassiker«, informierte der junge Mann lakonisch. »Karre gegen den Baum. Zuerst waren wir froh, dass sie es überlebt hat. Aber jetzt sind wir uns da nicht mehr so sicher.«

»Wie meinen Sie das?«, fragte Heiko. »Naja, ich weiß nicht, wie viel Lebensqualität sie in dem Zustand noch hat. Es ist nicht leicht, sie so zu sehen.«

Lisa dachte bei sich, dass manchen Familien aber auch nichts erspart bliebe – ein tragischer Unfall in der Familie und ein schwieriger, prügelnder Vater, der zu guter Letzt auch noch ermordet wird.

»Fällt Ihnen jemand ein, der mit Ihrem Vater ein Problem gehabt haben könnte?«, fragte Heiko.

Christian fuhr sich durchs Haar und zeigte damit unfreiwillig seine Geheimratsecken, die ihm sicher gar nicht recht waren.

»Puh, also nicht wirklich. Der hat zwar viele Leute geärgert. Aber ich wüsste nichts, was für einen Mord reichen würde.«

Eine Pause entstand, und Lisa hörte von draußen das Läuten einer Kirchturmuhr.

»Muss ich ihn denn jetzt identifizieren?«, fragte Christian Klingler. »So kommt das doch immer im Fernsehen.«

Heiko dachte an die blauschwarzlilafarbene Hand. Es würde unglaublich viel Kunstfertigkeit kosten, die Leiche so herzurichten, dass man sie tatsächlich der Verwandtschaft zeigen konnte.

»Das wird sich zeigen. Wir machen auf jeden Fall erst einen DNA-Abgleich«, erklärte Lisa.

»Ihr habt seine DNA?«

»Aus seinem Badezimmer, ja.«

»Natürlich.«

Wieder eine Pause, dann sagte der Mann: »Würden Sie mich nun doch entschuldigen? Ich glaube, ich brauche jetzt einen Schnaps.«

Heiko legte eine Visitenkarte auf die Bar und bat den Sohn des Mordopfers, ihn anzurufen, falls ihm noch etwas einfallen sollte.

Willi Rot mischte Backsteinfarbe. Er hatte eine alte Fotografie aus den 60er Jahren, und zu seinem großen Bedauern war das Foto jenem Gelbstich anheim gefallen, der in allen älteren Familienalben zu finden war. Er versuchte also, die Emaillefarbe noch etwas rötlicher zu mischen, rötlich mit einem minimalen Blaustich, um das Bräunliche hinzukriegen. Fahrig rührte er im kleinen Näpfchen herum. Das Emaillefarbenset war nicht billig gewesen, es handelte sich um hochpigmentierte, absolut lichtechte Farbe. Es musste perfekt sein, da hatte er durchaus denselben Anspruch wie der Fritz ihn gehabt hatte. Der Fritz. Hatte ernsthaft geglaubt, er könnte den Star der Anlage bauen. Dabei stammte der Wasserturm von ihm, Willi Rot. Und obwohl es ein Modell zu kaufen gab, hatte er ihn selbst gebaut, denn das war Ehrensache, auf seine Anlage käme nichts Gekauftes. Er hatte den Wasserturm aus Käseschachteln, kleinen Holzstückchen und Draht gebaut, außerdem aus einer Metallkugel in der richtigen Größe, die er noch mit dem Treibhammer bearbeitet hatte. In stundenlanger Arbeit, und er war perfekt geworden. Der Modellbauer probierte den Backsteinton auf einer Gebäudewand aus. Fast. Fast gut. Noch etwas Umbra gebrannt. Der Fritz hätte es niemals geschafft, ihm die Show zu stehlen. Niemals. Und jetzt schon gar nicht mehr.

Der M3 heulte auf, als Heiko ihn durchstarten ließ. Lisa wuschelte ihm wieder durchs Haar. »Angeber«, meinte sie, kicherte aber albern. »Da ist das Schild.« Sie deutete auf einen kleinen, gelben Wegweiser, der den Namen »Blaumühle« trug. Es war eines jener Schilder, die auf

Aussiedlerhöfe, Weiler mit nur ein paar Häusern oder Mühlen hinwiesen. Heiko bog in den kleinen Weg ein, der zwar geteert war, aber so schmal, dass keine zwei Autos aneinander vorbeipassen würden. »Schau mal, wie schön der Löwenzahn blüht«, meinte Lisa, und Heiko brummte zustimmend. Hohenlohe im Frühling war wirklich traumhaft schön. Tausende Löwenzahnblüten sprenkelten die grüne Wiese zu ihrer Rechten mit sattem Gelb, darüber spannte sich ein knallblauer Himmel mit weißen Wattewolken. Sie passierten ein kleines Wäldchen, und nach einer geöffneten Schranke und einem Hinweisschild »Naturschutzgebiet« war der Weg nur noch geschottert. Kleine Steinchen spritzten links und rechts unter den Reifen weg. Heiko hoffte, dass der M3 das ohne Kratzer überstehen würde. Der Wald war gelbgrün, satt und frisch. Dann wieder ein Abschnitt mit Wiesen, es ging deutlich nach unten, der Weg machte mehrere Biegungen und endete auf einem Wanderparkplatz, wo Heiko das Auto parkte.

»Hier wohnen Leute?«, wunderte sich Lisa und ließ die Szenerie auf sich wirken. Unten im Tal rauschte die Jagst. Es war eine kleine Ansammlung von Häusern zu erkennen, nur die Dächer ragten zwischen hohen Baumwipfeln hervor. Die beiden Kommissare machten sich auf den Weg ins Tal. An den Wegrändern blühten bunte Wiesenblumen in allen Farben, die selten aussahen. Ein Eisvogel schwang sich vor ihnen von einem Ast und glitt lautlos in Richtung Fluss. »Hast du das gesehen?«, meinte Lisa begeistert und wisperte automatisch, um die Stille nicht zu stören. »Wie wunderschön!« Heiko nickte. Endlich erreichten sie die Mühle, und nun war auch das beständige Rauschen eines Mühlrades zu hören. Schließlich standen sie in einem Innenhof, an den mehrere Scheunen und ein Fachwerkhaus angrenzten. Es war etwas kühler als oben, das Jagstwasser war regelrecht zu riechen, wenn man die Augen kurz schloss. Vor dem Haus hockte ein kleiner Junge, der aus einem Astrid-Lindgren-Roman entsprungen zu sein schien, und spielte versunken mit Murmeln. Er trug eine Latzhose und hatte kinnlanges, rötliches Haar, sodass er beim ersten Hinsehen auch als Mädchen hätte durchgehen können. Heiko räusperte sich und der Junge sah auf. »Hallo«, grüßte er. »Wollen Sie zu meinen Eltern?«

Heiko wunderte sich, wie höflich und wortgewandt das Kind für sein Alter war. »Zu deiner Mama.«

Der Kleine zeigte auf die Tür des Fachwerkhauses. »Meine Mama kocht grad«, gab er Auskunft und widmete sich wieder seinem Spiel.

Es war nicht zu hören gewesen, ob die Türklingel tatsächlich funktioniert hatte, aber nach kurzer Zeit öffnete eine üppige Frau mit katzengrünen Augen die Tür. Ihr rotes Haar flutete ihr wie ein flammender Wasserfall über die Schultern. Das ist der Typ Frau, der im Mittelalter als Hexe verbrannt worden wäre, dachte Heiko sofort und unterdrückte ein Grinsen, das der Situation definitiv nicht angemessen war. »Grüß Gott, Frau Klingler. Wüst und Luft von der Polizei. Wir … müssten mit Ihnen reden.« Die Frau ging vor ihnen knarzende Holzstufen hinauf in den ersten Stock und führte sie in eine gemütliche Wohnküche, die mit hellen Holzmöbeln ausstaffiert war, die entweder naturbelassen oder farblos lackiert waren. Auf dem Esstisch stand ein riesengroßer, bunter Wiesenblumenstrauß.

»Setzen Sie sich doch«, meinte die Frau, trat dann wieder zum Herd, um den Inhalt eines großen Kochtopfs umzurühren, und fragte über die Schulter. »Ist etwas mit meiner Schwester?«

Heiko verneinte und nahm den betäubenden Knoblauchgeruch wahr, der aus dem Topf aufstieg.

»Das ist Bärlauchpesto. Entschuldigen Sie den Geruch.« Sie legte den hölzernen Kochlöffel auf eine Ablage, füllte noch zwei Gläser mit einem seltsam aussehenden, gelblichen Gebräu, das sie vor den Kommissaren abstellte, und setzte sich endlich zu ihnen an den Tisch. »Holunderblütenlimo«, erklärte sie und wies auf die Gläser.

Heiko und Lisa wechselten einen Blick. Solche Situationen waren immer schwierig. Schließlich begann Lisa: »Frau Klingler, wir müssen Ihnen leider mitteilen, dass wir Ihren Vater tot aufgefunden haben.«

Die katzengrünen Augen verengten sich zu schmalen Schlitzen. »Wie, tot? Wo denn?«

»Er wurde ermordet«, erklärte Heiko.

Ein Blütenblatt eines Hahnenfußes vom Wiesenblumenstrauß fiel auf die Tischplatte, und Viola Klingler nahm es zwischen die Finger, um es dort gedankenverloren zu zerreiben.

»Wir haben ihn in Rüddern gefunden, im Clubhaus des MEC.«

»MEC?«

»Modelleisenbahnclub.«

»Ach.«

»Ja.«

Das Bärlauchpesto im Topf blubberte.

»Wissen Sie, wenn ich ehrlich bin, berührt mich das nicht allzu sehr. Sie wissen ja vielleicht schon, dass wir wenig Kontakt hatten«, fuhr Viola fort und wischte sich eine vorwitzige Haarsträhne aus dem runden Gesicht.

»Ihr Bruder hat da sowas erwähnt, ja«, gab Lisa zu.

»Mein Vater war ein Tyrann. Wir haben uns schon in meiner Pubertät zerstritten. Es hat ihm nicht gepasst, dass ich angefangen habe, selbst zu denken. Da hatte ich als Tochter seiner Meinung nach nicht das Recht dazu.«

»Das war sicher nicht einfach«, machte Lisa weiter, um die Frau zum Weiterreden zu bewegen.

Viola schüttelte den Kopf. »Nein, das war es nicht. Aber ich war stark. Und als ich sechzehn war, hab ich einfach zurückgehauen, als er mir eine geklebt hat. Von da an hat er mich nur noch verbal attackiert.«

Heiko glaubte plötzlich, Viola zu kennen. Sie war auf dem ASG ein paar Klassen unter ihm gewesen, extrem präsent in der Schülerzeitung, dem »Periskop«, wo sie immer weltverbesserische Texte veröffentlicht hatte. Sie war damals allerdings noch deutlich schlanker gewesen, eine durchaus engagierte junge Frau, die der Kategorie »Öko« zuzuordnen gewesen war, jeden Tag einen lockeren, zerzausten Zopf und ein meterlanges Halstuch getragen hatte und ehrenamtlich im Schülercafé arbeitete.

»Verstehen Sie sich denn mit dem Rest Ihrer Familie?«, fragte Heiko.

Viola schürzte die Lippen. »Bedingt. Meine Mutter erlebt grad ihren zweiten Frühling. Mein Bruder wäre gern ein Juppie, und was mit meiner Schwester ist, wissen Sie ja.«

»Haben Sie denn eine Idee, wer Ihrem Vater hätte schaden wollen?«, fragte Heiko.

Der Topf blubberte wieder, und Viola stand kurz auf, um ihn von der Herdplatte zu nehmen. »Viele«, meinte sie dann und setzte sich wieder. »Mein Vater war ein unangenehmer Mensch.«

»Ihr Bruder meinte, Ihr Vater hätte sie enterbt?«, lockte Heiko.

Nun lachte Viola unfroh. »So, meinte er das. Nun, das ist schon wahr. Aber es juckt mich nicht. Ich brauche das Geld meines Vaters nicht. Mein Freund und ich leben hier mit unserer Familie ein achtsames Leben im Einklang mit der Natur. Wir sind fast Selbstversorger, und was wir nicht anbauen können, kaufen wir mit dem Gewinn aus unserem kleinen Hofladen und vom Wochenmarkt.«

»Sie haben hier alles selbst?«, wunderte sich Lisa.

»Wir sind sowieso Vegetarier«, informierte Viola. »Wir töten keine Lebewesen. Den Rest haben wir selbst.« Lisa nickte anerkennend, während Heiko sich innerlich schüttelte. Vegetarier, bah! Kein Fleisch, kein saftiges Steak, keine Graachda Broodwirschd, kein Schnitzel bei Marion in der Rose. Unerträglich wäre das, ein solches Leben kaum lebenswert. Endlich probierte Lisa nun die Limonade. »Mhhhhm«, machte sie anerkennend und hielt das Glas gegen das Licht. »Was war das nochmal?«

»Holunderblütensirup mit Sprudel«, erklärte Viola und betonte: »Selbstgemacht.«

Heiko kostete ebenfalls und befand das Gebräu tatsächlich für sehr schmackhaft, anders als die Ingwerlimonade von Regina, bei der sie mal zu einem äußerst traumatisierenden, veganen Barbecue eingeladen gewesen waren. Es schüttelte ihn immer noch innerlich, wenn er an die Tofu-Burger dachte. Simon Steinle, Reginas schwäbischer Verlobter, Heikos und Lisas Kollege und frischgebackener Kriminalkommissar, hatte momentan Urlaub. »Nun, also, wenn Ihnen noch was einfällt, melden Sie sich gerne jederzeit, ja?«

»Die haben da das Paradies«, stellte Lisa fest, als der M3 sich wieder aus dem Tal nach oben wand, den kleinen, geschotterten Feldweg entlang.

»Na, so ganz ohne Fleisch«, zweifelte Heiko.

Lisa verdrehte die Augen.

»Du mit deinem Fleisch. Nein, aber im Ernst: Die haben da alles, was sie brauchen. Die Natur um sie herum ist traumhaft, die leben in ihrem eigenen, kleinen, abgeschlossenen Mikrokosmos. Das ist doch toll. Was meinst du, wie glücklich die sind!«, sann Lisa.

Ohne Fleisch kann man nicht glücklich sein, setzte Heiko in Gedanken hinzu, sagte es aber nicht laut, um eine Diskussion zu vermeiden und Lisa nicht auf dumme Gedanken zu bringen.

»Fahren wir noch nach Gaildorf?«, schlug er stattdessen vor.

»Hm?«

»Nach Gaildorf. In diese Klinik. Ich würde mir diese Karolin gerne mal genauer anschauen. Vielleicht kriegt man ja doch was aus ihr raus.«

Der M3 bog in Jagstheim in einer kleinen Seitenstraße rechts ab und bretterte dann eine kleine Landstraße entlang, die Heiko »Bauernautobahn« nannte.

»Fahr doch nicht so schnell«, tadelte Lisa.

»Erstens sieht man hier schon von Weitem, wenn was entgegenkommt«, gab Heiko zurück. »Und zweitens ist das ziemlich unwahrscheinlich«

Lisa schüttelte allerdings nochmals missbilligend den Kopf. Die Straße verlief parallel zu einem kleinen Flüsslein, das von Weiden gesäumt wurde. Sie passierten endlich Unterspeltach, dann durchfuhren sie Stetten und Gründelhardt, wo Heiko wieder auf eine etwas größere Straße einbog. Schließlich kamen sie durch Markertshofen und Obersontheim, dann durch Mittelfischach, und dann, nach einem größeren Waldstück, folgte Gaildorf.

Der Himmel hatte sich etwas zugezogen, und als sie vor der Klinik ausstiegen, fielen einzelne, nadelspitze Tropfen zur Erde. Heiko und Lisa betraten das Gebäude, das aussah, als wäre es von Grundschulkindern dekoriert worden. Basteleien und Fensterbilder hingen an den Wänden, hier und da hing ein buntes Mobile von der Decke. Sie fragten einen umhereilenden Pfleger nach Karolin Klingler. »Sind Sie Verwandtschaft?«, fragte er beiläufig und fuhr sich durch die blonde Bürstenfrisur. »Polizei«, meinte Lisa und hielt ihren Ausweis hin. Der Mann zuckte die Achseln und nannte die Zimmernummer, dann hastete er weiter.

Es war eine schwere, weiße Resopaltür mit rotem Plastiktürgriff, die geräuschlos aufschwang, als Lisa die

Klinke drückte. Was sie sah, ließ sie erstarren. Sie war auf einiges gefasst gewesen, aber nicht unbedingt darauf. In einem viel zu großen Bett lag eine Frau, deren Alter unschätzbar war, denn die ganze Erscheinung war auf grausame Weise grotesk. Zum Körper hin und vom Körper weg liefen mehrere Schläuche, die mit irgendwelchen Flüssigkeiten gefüllt waren, ein Beatmungsschlauch ragte aus einem Loch in ihrem Hals. Der Mund der Frau stand weit offen, die Zähne standen hervor, ihre Augen starrten ins Leere, bewegten sich aber ab und zu, zuckten hilfesuchend. Heiko war sprachlos in der Tür stehen geblieben, vollkommen schockiert. Lisa trat ein paar Schritte auf die junge Frau zu, ans Krankenbett, und konnte es nicht fassen. Karolin Klingler nahm sie nicht wahr, blickte durch sie hindurch. Lisa sah das verzerrte, maskenhafte Gesicht, das früher einmal hübsch gewesen war, und widerstand dem Reflex, der menschlichen Maske über die Wange zu streicheln.

»Was machen Sie da?«, kam es plötzlich vom Eingang her, gefolgt von einem tadelnden »Wer sind Sie überhaupt?« Eine kleine, resolut wirkende Schwester im weißen Kittel schob Heiko ohne Umschweife beiseite und trat auf das Bett zu, um den Sitz der Schläuche zu überprüfen.

»Polizei, Wüst und Luft. Der Vater der jungen Frau wurde …«

»Scht«, machte die Schwester und legte den Finger auf die Lippen. »Draußen«, sagte sie und führte die Ermittler hinaus.

Sie geleitete die beiden Kommissare zu einem niedrigen Tisch mit einigen Stühlen, der am Ende des Ganges stand.

»Wir dachten, wir könnten uns vielleicht mit Frau Klingler unterhalten«, entschuldigte sich Lisa.

»Mit einer Patientin mit Apallischem Syndrom können Sie sich nicht unterhalten«, konstatierte die Krankenschwester trocken und verschränkte die Arme vor der Brust. »Wie kommen Sie bloß auf die Idee.«

»Apallisches Syndrom?«

»Wachkoma.«

»Wir wussten ja nicht, dass sie im Wachkoma liegt.«

»Oh, dann ist mir ein Fauxpas unterlaufen. Das hätte ich Ihnen gar nicht erzählen dürfen. Bitte sagen Sie es nicht der Familie.«

Heiko winkte ab, er hatte sich wieder einigermaßen gefasst. »Was ist denn ein Wachkoma?«, fragte er, immer noch schockiert.

»Wachkoma ist ein Zustand, in den einige Patienten nach beispielsweise Unfällen fallen«, dozierte die Frau. Als Heiko auffordernd schwieg, fuhr sie fort: »Der Patient liegt zwar nicht im Koma, ist also körperlich wach, aber sein Geist ist nicht in der Lage, sich bewusst mitzuteilen. Bei einigen Patienten ist das Hirn auch so schwer geschädigt, dass sie überhaupt nicht mehr bewusst denken. Es ist nicht zu sagen, wie viel von ihrer Umgebung die Patienten wahrnehmen.«

»Deshalb wollten Sie nicht, dass ich von der Ermordung des Vaters rede«, verstand Lisa.

»Der Vater wurde ermordet?« Nun war es die Schwester, die schockiert wirkte, seltsam im Angesicht des

Elends, von dem sie offenbar tagtäglich umgeben war. Lisa nickte.

»Besteht denn noch Hoffnung?«, fragte Heiko und meinte Karolin.

»Zu dem konkreten Fall darf ich Ihnen nichts sagen. Aber grundsätzlich können Wachkomapatienten jede Sekunde in eine Aufwachphase eintreten. Oder jahrzehntelang in dem Zustand bleiben. Oder aus scheinbar unerfindlichen Gründen relativ plötzlich sterben.«

»Bekommt Frau Klingler denn viel Besuch?«, fragte Lisa nach.

»Von der Familie ab und zu. Am meisten vom Bruder, der kommt regelmäßig«, teilte die Krankenschwester mit. »Ideal ist das nicht, es wäre besser, es käme jeden Tag jemand. Aber es ist den Leuten nicht zu verdenken. Es ist eine große Belastung, einen nahestehenden Menschen so zu sehen.«

»Sonst niemand?«, fragte Lisa weiter.

»Wissen Sie, wir führen da auch nicht Buch drüber. Aber soweit ich weiß, nicht.«

Auf dem Nachhauseweg waren die beiden Kommissare ganz still. Es war Lisa, die schließlich zu reden begann: »Furchtbar, oder?«

Heiko machte »Hm.«

»Ich wusste gar nicht, dass es so etwas gibt, einen solchen … Zustand.«

»Es wäre interessant, zu erfahren, wie der Unfall genau abgelaufen ist«, überlegte Heiko.

»Wie meinst du das?«

»Na, manipulierte Bremsleitungen werden es wohl

kaum gewesen sein«, fuhr er fort, »aber die Umstände, meine ich.«

»Du denkst, das könnte uns im Mordfall helfen? Das ist doch viel zu lange her.«

»Wenn du einen Verwandten von dir in diesem Zustand sehen würdest und jemandem die Schuld daran geben würdest, das gäbe doch ein 1-A-Motiv ab, auch noch nach Jahren.«

»Na, ich weiß nicht.«

»Wo sollen wir sonst anfangen?«

Lisa überlegte. »Wir sollten uns noch in der Gegend umsehen, wo der Mord passiert ist.«

Heiko nickte sinnend. »Schließt sich ja alles nicht aus.«

»Vielleicht müssen wir einfach mal drüber schlafen«, meinte Lisa.

Das hohenlohisch-westfälische Ermittlerteam hatte sich auf dem Revier trotzdem noch die Unfallakte geben lassen. Jetzt saßen die beiden zu Hause in Tiefenbach bei einem Vesper. Sita, Heikos Rauhaardackel, bettelte nach einem Stückchen Salami, während Garfield, die rotgetigerte Katze, so etwas gar nicht nötig hatte und auf dem Bigsofa auf »seinem« Kissen thronte. Alfred, der Deutsche Riesenschecke, den die beiden bei ihrem ersten gemeinsamen Fall geschenkt bekommen hatten, scharrte in seiner Einstreu, offenbar hatte er beschlossen, umzudekorieren. »Unfall am 05. Mai 2006«, las Lisa vor. »Fahrzeug: Fiat Panda, Baujahr 1989, marsrot. Was ist das für ein Auto? Ein kleines, nicht?« Heiko nickte und filetierte konzentriert eine Gewürzgurke. »Ein ganz kleines. War damals bei der Dorfjugend nicht grad der Brüller. Und eine Schrottkarre noch dazu.«

Lisa biss wieder in ihr Brot, kaute und schluckte und las weiter: »Fahrzeughalter Fritz Klingler.«

»Na, das war ja klar, dass der das Auto auf sich anmeldet. Spart Versicherung. Das machen alle Väter so.«

»Würden auch alle Väter ihrer Tochter, die den Führerschein neu hat, eine kleine Schrottkarre ohne Airbag kaufen?«, gab Lisa zu bedenken.

Heiko schüttelte den Kopf. »Womöglich nicht.«

»Aber das muss keine böse Absicht gewesen sein. Er hat ja sicher nicht gedacht, der kauf ich ein kleines, schlechtes Auto, damit sie mal einen Unfall damit hat.«

»Das nicht«, pflichtete Heiko bei. »Aber sagen wir mal so: Mein Kind kriegt mal ein Auto mit Airbag.«

Lisa blinzelte. Es war selten, dass Heiko von Nachwuchs redete. Er vermied das Thema extra, so schien es ihr, weil seine Mutter ihn beständig damit nervte. Dass er die Lisa doch endlich heiraten solle, dass die doch das Beste sei, was ihm je passiert sei, ein super Mädle, dass er sich gar keine Bessere wünschen könnte, und überhaupt, dass sie demnächst Enkel haben wollte. Lisas pedantische Mutter hoffte hingegen auch noch nach über drei Jahren Beziehung, dass Lisas Liebe zum vermeintlich schwäbischen Schweinebauern eine vorübergehende Anwandlung sei. Immerhin hatte Heiko seiner Lisa zu Weihnachten einen Crailsheim-Ring als »Freundschaftsring«, wie er sich ausgedrückt hatte, geschenkt, den sie seither zumindest sporadisch trug. Lisa las weiter: »In der Nacht vom 04. auf den 05. Mai fuhr Karolin Klingler die Landstraße zwischen Herboldshausen und Saurach entlang. Auf Höhe der Abzweigung Triensbach kreuzte ein Reh die Straße, das vom Wagen erfasst wurde. Beim Versuch auszuweichen krachte die junge Frau gegen einen Baum am Straßenrand. Da die Straße wenig befahren ist, dauerte es bis in die Morgenstunden, bis die Verletzte, die nicht bei Bewusstsein war, gefunden wurde.« Lisa zog einen Umschlag aus dem hinteren Teil der Mappe, er war braun, DINA5 und nüchtern mit einer Nummer und dem Namen des Unfallopfers beschriftet. Sie öffnete ihn und holte den kleinen Stoß Fotos heraus.

»Mein Gott«, entfuhr es ihr, als sie erkannte, was auf den Bildern zu sehen war. »Das Auto ist ja richtig um den Baum gewickelt.«

Heiko biss nochmals in sein Brot, warf dann einen Blick auf das Foto, kaute und schluckte und meinte dann: »Dass die da lebend rausgekommen ist, ist überhaupt ein Wunder.«

»Na, lebend ist ja relativ«, meinte Lisa und dachte an die kaum mehr menschliche Kreatur in dem viel zu großen Bett. Lisa blätterte den Stapel durch, der aber nur weiteres Elend enthielt. Schließlich legte sie die Fotos zurück in den Umschlag. »Die Staatsanwaltschaft hat ermittelt«, informierte sie. »Fremdverschulden wurde ausgeschlossen.«

MONTAG, 25. APRIL

Am nächsten Morgen rechneten Lisa und Heiko nicht wirklich damit, schon Obduktionsergebnisse zu bekommen. Umso überraschter waren sie, als Heiko auf seinem Tisch einen Zettel von Uwe vorfand, dass sie zu ihm hoch in die Spurensicherung kommen sollten.

Wie immer thronte Uwe auf seinem Ledersessel und schlürfte seinen pappsüßen Automatenkaffee. Es war Lisa schleierhaft, wie man so eine Brühe trinken konnte, aber Uwe war sowieso ein bisschen speziell. Mit seinem Glatzen-Rocker-Look hätte er eigentlich besser zu den Hells Angels als zur Polizei gepasst. Dabei tat er nur so cool, in Wirklichkeit war er absolut sanft und lieb, wie Lisa von Eva, ihrer Freundin aus Wesel, wusste, mit der Uwe seit zwei Jahren eine Fernbeziehung führte. »Du hast schon was für uns?«, eröffnete Heiko das Gespräch und umging damit Uwes langwieriges Anfangsritual. Uwe stellte den Kaffee zungeschnalzend auf seinem Arbeitstisch ab und faltete seine Finger ineinander, um dann die Knöchel geräuschvoll knacken zu lassen. »Naja, also das Puzzle zusammenzusetzen, muss man wirklich den Ulmern überlassen«, meinte er schließlich.

Heiko konnte sich ein Grinsen nicht verkneifen. Das Puzzle zusammensetzen. Passte hier wirklich gut.

»Aber?«, fragte Lisa und zog lächelnd eine Augenbraue hoch. So sah sie unwiderstehlich aus, selbst für Uwe, der ja eigentlich glücklich liiert war.

»Aber in den Säcken waren nicht nur der Körper und die Klamotten.«

»Nicht? Sondern?«, bohrte Lisa geduldig weiter.

»Der Typ hatte einen Herzschrittmacher«, erklärte Uwe. »Ein relativ altes Modell.«

»So, und?«

»Wollte ich euch nur gesagt haben.«

»Hm«, machte Heiko. »Hast du sonst noch was?«

»Die Tüten, in die die Leiche verpackt war, gibt es in jedem Aldi. Handelsüblich, sozusagen.«

»Fingerabdrücke?«, hoffte Lisa.

Uwe schüttelte den Kopf. »Bisher ist alles glatt wie ein Babypopo. Der Typ muss Handschuhe getragen haben.«

»Wieso Typ?«, forschte Lisa. »Es kann doch auch eine Frau gewesen sein?«

»Unwahrscheinlich. Frauen zerhacken ihre Mordopfer eher selten mit Äxten.«

»Er wurde mit einer Axt zerteilt?«, hakte Heiko nach und schauderte.

»Die Art der Schnittstellen spricht bisher dafür, ja. Den Rest sollen aber die Ulmer herausfinden.«

»Und kann man den Tatzeitpunkt schon eingrenzen?«

Uwe fuhr sich über die rasierte Glatze. »Am Toten sitzen ja diverse Krabbelviecher und kleine Würmlein. Die Ulmer werten das aus.«

Heiko musste sich zwingen, schnell an etwas anderes zu denken, damit ihm nicht schlecht wurde.

»Was für Krabbelviecher?«, wollte Lisa wissen und

vereitelte damit schnöde Heikos Selbstablenkungsversuch.

»Fliegenmaden. Aasfressende Käfer. Solche Viecher«, präzisierte Uwe.

»Was ist mit den Sachen, die wir dir gegeben haben?«, fragte Heiko nach, um nun definitiv das Thema zu wechseln. Maden und Käfer, bäh.

»Du meinst, die Weingläser und die Zahnbürsten?«

»Ja.«

»Da sind zwei verschiedene DNA-Spuren drauf. Eine männlich, eine weiblich.«

»Und?« Heiko verdrehte innerlich die Augen, Uwe machte es mal wieder spannend.

»Die männliche auf dem Weinglas, die auf der elektrischen Zahnbürste und die der Leiche stimmen überein. Die rosa Zahnbürste und das zweite Weinglas sind auch von derselben Person, allerdings von einer Frau.«

»Haben wir die in der Datenbank?«, hoffte Lisa.

»Nein, habe ich schon gecheckt«, desillusionierte Uwe.

»Na, seine Frau wird es wohl kaum gewesen sein«, stellte Lisa trocken fest.

»Exfrau«, gab Heiko zu bedenken. »Die eher nicht, nein.«

»Und die Haare aus dem Kamm haben übrigens auch die richtige DNA«, informierte Uwe weiter.

Lisa fielen plötzlich die Kartoffeln auf der Ablage in der Küche ein. »Sag mal, Heiko: Der Mann war doch ordentlich. Wie hoch ist dann die Wahrscheinlichkeit, dass der Kartoffeln in einem Topf in der Küche verschimmeln lässt?«

Heiko verstand sofort. »Du meinst, wenn man den Grad der … Verschimmelung bestimmen könnte, würde man rausfinden, wie lange die dort schon stehen?«

»Und wie lange Klingler schon nicht mehr in seiner Wohnung war«, ergänzte Lisa. »Ginge das, Uwe?«

Uwe schürzte die Lippen. »Wäre möglich. Wenn ich die Umgebungstemperatur berücksichtige … vielleicht. Ich fahre gleich nachher hin und hole den Topf.«

»Am besten machst du das sofort. Und mach den Ulmern Dampf. Die sollen sich beeilen. Sonst sind unsere Spuren nicht mehr nur lauwarm, sondern eiskalt«, forderte Lisa mit einem Lächeln.

Heiko und Lisa hatten sich von Klinglers Hausarzt seine Krankenakte kommen lassen und blätterten sie durch.

»Also, das blühende Leben war der eh nicht«, stellte Lisa fest.

»Hm?«, meinte Heiko.

»Sein Herz hatte keine Eigenfrequenzleistung mehr«, erklärte Lisa.

»Was heißt das?«

»Na, das heißt wohl, dass er auf diesen Schrittmacher komplett angewiesen war.«

»Ja, und?« Heiko nahm einen Amethysten zur Hand und strich über die glatte Oberfläche. Ihr Büro unterschied sich nämlich vom durchschnittlichen Büro dadurch, dass Heiko auf seiner Seite der Fensterbank seine Mineralien hortete, während Lisa ihren laufenden Meter Fensterbank mit Orchideen aller Art vollgestellt hatte.

»Nichts und. Ist aber eine interessante Info. Womöglich ein empfindlicher Kreislauf.«

»Ob das mit den Trafos dann so schlau war?«, überlegte Heiko.

»Hm?«, machte Lisa.

»Der Wechselstrom. Herzschrittmacher funktionieren doch mit Wechselstrom. Und manche Transistoren auch.«

»Das wäre dann aber sehr unvernünftig gewesen«, fand Lisa.

»Wir müssen sowieso die Obduktion abwarten«, beschloss Heiko.

»So oder so, egal, was die Ulmer Kollegen herausfinden: Das Ganze ist schon ziemlich … wie würde der Hohenloher sagen – brachial!«

Heiko grinste. »Du meinst, wegen der Müllsäcke?«

»In Müllsäcken wirft man Dreck weg«, gab Lisa zu bedenken.

»Müll. Wir haben es mit einem Täter zu tun, der das Opfer abgrundtief gehasst hat.«

»Oder der einfach nur praktisch denkt«, widersprach Heiko. »So ein zugeknoteter Müllsack sollte normalerweise dicht sein. Ein blauer Schwerlastsack auch ganz sicher.«

Lisa wiegte zweifelnd den Kopf. »Dazu kommt aber noch das Zerhacken mit der Axt, falls Uwe richtig liegt.«

»Praktisch«, schlug Heiko vor, »nur praktisch. Kleine Stücke verpackt man leichter als große. Vielleicht war es doch eine Frau? Kleine Stücke sind leichter und handlicher.«

»Nein. Das Zerteilen mit einer Axt ist ein unglaublich

intensiver Akt. Es hat etwas Martialisches, und man muss es bewusst tun. Wenn man nur irgendwie ein klein bisschen für die Würde des Opfers übrig hat, dann tut man so etwas nicht.«

»Ich sage dir, das war einfach nur praktisch. Und mit den Müllsäcken sollte die Leiche geruchlos verschwinden, auf Nimmerwiedersehn unter dem doppelten Boden der Modellbahnanlage.«

Lisa seufzte, das konnte man so oder so sehen. »Wir brauchen also jemanden, der zu Hause Müllsäcke und eine Axt hat und das Opfer, einen Macho und TÜV-Prüfer, gehasst hat.«

Heiko schnaubte, aber es stimmte: Viel mehr hatten sie nicht.

»Am besten, wir schauen uns den Tatort nochmal genauer an«, schlug Lisa etwas hilflos vor.

»Den Fundort«, präzisierte Heiko. »Ob es der Tatort ist, wissen wir nicht.«

Die junge Frau rechnete. Ihre Schulden waren ihr über den Kopf gewachsen. Es war ja nicht so, dass sie nicht gewusst hatte, dass sie das Geld für das Handy, den Fernseher und den Computer würde zurückzahlen müssen. So dumm war sie nicht. Aber dann waren die Dinge anders gekommen, als sie es sich erhofft hatte. Ihr ganzes Leben war anders gelaufen. Und in ihrem aktuellen Job verdiente sie auch nicht so, wie sie sich das vorgestellt hatte. Das hatte sich ganz anders angehört, immer. Nun war der Alte über den Jordan gegangen, und sie musste sich eingestehen, dass sie das auch ein bisschen schade fand. Er hatte ihr leid getan. Er war ein schlechter

Mensch gewesen, das schon. Dabei war er aber zutiefst menschlich gewesen, bedauernswert, weil so gar keiner ihn leiden konnte. Darunter hatte er gelitten, sehr. Das war nicht fair gewesen. Und gerade deshalb, weil er darunter gelitten hatte, war er eigentlich kein so schlechter Kerl gewesen, denn sonst wäre ihm ja alles egal gewesen. Und sie hatte er leiden können, er hatte sie wirklich gemocht. Ihre Schulden betrugen 23897,64 Euro. Hoffentlich hatte der alte Sack ihr die Kohle vermacht.

Sie hatten sich Alfons Jensen dazubestellt, damit sie ein paar weitere Informationen über den Leichenfundort sammeln konnten. Heiko durchtrennte das polizeiliche Siegel und hielt dem Mann die Tür auf. Der seufzte schwer und betrat widerstrebend den Raum, der eigentlich von einem schönen Hobby zeugen sollte und nun ein Grab geworden war. »Schlimm mit dem Fritz, echt schlimm«, murmelte der Vorsitzende des MECC. Heiko und Lisa betraten hinter ihm das Vereinsheim und fanden nun zum ersten Mal Zeit, sich genauer umzusehen. Links stand eine Modellanlage, die etwa zwei Quadratmeter umfasste. Rechts entlang der Wand war eine wesentlich größere Anlage aufgebaut, die unglaublich perfekt gearbeitet war. Lisa entdeckte Waldstücke mit Wildtieren, ganze Städte, die wirklich authentisch wirkten und einen Fluss mit durchsichtigem Wasser, durch das einzelne Kiesel zu erkennen waren.

»Wie macht ihr denn das Wasser?«, wollte sie wissen und widerstand der Versuchung, über die perfekt glatte Oberfläche zu streicheln.

»Kunstharz mit etwas Farbe«, informierte Jensen.

»Aber da hat jeder so seine eigenen Tricks. Der Phantasie sind da sozusagen keine Grenzen gesetzt.«

»Ahja?«

»Von Käseschachteln über kleine Steinchen, Erde und Zement bis zu MDF-Platten und Profisachen wie Styrodur kann der Modellbauer alles verwenden. Das ist wahre Kreativität.«

Lisa wanderte weiter und entdeckte eine unterirdische Höhle mit kleinen Dinosauriern, über der die Gleise verliefen, daneben einen Knopf, der grün leuchtete und über dem »Bitte drücken« stand. »Darf ich?«, fragte Lisa, und Jensen zuckte die Achseln. Lisa drückte, und sofort leuchteten die Augen rot, die Dinosaurier bewegten sich hin und her und die Höhle leuchtete gelblich. »Schöööön«, fand Lisa und probierte gleich anschließend noch das »Geisterschloss« aus, das sich quasi um die Ecke befand und bei dem nach Knopf-Drücken ein Geist aus einem Stück Taschentuch mit roten Leuchtaugen über einer Pappmachéburg erschien. »Das ist doch toll«, fand Lisa. »Da wird man gleich wieder zum Kind.«

»Na, das ist Ansichtssache«, gab Jensen zu bedenken.

»Wie meinen Sie das?«

»Wissen Sie, da gibt es wie überall natürlich verschiedene Auffassungen, was die Intention einer solchen Anlage zu sein hat.«

»Nämlich?«, fragte Heiko nach.

»Da gibt es die, die meinen, eine Anlage sei eine ernste Angelegenheit und habe sich streng an die historischen Gegebenheiten zu halten und so naturalistisch wie möglich zu sein.«

»Und die anderen?«

»Nun, dann gibt es noch die Fraktion, die auch mal gerne Dinosaurier, ein Rockkonzert oder ein Schlossgespenst einbaut, quasi mit einem Augenzwinkern. Und die dritte Partei hat vollkommen abgedrehte Ideen, da dürfen es auch mal Aliens auf einem fremden Planeten sein.«

»Aha«, machte Lisa. »Und welcher Auffassung hing Herr Klingler an?«

»Dreimal dürfen Sie raten«, meinte Jensen lakonisch und führte die Kommissare zur Anlage, die ganz links stand und noch nicht fertig war. Heiko erkannte den Wasserturm und Teile der Gleisanlagen des Güterbahnhofs in Crailsheim. Es war über große Teile die nackte Spanplatte zu sehen, teilweise war der Bodengrund aber auch schon aufgebracht.

»Das wird das Crailsheimer BW in den Sechziger Jahren.«

»BW?«, hakte Lisa nach.

»Bahnbetriebswerk. Absolut historistisch, so korrekt wie nur möglich. Daran hat der Fritz gearbeitet.«

»War es denn nicht absolut unvernünftig, dass Herr Klingler sich mit Modellbauanlagen befasst hat? Immerhin trug er einen Herzschrittmacher.«

Jensen zuckte nicht mit der Wimper. »Das wussten alle. Deswegen hat der Fritz nur an den Anlagen mit Gleichstrom gearbeitet und ist von den Wechselstromanlagen weggeblieben. Die hier wird mit Gleichstrom betrieben.«

»Wieso, macht das einen Unterschied?«

»Ja, denn nur Wechselstrom kann einem Herzschrittmacher gefährlich werden. Warum genau das so ist, weiß ich allerdings nicht. War auch egal, jedenfalls durfte der

Fritz nicht an die Wechselstromanlage kommen.« »Wann haben Sie den Boden nochmal vollends zugemacht?«, wechselte Lisa das Thema.

»Naja, also da ist uns das Material ausgegangen, und wir mussten erst welches nachkaufen. Da haben wir den Boden eine Weile offen gelassen an einer Stelle. So vor zwei Wochen haben wir zugemacht.«

»Wo war denn die offene Stelle?«, wollte Heiko wissen.

Jensen deutete mit seinem dürren Finger zur vorderen Wand, neben der kleinen Anlage. »Da hinten. So ungefähr.«

Heiko trat an das Loch, wo sie die Müllsäcke herausgeholt hatten, und das circa zweieinhalb Meter von der angezeigten Stelle entfernt lag. »Ein Stecken würde genügen, um die Leichensäcke durch das Loch weiter nach innen zu schieben«, überlegte er laut.

»Und wir haben ja nicht nochmal unter dem Boden nachgeschaut, bevor wir zugemacht haben. Wer denkt denn sowas!«, gab Jensen zu bedenken.

»Trotzdem muss derjenige gewusst haben, dass da noch ein Loch im Boden ist. Wer könnte das sein?«, forschte Lisa.

Jensen schnaubte. »Alle. Absolut alle. Mitglieder, Ehefrauen, Kinder, Familien, Freunde. Wir haben ja jedem ständig alles erzählt, weil wir so euphorisch waren.«

»Und so um die Zeit ist euch nichts aufgefallen?«, fragte Heiko.

»Um welche Zeit?«

»Na, kurz, bevor ihr das Loch zugemacht habt.«

»Das ist jetzt ein bisschen unkonkret«, fand Jensen. Lisa stimmte zu.

»Wir müssen den Todeszeitpunkt näher eingrenzen können. Sonst kommen wir nicht wirklich vorwärts.«

»Nur so ganz grob«, beharrte Heiko. »Irgendwas Komisches?« Jensen schüttelte nach kurzem Nachdenken den Kopf.

Keine 400 Meter weiter brannte die Sonne auf das Spargelfeld, das soeben abgeerntet wurde. Außer dem Ehepaar, dem der Hof gehörte, befanden sich noch sechs weitere Menschen auf dem Feld. Ola Jablonska wischte sich den Schweiß von der Stirn, der sich trotz ihres Kopftuchs dort angesammelt hatte und ihr in die Augen zu rinnen drohte. Neben ihr arbeitete Marek, ihr Kommilitone aus Krakau und seit Kurzem auch ihr Freund. Hier auf diesem Bauernhof waren sie sich näher gekommen. Auf der anderen Seite stand Karol, der bulliger war als der blonde, etwas zarter gebaute Marek. Karol war ein echtes Kraftpaket, ein Slawe mit strohigem, rabenschwarzem Haar, im wahren Leben war er Elektriker aus Bielsko-Biała. In der nächsten Reihe arbeiteten ein älteres Ehepaar, Alex und Bozena, sowie Kristina, eine etwas dickere Bäuerin aus der Nähe von Warschau. Sie alle nutzten die Saison, um hier in Deutschland etwas dazuzuverdienen, denn die Löhne hier waren um ein Vielfaches höher als in Polen, und wohnen durften sie bei den Bauern, meist gab es auch etwas zu essen bei der Familie oder sie kochten sich selbst. So brauchten sie nicht viel zum Leben und konnten eine Menge Geld nach Hause schicken. Ola unterstützte damit ihre Eltern, behielt aber noch etwas zurück, um ihr Studium zu finanzieren. Sie wollte Lehrerin werden, Lehrerin für Deutsch und Kunst, denn sie zeichnete und malte sehr gern. Und arbeitete hart für dieses Ziel. Ihr Deutsch war gut, sie machte zwar ab und zu kleinere Fehler, aber sie nutzte die Zeit in Deutschland, um es zu verbessern. Mit flinken Fingern hob Ola ein Stückchen Folie hoch und entdeckte den vorwitzig sprossenden Spargel. Sorgfältig stach sie mit dem Messer so tief wie möglich unten ab und zog die Stange mit Gefühl heraus. Sie legte das edle Gemüse in den Plastikkorb, den sie neben sich stehen hatte. Dann seufzte sie und sagte auf Polnisch zu den beiden Männern, die neben ihr arbeiteten: »Ich rege mich immer noch auf. Wie kann er nur auf eine solche Idee kommen!« »Wen meinst du?«, fragte Marek und legte eine Stange in ihren Korb. »Na, den älteren Herrn«, meinte Ola und fand sofort, dass »älterer Herr« eigentlich viel zu nett ausgedrückt war. »Diesen Unmenschen«, präzisierte sie also. »Den alten notgeilen Sack?«, hakte Marek nach. »Genau. Wie kann er nur auf die Idee kommen … es ist mir ganz peinlich!« »Das muss dir nicht peinlich sein«, schaltete sich nun Karol ein. »Du brauchst doch ein bisschen Taschengeld, Kleine. Deswegen bist du doch hier, nicht wahr?«, zitierte Ola und zog jetzt wütender an einer Stange, sodass diese unter ihren Händen zerbrach. »Verdammt«, ärgerte sie sich und grub das noch in der Erde steckende Stück heraus. Das würde sich nur noch zu Bruchspargel verarbeiten lassen, die Spitze könnte man vielleicht extra verkaufen.

»Der denkt wohl, alle Mädchen wären leicht zu haben«, sinnierte Marek.

Ola schüttelte den Kopf. »Das war so … demütigend.«

»Nur für ihn«, fand Karol, »nur für ihn.«

»Schon, aber das war so … ein Angriff auf meine Würde. Verstehst du das? Ich meine, wirke ich so?«

»Wie?«, wollte Marek wissen.

»Na, wie so eine. Die leicht zu haben ist.«

Eine Träne glitzerte in ihrem Augenwinkel, und Marek nahm seine Freundin sofort in die Arme und küsste die Träne weg. »Nein, meine Süße. Du wirkst wie das schönste Mädchen der Welt, deswegen hat er dich gefragt, dieser widerliche Mensch.«

Ola schenkte ihm ein kleines Lächeln und schien getröstet. Sie bückte sich wieder, um gleich darauf die Folie anzuheben und einige besonders schöne Exemplare zu entdecken.

»Ich würde mir um den auch gar keine Gedanken mehr machen«, meinte nun Karol, der einfach weitergearbeitet hatte, Ola zu trösten, war immerhin Mareks Aufgabe, der Glückliche.

»Wieso nicht?«

Karol schwieg eine Weile und rammte schließlich das Messer mit einiger Kraft in die duftende Erde. Dann murmelte er: »Der Kerl wird dich nie wieder belästigen.«

Wieder auf dem Revier waren die beiden auf dem Weg zu ihrem Büro, als sie ein farbiger junger Mann ansprach. »Entschuldigung …« »Sie sind hier, glaube ich, falsch. Wir sind die Mordkommission. Für Asylfragen müssen Sie aufs Ordnungsamt. Das ist im Rathaus, zur Tür raus und dann links, wieder rechts und dann unter der Brücke links«, meinte Heiko nicht unfreundlich. Der junge Mann blieb wie angewurzelt stehen, Lisa und Heiko gingen weiter und setzten sich in ihr Büro. Sie blätterten etwas lustlos Klinglers Krankenakte durch, und schließlich klopfte es an ihrer Tür, zaghaft erst, dann ging sie einfach auf, noch bevor einer von ihnen »Herein« sagen konnte. In der Tür stand Schorsch Ullrich, der in Wirklichkeit natürlich Georg hieß, ihr etwas korpulenter und ständig heimlich Solitär spielender Chef. »Moorcha, ihr zwei«, meinte er und trat einen Schritt beiseite, sodass der junge Mann, der sie gerade eben schon angesprochen hatte, sichtbar wurde. »Darf ich euch Jonathan Kammer vorstellen?«, meinte er mit leichtem Kopfnicken. »Unser neuer Kollege, Kriminalobermeister.« Heiko errötete bis in die Haarspitzen, das Ganze war ihm unendlich peinlich. »Oh, hallo, Herr Kammer, bitte entschuldigen Sie die Sache von gerade eben.« Der junge Mann blickte etwas finster drein, lachte dann aber mit strahlend weißen Zähnen und bot Heiko die Hand zum Gruß an. »Scho vergessn. Ii bin dr Johnny. Aus Nirnberch.«

Leicht amüsiert registrierte Heiko nun den fränkischen Dialekt, den er so nicht wirklich erwartet hätte. Lisa erhob sich und ging auf den Mann zu. »Lisa. Lisa Luft. Kannst Lisa zu mir sagen.«

»Johnny. Bis mr Jo-na-than gsachd hat, is ja dr Daach rum.«

»Vielleicht könnt ihr den Herrn Kammer ab und zu aweng unter eure Fittiche nehmen?«, bestimmte Schorsch.

»Klar«, meinte Heiko. »Wir zeigen dir die wichtigsten Lokalitäten.«

»Der Herr Kammer wird euch auch beim aktuellen Mordfall unterstützen. Wie läuft's überhaupt?«, fragte Schorsch nun und zog fragend die dünnen Augenbrauen hoch. Lisa registrierte seine blaue Krawatte, die nicht wirklich zum mintgrün gestreiften Hemd passte. Offenbar hatte seine Frau ihm heute die Sachen nicht rausgelegt. »Wir bräuchten jetzt halt mal dringend den Todeszeitpunkt«, mokierte Lisa. »Sonst können wir nicht wirklich anfangen.«

»Konntet ihr das noch nicht eingrenzen?«, hakte Schorsch nach.

»Ein bisschen schon. Aber nicht richtig. Eine konkrete Angabe wäre gut.«

Schorsch nickte. »Ich ruf mal bei den Ulmern an und mach aweng Dampf.«

»Hat der Uwe schon gemacht«, gab Heiko zu bedenken.

»Na, wenn der Chef anruft, ist das schon nochmal anders«, meinte Schorsch, und Heiko hütete sich zu widersprechen.

Derweil stand Friedhelm Hanselmann in der Haushaltswarenabteilung des EBERL, des Crailsheimer »Großmarkts für jedermann.« Der EBERL war der letzte Laden in Crailsheim, der noch Modellbaubedarf führte. Schon in den frühen Neunzigern hatte der »Rümmele« geschlossen, und jetzt gab es nur noch den EBERL. Das alteingesessene Kaufhaus, das den klangvollen Untertitel »Der Großmarkt für jedermann« trug, hielt sich auch in Zeiten des Onlinehandels gut, die Leute schätzten die kompetente Beratung. »Kann ich Ihnen helfen?«, sprach ihn auch wirklich eine Verkäuferin an. Doch Hanselmann schüttelte den Kopf. »Ich schau nur ein bisschen«, meinte er. Das war nur eine halbe Lüge. Denn ganz so war es nicht. Ihm schwebte eine Szene vor, für die heimische Anlage, eine ganz bestimmte. Er wandte sich nach links zu dem Ständer mit den Miniaturfiguren. Es war unglaublich, wie winzig sie waren, und wie kunstvoll bemalt, wie exakt. Hanselmann ging leicht in die Hocke und ließ seinen Blick über die angebotenen Sets schweifen. Irgendwie suchte er doch etwas Bestimmtes. Endlich entdeckte er eine Packung mit sechs Figuren, die auf etwas zu warten schienen. Sie waren wohl für eine Anbringung am Bahnsteig gedacht, so, wie sie da mit ihren kleinen Köfferchen standen. Es war unglaublich, wie jede dieser Figuren eine Geschichte zu erzählen schien. Und wie man mit jeder dieser Figuren eine Geschichte erzählen konnte. Hanselmann angelte nach der Packung. Ja, der dritte von links, der war gut. Er nahm sich noch eine Packung Waldarbeiter und ging dann schnurstracks zur Kasse.

Da Schorsch in Aussicht gestellt hatte, den Ulmern Dampf zu machen und daher vielleicht doch in Kürze mit einem Ergebnis zu rechnen war, entführten sie den Neuen erst einmal ins Kaffee Kett.

»In derra Schdadt is awwer aa d'Katz verreggt«, fand Johnny.

Lisa blinzelte, sie musste kurz nachdenken, um jetzt auch noch den fränkischen Dialekt zu verstehen, das überforderte sie tendenziell. »Das sieht nur so aus, auf den ersten Blick. In Wirklichkeit haben wir hier ganz viel, was es zu unternehmen gibt, viele schöne Museen und Feste, wie zum Beispiel das Fränkische Volksfest«, erklärte sie endlich und wies damit gleich auf die neben der Muswiese für viele Hohenloher wichtigste Festivität des Jahres hin. »Das ist so ähnlich wie euer Oktoberfest«, erzählte sie weiter. »Nur etwas kleiner.«

Johnny schnalzte mit der Zunge. »Ii bin fai a Franke, ko Bayer.«

»Wie bitte?«

»Die Franken fühlen sich den Bayern ungefähr so verbunden wie wir Hohenloher den Schwaben«, erläuterte Heiko.

Lisa verdrehte innerlich die Augen, das war ja unglaublich kompliziert. Sie lächelte aber adrett und nickte einfach.

»Nochmal Entschuldigung wegen vorhin«, meinte Heiko, es war ihm immer noch peinlich.

Johnny winkte ab. »Da bist net der Erste. Bloß, weil ii schoko bin.«

Heiko grinste. »Ich dachte nur, weil in Crailsheim grad so viele Asylanten sind«, versuchte Heiko zu erklären.

»Arme Leut sin des«, fand Johnny. »Die sind total entwurzelt, die meisten von denen haben unglaublich viel mitgemacht.« Er schwenkte auf leidliches Hochdeutsch um, weil er offenbar bemerkt hatte, dass Lisa sich im Verstehen schwertat. »Du bist net von do, gell?«, meinte er und schaute Lisa an.

Die grinste. »Und du?«

»Mein Papa ist aus Kamerun. Mama ist Deutsche, aus Nürnberg. Die haben sich damals im Studium kennengelernt.«

»Ah«, machte Lisa. »Und hast du noch Geschwister?«

»Ungefähr 25«, meinte Johnny.

Lisa blinzelte wieder und glaubte, er würde sie veräppeln.

»Ja, echt. Papa hat ziemlich Kohle und lebt wieder in Kamerun, hat zwei Frauen und ein paar Geliebte, und er ist ein bisschen rumgereist, da wissen wir nicht so genau, was alles entstanden ist.«

»O-kay«, machte Heiko. »Verarschst du uns?«

»Nein, jetz echt. Das ist in Kamerun so«, versicherte Johnny.

»Und wie kommt deine Mutter damit klar?«

»Och, die sieht das locker. Die hat ja auch seit 20 Jahren wieder einen neuen Freund. Alle drei Jahre trifft sich die ganze Familie zu Weihnachten in Kamerun.«

»Der Freund auch?«

»Ja, klar, dort ist das nicht so eng. Ich werde allerdings meiner Freundin mal treu sein, wenn ich eine habe. So viele Frauen und Kinder brauche ich nicht«, versicherte er und lächelte dabei Lisa strahlend an.

Heiko legte demonstrativ den Arm um Lisa, was er sonst nie tat, und warf dem neuen, durchaus muskulösen und gutaussehenden Kollegen einen warnenden Blick zu. »Mir langt auch eine Lisa«, meinte er, was Lisa wiederum sehr süß fand. Dann wechselte er das Thema: »Das ist unser Schweinemarktplatz«, erklärte er und machte eine Handbewegung, als würde ein Märchenkönig einer Prinzessin sein Reich zeigen.

»Werden hier Schweine verkauft?«, fragte Johnny logischerweise.

»Nein. Nur früher mal«, erklärte Heiko.

Kurze Zeit später saßen sie im Außenbereich des Kaffee Kett. Die Frühlingssonne streichelte ihre Haut, und Lisa zog ihre Jeansweste aus und saß nun im leichten Shirt da. Heiko entging nicht, dass Johnny Lisa immer noch interessiert musterte, und ergriff demonstrativ ihre Hand. Sie bestellten einen Kaffee und unterhielten sich prima. Johnny schien abgesehen von seiner Bewunderung für Lisa nett zu sein, einer, mit dem man gut würde auskommen können. Lisa und Heiko setzten ihm außerdem die Eckpunkte des neuen Falles auseinander.

»Des is awwer arch kompliziert«, fand Johnny, und Lisa und Heiko nickten.

»Es wäre zuerst wichtig, den genauen Todeszeitpunkt zu wissen. Wegen Alibis und so weiter«, erklärte Heiko.

»Wenn ich jetzt so ein amerikanischer Profiler wäre, würde ich sagen, dass der Täter das Opfer ganz arg gehasst haben muss«, meinte Johnny nach einem Schluck aus seiner Kaffeetasse, wieder auf Hochdeutsch.

»Wieso?«, fragte Heiko nach, während Lisa zustimmend nickte und »Siehst du«-Gesten in Richtung Heiko machte.

»Na, jemand so klein zu zerhacken … größere Stücke hätten es auch getan. Oder?«

Heiko brummte. Vielleicht war das Ganze doch nicht so abwegig. In diesem Moment läutete sein Handy. Es war Uwe, der sie zu sich in sein Büro bestellte.

Zwanzig Minuten später saßen sie wieder bei Uwe. Die beiden Kommissare stellten den neuen Kollegen vor, der von Uwe kräftig die Hand geschüttelt bekam und mit »Angenehm, Uwe« willkommen geheißen wurde.

»Die Ulmer haben einen ersten Teilbericht geschickt. Anscheinend haben sie Dampf bekommen«, sagte der Spurensicherer, und er klang ein bisschen stolz.

Heiko verschwieg tunlichst, dass wohl eher der Anruf vom Schorsch den Ausschlag gegeben hatte.

»Und?«, fragte Lisa freundlich, weil sie wusste, dass Uwe auf die Weise am schnellsten erzählen würde. »Also, anhand des Verwesungsgrades der Leichenteile und all der kleinen Tierlein, die so darauf rumgekrabbelt sind,« – Heiko kämpfte die aufkommende Übelkeit nieder – »ist davon auszugehen, dass Klingler vor 14–17 Tagen umgebracht wurde.«

»Näher kann man das nicht eingrenzen?«, meinte Heiko enttäuscht.

Uwe schüttelte den Kopf und zog schließlich den Topf mit den in vielen Farbfacetten pelzig überwucherten Kartoffeln zu sich heran. »Das deckt sich übrigens auch mit meiner Erkenntnis, wie lange die Kartoffeln schon in der Küche des Mordopfers rumgestanden sind. Circa zwei Wochen, etwas mehr.«

»Hm«, machte Heiko, und es klang unzufrieden. »Und die Todesursache? Er wurde doch nicht bei lebendigem Leib …«

Uwe schüttelte den Kopf. »Nein, wurde er nicht. Herzstillstand, soweit sie das bisher sagen können.«

»Herzstillstand?«, wunderte sich Lisa. »Ich dachte, der hatte einen Schrittmacher?«

Uwe zuckte die Achseln.

»Vielleicht hat jemand die Batterie geleert. Mit … einem Magnetfeld oder so,« überlegte Lisa laut.

Alle vier dachten angestrengt nach.

»Als Träger eines Herzschrittmachers muss man doch alles Mögliche beachten«, sinnierte Lisa weiter. »Meine Tante hat einen, daher weiß ich das.«

»So?«

»Ja. Man darf nicht in die Nähe von Magnetfeldern, besonders wenn … wenn der Herzschrittmacher überlebensnotwendig ist.«

»Ist der nicht immer überlebensnotwendig?«, wunderte sich Johnny.

Uwe wandte sich seinem Rechner zu und googelte ein bisschen, dann meinte er: »Anscheinend nicht. Es gibt unterschiedliche Grade von Funktionsstörungen beim Herzen. Da gibt es die, die eigentlich noch selber schlagen und wo der Schrittmacher nur überwacht, dass es keine Aussetzer gibt. Diese Patienten kriegen dann Beklemmungen oder Kammerflimmern, wenn er ausfällt, fallen aber keinesfalls gleich tot um.« Er scrollte nach unten, dann fuhr er fort: »Bis hin zu denen, die gar keine Eigenfrequenzleistung mehr haben und wo das Gerät als ausschließlicher Impulsgeber für den Herzschlag fungiert.«

»Und wenn dann die Batterie leer ist …«, vermutete Johnny, aber Uwe schüttelte den Kopf.

»Die Untersuchungen sind sehr engmaschig, es gibt dann diverse Warnhinweise, so etwas passiert so gut wie nie.«

»Und wenn es doch ein Unfall war? Wenn jemand … sagen wir, die Rente weiter beziehen wollte und einfach nur die Leiche hat verschwinden lassen?«, schlug Lisa vor.

Heiko dachte kurz nach und schüttelte dann den

Kopf. »Der Klingler war doch bestimmt ein Knauserer. Da hätte sich Erben sicher eher rentiert.«

»Da hat schon einer nachgeholfen«, glaubte auch Uwe. Er googelte »Herzschrittmacher Ursachen Herzstillstand«, klickte auf »Suchen« und pfiff nach kurzer Lektüre durch die Zähne.

»Was?«, fragte Heiko.

»Hier steht, dass es eine Situation gibt, in der der Herzschrittmacher seine Funktion einstellt.«

»Nämlich?«

»Wenn er vom Herzen die Info bekommt, dass es selbstständig schlägt. Wenn es sich hierbei um eine Fehlinformation von außen handelt, dann passiert das zum Beispiel beim Einfluss von Wechselstrom. Hier steht, man soll zum Beispiel keine Bohrmaschinen benutzen.«

»Die Modelleisenbahn«, erinnerte sich Lisa.

»Läuft die nicht mit Wechselstrom?«

Heiko schüttelte den Kopf. »Der Jensen hat gesagt, dass Klingler immer nur mit Gleichstrom gearbeitet hat. Zur Sicherheit.«

»Das ist jedenfalls was, wo wir ansetzen können«, fand Lisa. »Eine Wechselstromquelle würde also den Herzschrittmacher zum Aussetzen bringen und damit einen Herzstillstand verursachen, richtig?«

»Richtig.«

Willi Rot betrachtete den Zugwagen. Er war wunderbar. Eine perfekte Nachbildung. Jedes einzelne Teil war vollkommen. Seine schmalen Finger glitten über die strukturierte Oberfläche. Schön war die Lok, richtig schön. Ästhetisch. Eine perfekte Nachbildung einer Lok des

Glacier Express. Und sie hatte die richtige Größe, Maßstab 1:87, H0. Etwas anderes kam für ihn nicht infrage. Sein Blick schweifte für einen kurzen Moment ab zu seiner Anlage, die den halben Hobbyraum in seinem Keller füllte. Auch sie war wunderbar, er hatte die Anlage in fünfzehnjähriger Arbeit gebaut. Sie stellte eine naturnahe Schweizer Landschaft dar, mit Bergen, die sogar denen fast vollkommen entsprachen, die auf einem Teil der Strecke des Glacier Express zu finden waren. Er hatte alles aus Gips und Draht modelliert, und anschließend mit hunderten von Grautönen das Felsmassiv oberhalb der Baumgrenze mit Spritzpistole und Pinsel definiert. Ein einzelner Senn hatte seine Alm bezogen, mit kleinen Miniaturkühen, die auf der mit 6 mm-Grasfasern und sattgrüner Flockage bestäubten Wiese weideten. Manchmal wünschte er sich, er könnte mit dem Senn, dem er aus kleinen Rindenstücken eine Hütte gebaut hatte, tauschen. Dann würde er mitten in den Schweizer Bergen wohnen, auf einer ruhigen, sehr ruhigen Alm, und ab und zu am Bergfuß den Glacier Express vorbeiziehen sehen. Wunderbar wäre das, ein ruhiges, ein perfektes Leben. »Willi«, schrie es von oben, und er zuckte leicht zusammen. Seine Frau. Er antwortete nicht. Dann, etwas wütender: »Willi!« Und schließlich hörte er die Geräusche, die ihre massigen Füße verursachten, wenn sie die Treppe hinuntergepoltert kam. »Jetzt hocksch scho widder vier Stunda in deim Kabuff«, keifte sie. »Ii soochs dr, des mach ii fai nimmi lang mit.« »Komme gleich«, murmelte Willi und warf noch einen sehnsuchtsvollen Blick zu dem Senn. »Die Drecksmodellbahn«, schimpfte Gertrud. »Wenn d mii aa sou oft ougugga däädsch wie des bleedi Ding, no kennta mr's sou schee hoowa.« Willi Rot schluckte. Und nickte. Und blickte sehnsuchtsvoll zum Senn.

Sie riefen umgehend wieder Jensen an, um ihn zu bitten, alle Mitglieder des MECC in Rüddern im Vereinsheim zu versammeln. Der rief nach kurzer Zeit zurück und meinte, dass das erst am frühen Abend ginge, zwei befänden sich noch auf einer Radtour. Die Kommissare verabredeten sich also für halb sechs. »Und was machen wir bis dahin?«, fragte Lisa.

»Wir könnten uns mal anschauen, wer eigentlich vom Tod des Mordopfers profitiert. Finanziell meine ich«, schlug Heiko vor.

»Wenn aber der Tote doch gar nicht entdeckt werden sollte? Dann kann das doch eher nicht das Motiv sein. So, wie ich das sehe, hätten die Leute annehmen sollen, dass er in Thailand verschollen ist. Dann wäre er nach ein paar Jahren für tot erklärt worden.«

Heiko nickte. »Da hast du recht, absolut. Aber weißt du grad was Besseres?«

Lisa schüttelte nach kurzem Überlegen den Kopf.

Sie besorgten sich also eine Vollmacht vom Staatsanwalt und wurden später am Nachmittag beim Crailsheimer Notar Harald Fürst vorstellig. Fürst war ein großer, ernst dreinblickender, aber freundlicher Mann mit sehr dunklem, etwas spärlichem Haupthaar und Brille.

»Grüß Gott«, begrüßte er das hohenlohisch-westfälische Ermittlerteam. Heiko stellte sich und Lisa vor, schilderte ihr Anliegen und reichte Fürst den Beschluss der Staatsanwaltschaft. Der nahm das Papier, überflog es und nickte dann beinah anerkennend.

»Gern mach ich sowas nicht. Aber wenn es in einem Mordfall hilft …«, meinte er und führte Lisa und Heiko in sein Büro, das mit wuchtigen, dunkelbraunen Ledersesseln ausgestattet war. »Fritz Klingler«, murmelte Fürst.

»Genau. Wir müssten wissen, wer die Begünstigten sind, im Todesfall.«

Fürst nickte. Der sehr schlanke Mann stand auf und ging zu einem Schrank, dem er nach einigem Blättern in irgendwelchen Ablagefächern einen versiegelten Umschlag entnahm. Er schaltete routinemäßig ein Tonband ein, das auf seinem Schreibtisch stand. »Sie haben doch nichts dagegen?«, fragte er Lisa und Heiko murmelnd.

»Aber nein«, versicherte Heiko. Er war schon froh, dass die Sache so glatt lief.

»Testamentseröffnung von Fritz Klingler, wohnhaft in Crailsheim. Bei mir sind zwei Kommissare der Kriminalpolizei, Frau Lisa Luft und Herr Heiko Wüst.« Fürst blickte die beiden Kommissare kurz fragend an, um sich zu vergewissern, dass die Namen auch richtig waren. Als beide zustimmend nickten, fuhr er fort: »Ich, Fritz Klingler, vermache im Vollbesitz meiner geistigen Kräfte meinen ehelichen Kindern und meiner Frau den gesetzlichen Pflichtteil. Meine Frau erhält zudem das Haus in Roßfeld mit allem, was sich darin befindet. Mein Auto vermache ich meinem Sohn Christian. Ferner erhält Frau Nicole Seifert, wohnhaft in Crailsheim-Ingersheim, 10000 Euro von meinem Bankkonto. Außerdem vermache ich Frau Sriprai Wongrutiyan, wohnhaft in Bangkok«, – es folgte eine unverständliche Adresse – »20.000 Euro sowie das Aktienpaket bei der Hohenloher Bank für den Unterhalt unseres gemeinsamen Sohnes Walter.«

Lisa blinzelte. »Er hat einen Sohn namens Walter? Mit einer Thailänderin aus Bangkok?«, versicherte sie sich.

»Steht da«, bestätigte Fürst.

»Und wie heißt die Frau?«

»Sriprai Wongrutiyan«, wiederholte der Notar ungerührt und gestattete sich ein kleines Lächeln. Dann fuhr er fort: »Dem MEC Crailsheim vermache ich 20000 Euro zur Erhaltung der Modellbahnanlage und für weitere Anschaffungen. Was dann noch übrig ist, soll zu gleichen Teilen an meine Frau und unsere gemeinsamen Kinder gehen. Unterschrift Fritz Klingler, unterzeichnet am 10. Oktober 2015 in Crailsheim.« Fürst setzte die Brille ab. »Hilft Ihnen das?«

»Von einer Enterbung seiner Tochter Viola steht da nichts?«, versicherte sich Lisa.

Fürst überflog das Schriftstück noch einmal. »Vermache ich meinen ehelichen Kindern und meiner Frau«, las er noch einmal. »Nein, keine Enterbung. Wieso?«

»Viola ist offenbar der Meinung, enterbt worden zu sein. Christian hat das auch erwähnt«, erklärte Heiko.

»Vielleicht hat Klingler das nur so gesagt«, schlug Fürst vor. »Das machen die Leute oft, um die lieben Verwandten ein bisschen zu terrorisieren.«

Oder vielleicht hat Viola das Ganze nur erfunden, um von sich abzulenken, und es zu diesem Zweck auch noch Christian gesteckt, setzte Heiko in Gedanken hinzu.

»Können Sie uns davon eine Kopie machen?«, fragte Lisa.

Fürst bedauerte: »Leider nein, das ist nicht möglich.« Seltsamerweise nickte er aber dazu. Dann schaltete er das Aufnahmegerät ab und meinte: »Mach ich Ihnen. Aber die behandeln Sie bitte vertraulich.«

»Den Verdächtigen dürfen wir das aber schon sagen?«

Fürst dachte kurz nach. »Ungern. Aber wenn es Ihren Ermittlungen hilft.«

»Wie heißt die Dame? Nicole wie?«, fragte Heiko.

Lisa zog das Blatt hervor. »Nicole Seifert«, meinte sie. Zurück auf dem Revier suchten sie sofort Nicole Seifert heraus. Die Frau wohnte tatsächlich in Ingersheim.

Lisa sah auf die Uhr. »Was machen wir jetzt? Wir müssen eigentlich gleich los nach Rüddern.«

»Na, 10000 Euro geben nicht unbedingt ein 1-A-Mordmotiv ab«, gab Heiko zu bedenken.

»Vielleicht wusste sie nur, dass sie im Testament bedacht wird, und nicht, mit wieviel«, schlug Lisa vor. »Gut, dann nehmen wir uns die Frau später vor. Aber jetzt müssen wir wirklich nach Rüddern.«

Seit der Zeitumstellung war es nachmittags länger hell, und die Sonne überflutete die Landschaft mit gelbgoldenem Licht. Lisa und Heiko passierten ein aufkeimendes Feld, dessen junge Pflanzen so sattgrün waren, dass es in den Augen wehtat. Kurz vor dem Vereinsheim überholten sie zwei Fahrradfahrer, es handelte sich um Baumeister und Rot.

Wenige Minuten später standen alle, Lisa und Heiko, Jensen, Rot, Baumeister und Hanselmann dort, wo sie vor einem Tag auch gestanden hatten – direkt am Leichenfundort, ganz in der Nähe des unsäglichen Lochs, das immer noch nicht geschlossen war.

»Und, warum sind wir hier?«, wollte schließlich Willi Rot wissen.

»Womöglich habt ihr schon den Mörder, und es war einer von uns, und wir machen hier jetzt so eine Hercule-Poirot-Schlussszene?«, schlug Baumeister vor.

Heiko grinste. »Na, so einfach ist es nicht. Aber wir haben jetzt erste Ergebnisse der Autopsie. Und ich wollte Sie alle bitten, sich Gedanken zu machen, ob irgendetwas anders war als sonst. Vor 14 bis 17 Tagen.«

Alle schnaubten.

»Das ist jetzt aber nicht Ihr Ernst, oder?«, meinte Hanselmann, und er sah wirklich sehr zweifelnd aus.

»Besser können wir das leider nicht eingrenzen«, erklärte Lisa. »Außer, jemandem von Ihnen wäre etwas aufgefallen. Etwas, was uns weiterhilft.«

Nun begannen die vier älteren Herren tatsächlich, angestrengt nachzudenken.

Nach einer halben Minute fragte Heiko: »Woran hat denn der Herr Klingler gearbeitet, so als Letztes?« Jensen wies sofort auf die Anlage, die den Crailsheimer Güterbahnhof annodazumal zeigte.

»Und er hat nicht zufällig mit Wechselstrom gearbeitet?«, vermutete Lisa.

Jensens Hand fuhr zur Stirn und tippte dagegen. »Blöd war er nicht, der Fritz. Der hätte doch nie eine Wechselstromanlage benutzt. Mit seinem Herzschrittmacher.«

»Ach ja, der hatte ja einen Herzschrittmacher, gell«, erinnerte sich nun Rot.

»Halt, da ist aber tatsächlich was komisch«, schaltete sich Baumeister ein. »Ich meine mich zu erinnern, dass vor zwei Wochen tatsächlich die Schaltung mal anders war. Und zwar hingen da sogar zwei Trafos dran, recht kompliziert verkabelt sogar, sodass man gar nicht durchgeblickt hat. Und das waren glaub ich sogar Wechselstromtrafos.«

»Und das hat Sie gar nicht gewundert?«, meinte Lisa. Baumeister zuckte die Achseln. »Ich hab mir dabei irgendwie gar nichts gedacht. Das war mehr so eine Aufräumaktion. Ich hab die Trafos dann einfach abgebaut. Waren sowieso durchgeschmort.«

Heiko und Lisa wechselten einen Blick. Seltsam. »Und dann haben Sie sie weggeworfen«, vermutete Heiko und seufzte innerlich. Aber sie hatten Glück.

Baumeister schüttelte den Kopf. »Für solche Fälle haben wir eine Restekiste. Die fungiert quasi als Ersatzteillager.«

»Und wo ist diese Kiste?«, fragte Heiko.

Jensen ruckte mit dem Kinn in Richtung einer Ecke, wo tatsächlich eine blaue Plastikkiste stand. Eine von der Sorte, in der man Kinderspielzeug aufbewahrte. Gemeinsam trat das Gespann auf die Kiste zu.

Dann sagte Heiko: »Also, Herr Baumeister. Bitte fassen Sie nichts an. Können Sie mir zeigen, welches die beiden Trafos waren?«

Der ältere Mann beugte sich so tief hinunter, dass das eine Ende seines schicken Herrenschals die Kiste streifte. Dann deutete er mit spitzen Fingern auf zwei

Geräte. »Der und der«, meinte er und fügte dann noch hinzu: »Glaub' ich.«

»Hm«, machte Heiko.

»Und Sie können sich überhaupt nicht mehr erinnern, an welchem Abend das war?«, fragte Lisa nach.

Der Mann runzelte kurz die Stirn, dann meinte er: »Doch, natürlich. Es war Freitag. Ich war nämlich ins Kino verabredet, zur Nachmittagsveranstaltung, und wäre fast zu spät gekommen. Aber nur fast.«

»War denn am Donnerstag jemand hier? Und war das da auch schon?«

Rot hob die Hand. »Ich hab am Donnerstagnachmittag an der Anlage gearbeitet. Und da war die Schaltung noch normal.«

»Und dazwischen?«

»So zwei Stunden, nachdem ich weg war, ist der Fritz gekommen.«

»Woher wissen Sie das denn?«

»Er war jeden Montag- und Donnerstagabend da. Immer.«

»Wer wusste das noch?«

Rot zuckte die Achseln. »Das wussten alle, die es wissen wollten.«

Lisa und Heiko verstauten die gesamte Restekiste akribisch im Kofferraum des M3, um sie kurz darauf gleich ins Revier zu fahren und mit einer kurzen Erklärung bei Uwe abzugeben. Anschließend fuhren sie nach Ingersheim, wo die geheimnisvolle Nicole Seifert wohnte.

Kurze Zeit später standen die beiden vor einem kleinen Einfamilienhaus mit einigermaßen ungepflegtem Garten von der Sorte, die Romantiker okay fanden und pedantische Rentner die Hände über dem Kopf zusammenschlagen ließ. Lisa und Heiko näherten sich der Haustür, die über einen altmodischen, kleinen Treppenaufgang zu erreichen war. Durch die Milchglasscheibe der Tür war nichts zu erkennen, innen war es ganz dunkel. Und tatsächlich läuteten die beiden Kommissare vergeblich – Frau Seifert war nicht da. Lisa und Heiko wandten sich zum Gehen, als plötzlich aus dem Nachbargarten eine Stimme ertönte: »Die is net do.« Interessiert blieben die beiden Ermittler stehen und musterten die Frau mittleren Alters, die einen grauen Pullover zum blauen Rock trug, das dunkle Haar zum Dutt gesteckt hatte und sich gerade auf eine Hacke stützte.

»Die schafft«, informierte sie weiter.

»Schichtarbeit?«, vermutete Heiko.

Nun lachte die Frau unfroh auf, und es klang ein wenig böse. »Noh! Die schafft immer oowads un nachts.«

»Sou«, machte Heiko und forderte damit auf kürzestmögliche Weise zum Weiterreden auf.

»Wissas, des is sou ooni. A Professionelle.« Sie schnalzte mit der Zunge und fügte hinzu: »Was bin ii froh, dass die die Kerl net dohanna herbringt!«

Heiko nickte zustimmend, denn so ließe sich wohl noch mehr aus der Frau herausholen.

»Schlecht ausschaua dud se ja net. Awwer a reechde Schand isses trotzdem.«

»Und wo genau arbeitet Frau Seifert dann?«, wollte Lisa nun wissen. »Do, im Induschdriegebiet. Wie haaßt des … Pottri odder sou. Waaß ii doch net, ii befass mi net mit sou am Dreeg.« Passenderweise zog die Frau genau in diesem Moment geräuschvoll die Nase hoch.

»Sie meinen das Potpourri?«, vermutete Heiko und konnte ein Grinsen nicht unterdrücken. Das Potpourri war weniger ein verruchter Puff als vielmehr eine Strip-Bar, in der die Damen auch keinesfalls professionell anschafften, sondern in der das höchste der Gefühle ein privater Strip an der Stange oder ein Lap-Dance im Separé waren.

»Sie wissa ja scheint's aa, wie des haaßt, gell!«, meinte die Frau und musterte Heiko abschätzig von oben bis unten.

»Klar, ich und meine Kumpels sind da Stammkunden«, erklärte Heiko.

Die Frau zog die Augenbrauen zusammen und meinte: »Verascha Sie mi jetz?«

Heiko lächelte entwaffnend und nickte. Obwohl er sogar schon im Potpourri gewesen war, einmal und heimlich, und es war Jahre her. Es war der Junggesellenabschied eines alten Freundes gewesen, und da hatten sie nach dem Besuch im Apfelbaum volltrunken beschlossen, noch ins Potpourri »zu den Weibern« zu gehen. Als sie aber angekommen waren, waren sie alle so schüchtern gewesen, dass sie ihre Wodkagläser fest umklammert gehalten hatten und nur selten einen Blick zu dem, was sich da auf der Bühne abspielte, geworfen hatten. Was sollte man da auch machen, in so einer Bar, als ab und zu einen verschämten Blick zu einer der Damen zu werfen. Sie hatten schließlich dem Junggesellen einen Privatstrip spendiert, woraufhin dieser bis in die Haarspitzen errötet war und eine Viertelstunde später etwas peinlich berührt wieder aus dem Separé gekommen war.

»Jedafalls, do schafft des Luader, wenn mr des sou nenna kou. Do kenna Se die bestimmt outreffa. Wer sinnen Sie iwwerhaupt?«

Lisa dachte bei sich, dass diese Frage aber reichlich spät kam, und zwar nachdem die nette Nachbarin das pikante Arbeitsleben der Gesuchten vor vermeintlich Wildfremden ausgebreitet hatte.

»Wüst und Luft, Kriminalpolizei«, informierte Lisa knapp und leicht säuerlich.

»Sou. Hat die oon umbroochd?«, vermutete die Frau, und ihr Mund verzog sich zu einem freudlosen Lachen, das irgendwie an den »Joker« aus »Batman« erinnerte.

»Noh«, meinte Heiko und schüttelte den Kopf. Er glaubte, dass es auf jeden Fall besser sei, dass diese Dame nicht wusste, warum sie Nicole Seifert suchten.

Das Potpourri befand sich in einem der Industriegebiete und war in einem Hinterhof versteckt. Es war noch zu früh, als dass im Club wirklich was los gewesen wäre. Lisa biss sich auf die Lippen ob der Harmlosigkeit des Etablissements. Plüschige Sofas in Bordeauxrot standen herum, es gab einen kleinen Laufsteg und einzelne Stangen. Eine etwas gesetztere, üppige Dame mit blondierten Haaren und rotem Etwas mit Spitze bekleidet stand an der Theke und füllte ein Glas mit Cola aus dem Zapfhahn, um eine Sekunde später daran zu nippen. Die Kommissare traten zu ihr, und Heiko räusperte sich. »Wir suchen eine Nicole Seifert«, begann Heiko. Die Frau stellte das Glas ab und fragte: »Wer sucht die

Nicki?« Die beiden zückten ihre Ausweise und hielten sie der Frau unter die Nase. Nun nickte die Bardame und wies den Kommissaren den Weg zur Umkleidekabine, die sich im hinteren Gebäudeteil befand. Heiko und Lisa klopften etwas schüchtern an, von drinnen klangen Lachen und das Schwätzen mehrerer Frauen heraus. Endlich wurde die Tür geöffnet, nur einen Spaltbreit, und ein extrem grünes Auge schaute heraus.

»Ja?« Die Stimme klang nicht verrucht, eher etwas piepsig.

»Wir suchen eine Nicole Seifert«, erklärte Heiko und hob den Ausweis vor den Spalt.

Das grüne Auge blinzelte. »Einen Moment, bitte«, meinte die Piepsstimme dann.

Die Tür ging wieder zu, und eine Minute später kamen drei Damen aus dem Kabuff, denen ihr Beruf nun deutlich anzusehen war – stark geschminkt und mit verruchter Reizwäsche waren sie durchaus hübsch anzusehen. Lisa puffte Heiko in die Seite, als der seinen Blick aus Versehen kurz auf einem wiegenden Hinterteil ruhen ließ, das in blauer Spitzenunterwäsche steckte. Nun schwang die Tür wieder auf, und wie eine Königin saß die Frau mit der Piepsstimme und den unglaublich grünen Augen auf einem fragil wirkenden Stuhl, die perfekten Formen durch einen seidenen Kimono verhüllt.

»Sie wollen mit mir sprechen?«, fragte sie mit Kleinmädchenstimme, und Heiko wurde schlagartig bewusst, dass diese Stimme auf eine gewisse Kategorie Männer eine hohe Anziehungskraft ausübte: Diese Frau suggerierte, ein Dummerchen zu sein, eine Marylin Monroe, naiv, ausnutzbar.

Dabei bezweifelte Heiko, dass sie genau das war. Er fragte sich, ob sie diesen Eindruck nicht absichtlich erweckte. »Sie kennen einen Herrn Fritz Klingler?«

Die grünen Augen blinzelten wieder. Dann wurden die schmalen Schultern hochgezogen, und der pinkfarben geschminkte, volle Mund verzog sich zu einem entschuldigenden Lächeln. »Wissen Sie, hier sind immer so viele Männer«, meinte die Dame und zuckte die Achseln.

»Aber an einen, der Sie in seinem Testament bedacht hat, würden Sie sich doch sicher erinnern?«, vermutete Lisa.

»Er hat mich in seinem Testament bedacht?«, meinte die Frau, und es klang freudig. Gleichzeitig wurde ihr wohl bewusst, dass sie sich verplappert hatte. Dass die Kommissare jetzt wussten, dass sie Fritz Klingler gekannt hatte. Sie seufzte, und es klang ein bisschen wie Meerschweinchenquieken. Dann lehnte sie sich zurück und meinte ergeben: »Okay, ich kannte ihn. Was ist denn passiert?«

»Er wurde ermordet«, informierte Heiko.

Die Frau fuhr sich elegant mit der linken Hand durch die Haare. Lisa wusste, dass das ein Hairflip war, der gegenüber einem männlichen Wesen Hilflosigkeit suggerierte. Einer der vielen kleinen Tricks, mit denen die Frauen besser durch den Alltag kamen.

»Ermordet«, wiederholte sie und schüttelte fassungslos den Kopf. »Und weiß man schon, von wem?«

»Wir ermitteln gerade«, meinte Lisa.

Die Frau stöhnte theatralisch auf und schüttelte dann fassungslos den Kopf. »Schlimm. Sehr schlimm«, fand sie.

»Wie kommt denn der Herr Klingler dazu, Sie in

seinem Testament zu bedenken?«, forschte Lisa weiter.
»Och, wissen Sie, ich sage da nichts zu den Kunden. Aber manche mögen mich sehr, mehr, als sie sollten. Es kam schon mal vor, dass jemand von den älteren Herren dann ein bisschen verliebt war und auf diese Weise seine Zuneigung gezeigt hat.«

Heiko nickte, war aber nicht ganz überzeugt. »Sie hatten also keine« – er suchte nach dem passenden Ausdruck – »Beziehung mit Herrn Klingler.«

Nun lachte die Frau schrill auf, etwas zu laut, zu hysterisch. »Wo denken Sie hin. Ich kannte den kaum. Der saß immer unten neben dem Laufsteg und hat mich angehimmelt.«

Lisa und Heiko waren nicht überzeugt, konnten momentan aber auch nicht ernsthaft etwas Gegenteiliges behaupten.

»Haben Sie mitbekommen, ob der Herr Klingler Streit mit jemandem hatte?«, fragte Lisa.

Die Frau schüttelte den Kopf, wobei ihre perfekte, lockige Kurzhaarfrisur hin- und herschwang wie in der Gard-Werbung aus den Achtzigern. »Keine Ahnung. Wie gesagt, ich kannte den kaum.«

Der junge Mann saß an Karolin Klinglers Bett. Er war sich sicher, dass sie spürte, dass er da war. Dieser Meinung war auch die Schwester, die Karolin betreute. Und er hatte ihre Lieblingsmusik in den CD-Player gelegt, Nirvana. Das war aggressive, manchmal melodische, einfach gute Musik. Er hoffte, dass die Akkorde und Kurt Cobains Stimme zu ihr durchdringen konnten, wo immer sie gerade war, wo immer sie seit zehn Jahren war.

Er wusste nicht, wo. Er hatte sich ein Buch gekauft, extra, über das Wachkoma, das so wissenschaftlich nüchtern als »Apallisches Syndrom« bezeichnet wurde. Ein nüchterner Begriff für einen schrecklichen Zustand. Und wenn er Karolin so ansah, so fiel es ihm nicht leicht, in dem Wesen, das mit seltsam verzerrten Zügen in dem Bett lag, Karolin zu erkennen, wie sie einmal gewesen war. Er ergriff ihre Hand und streichelte sie. Es bestand die Chance, dass sie wieder aufwachen würde, eines Tages, es konnte jeden Tag soweit sein, oder niemals. Er klammerte sich trotzdem an diese vage Hoffnung, vielleicht eines Tages. Vielleicht wäre sie blind, gelähmt, müsste neu sprechen lernen, ja, aber sie wäre bei Bewusstsein, sie wäre wieder da. Und er wäre für sie da. Schuld hatte nur der Alte, dieses miese Aas, das zu geizig gewesen war, ihr, seiner eigenen Tochter, ein ordentliches Auto zu kaufen. Obwohl sie den Führerschein neu gehabt hatte. Obwohl sie grade so durch die Prüfung gerutscht war. Und obwohl doch allseits bekannt war, dass Fahranfänger die gefährdetste Gruppe bei Verkehrsunfällen waren. Die Tür ging einen Spaltbreit auf und die Schwester schaute herein. »Alles in Ordnung, Herr Klingler?«, fragte sie lächelnd. Er lächelte zurück und nickte.

»Und?«, fragte Lisa, als sie das Potpourri wieder verließen. »Gib's zu, du warst da schon drin!«

Heiko schüttelte den Kopf, aber Lisa zog tadelnd eine Augenbraue hoch. Da brummte Heiko und meinte: »Hm. Einmal. Bei einem Junggesellenabschied.«

Die Augenbraue wanderte noch höher. »Soooooo?«, machte Lisa.

»Vor deiner Zeit«, beeilte sich Heiko hinzuzufügen. »Und, äh, es war alles ganz brav.«

Lisa blickte immer noch streng drein, nickte aber schließlich. »Und, was hältst du von ihr?«

»Kannst du dir vorstellen, dass die einen ausgewachsenen Kerl mit einer Axt zerteilt?«, fragte Heiko zurück. Lisa schüttelte den Kopf. »Nicht wirklich«, gab sie zu.

»Und was machen wir jetzt?«, fragte Heiko.

»Feierabend«, beschloss Lisa. »Für heute reicht es wirklich.«

Kaum eine halbe Stunde nachdem Lisa und Heiko in ihrem kleinen, schmucken Einfamilienhäuschen in Tiefenbach angekommen waren und ihre Tiere versorgt hatten, läutete es plötzlich an der Tür. Garfield sprang vom Sofa auf und verzog sich ins Schlafzimmer, während Sita wütend bellte und drohend knurrte. »Wer kann das sein?«, wunderte sich Lisa.

Heiko zuckte die Schultern und ging nachsehen. Es war Martin Kohlmann, einer der jungen Nebenerwerbsbauern aus dem Ortskern. Sie waren schon auf der Jahresfeier des Liederkranzes nebeneinander gesessen und hatten sich gut unterhalten.

»Ah, Martin«, machte Heiko. »Kumm rei.«

Er bückte sich, um Sita am Halsband zurückzuhalten, ohnehin war der Hüne wenig beeindruckt vom grollenden Rauhaardackel. Der sehr große, junge Mann mit dem militärisch anmutenden Kurzhaarschnitt nickte, grüßte Lisa artig, aber etwas schüchtern, und setzte sich nach Aufforderung von Heiko zu ihm und Lisa aufs Sofa.

»Willst du was trinken?«, fragte Lisa. »Ein Bier?«

»Ein Sprudel wär mir lieber«, meinte Martin murmelnd.

Kurze Zeit später saßen sie alle mit einem Glas Wasser auf dem Sofa, Sita hatte sich wegen des mangelnden Interesses des Eindringlings an ihr beleidigt in eine Ecke verzogen.

»Bist du nur so da?«, fragte Heiko.

Martin schüttelte den Kopf. »Noh. Am 30. is ja Maifeschd, des waasch ja.«

»Hm«, machte Heiko und nickte dazu.

»Und mir Männer dääda do an Maiboom holla. Und wo du ja jetz zum Ort dazughörsch und weil du ja aa ledich bisch, wollta mir di froocha, ob d net oofach miidwillsch.«

Heiko war sich bewusst, dass das ein Ritterschlag war, und dass er sich darauf was einbilden konnte. »Ou, des fraabt mi awwer, do bin ii nadierlich dabei«, meinte er deshalb. »Und wann dääded ihr des macha?« »Moorcha Oowad«, informierte Martin. »Um siewene, an dr Alta Schul.«

Als Martin wieder weg war, hakte Lisa nochmal nach: »Was macht ihr da morgen genau?«

»Den Maibaum holen!«

»Ach, fürs Maifest!«

»Ja, genau.«

»Und wer macht das?«

»Normalerweise die ledigen Männer. Aber in vielen Dörfern auch einfach die Maibaumfreunde.«

»Ach.«

»Ja. Man fährt mit dem Bulldog raus und holt den

dann im Wald. Und dann muss man ihn bis zum Fest gut verstecken, damit ihn keiner absägt.«

»Warum sollte den jemand absägen wollen?«, wunderte sich Lisa, obwohl sie sich dunkel erinnerte, dass Heiko ihr in den Vorjahren irgendwann schon einmal eine Erklärung geliefert hatte.

»Wegen der Ehre«, informierte Heiko kurz und nippte an seinem Wasser.

»Wie, wegen der Ehre?«

»Naja, wenn der Maibaum abgesägt wird, ist das eine Schande für das Dorf. Dann können die Männer nicht mal auf den Maibaum aufpassen, verstehsch.«

»Aha«, machte Lisa. »Und wer sollte den absägen wollen?«

»Na, die vom Nachbardorf natürlich. Namentlich Rüddern. Triensbach. Wollmershausen. Die vom Roten Buck. Von Roßfeld.«

»So.«

»Hat aber bisher noch keiner geschafft.«

»Was?«

»In Tiefenbach den Maibaum abzusägen.«

»Gott sei Dank«, meinte Lisa und zwinkerte.

»Hey! Das ist gar nicht witzig!«, beschwerte sich Heiko. »Vor Jahren haben Unbekannte den Maibaum in Crailsheim vor dem Rathaus abgesägt.«

»Und dann ist er aufs Rathaus gekracht?«, vermutete Lisa.

»Nein, aber ungefährlich war das nicht. Ganz zu schweigen von der Schande für die Stadt.«

»Womöglich waren es welche aus Schwäbisch Hall?«, vermutete Lisa und spielte damit auf den von allen Beteiligten mit einem Augenzwinkern betrachteten Konflikt zwischen den Hallern und den Crailsheimern an.

»Das könnten tatsächlich die Haller gewesen sein«, fand Heiko und nickte zustimmend.

Sie war in ihrer Mühle, und er war auch da. Sie wusste genau, dass er da war. Er war immer da, auch jetzt, wo er tot war. Er war nicht totzukriegen. Unmöglich. Sie versteckte sich unter der Treppe, in der Hoffnung, er würde sie nicht entdecken. Sie war ein Kind, kaum vierzehn, und sie hatte Angst, furchtbare Angst. Verzweifelt hatte sie gehofft, ihm durch ihre Flucht in die Mühle zu entkommen, aber es war ihr nicht gelungen, er hatte sie auch hier gefunden. Sie hörte, wie seine schweren Stiefel die Treppe hinunterpolterten. Er war nicht groß, aber stämmig. Und er hatte die Macht, ihr wehzutun. Sie kauerte sich in ihrem Versteck enger zusammen. »Violaaaah«, lockte er. Und dann, schmeichelnder, aber auch lauter: »Vi-oooh-laah!« Sie presste die Hand auf den Mund, um nicht loszuheulen, vor lauter Panik. »Ich weiß, dass du da bist, Viola«, säuselte er dann. »Komm raus, ich tu dir nichts.« Ihr Blick verschwamm, getrübt von Tränen, die ihr übers Gesicht liefen und schnell an ihrem Kinn heruntertropften. Er war fast unten angekommen, die vorletzte Treppenstufe knarzte stärker als die anderen. »Viola, Schatz, komm raus, ich tu dir nichts«, meinte er wieder, mit diesem lockenden, seltsam anmutenden Tonfall. Viola schloss die Augen, sie wusste, dass er jetzt unten angekommen war, und sie wusste, er würde sie finden, denn er kannte ihr Versteck, hatte sie nicht zum ersten Mal hier gefunden. Sie presste den Kopf auf die Knie, dann hörte sie, dass er direkt vor ihr stand. »Aber da bist du ja, Viola, da bist du ja«, frohlockte er und zerrte an ihrem Arm, um sie aus ihrem Versteck zu holen. »Nein«, schrie sie und versuchte, sich zusammenzukrümmen. »Nein, nicht, tu das nicht.« Eine schallende Ohrfeige beendete ihre artikulierten Versuche, sich gegen ihn zu wehren, und ließ sie wimmernd zusammenbrechen. Aber er zog sie wieder hoch, unerbittlich und brutal. Und dann rammte er das Messer in ihren Unterleib.

Schweißgebadet und mit einem gellenden Schrei erwachte Viola aus ihrem Albtraum. Es war immer derselbe Traum, mit immer demselben, furchtbaren Ende. Neben ihr bewegte sich Kai, schlang schlaftrunken einen Arm um sie. Es dauerte lange, lange, bis Viola Klingler wieder in einen unruhigen Schlaf fiel.

DIENSTAG, 26. APRIL

An diesem Morgen waren sie früher aufgestanden, weil sie endlich einmal wieder frühstücken wollten, zuhause und mit allem Drum und Dran. Normalerweise blieben sowohl Lisa als auch Heiko eher in den Federn liegen und verzichteten dafür auf ein richtiges Frühstück. Der Automatenkaffee auf dem Revier war dann das Erste, was sie zu sich nahmen, was zugegebenermaßen schon irgendwie widerlich war. Deshalb war ab und zu dieses Frühstück eben schön, auch unter der Woche. Heiko blätterte im Hohenloher Tagblatt, während Lisa an ihrem Kaffee nippte.

»Gib mir auch mal einen Teil«, forderte Lisa.

»Welchen denn? Den Lokalteil will nämlich grad ich.«

»Die Kultur.«

»Kannst du haben«, grinste Heiko und reichte Lisa die entsprechenden Seiten.

Lisa riss gedankenverloren ein Stück Xälzbrot – also Marmeladenbrot – ab, und warf es in Sitas klappendes Hundemaul.

»Du sollst sie am Tisch nicht füttern«, tadelte Heiko.

»Sie kuckt aber so lieb.«

»Hm.«

»Ach, schau mal, die Ausstellung, von der die Klingler geredet hat. Da scheint jetzt am Sonntag die Vernissage gewesen zu sein.«

»Hm«, machte Heiko wieder, das war ja ungemein interessant.

»Krass«, meinte Lisa plötzlich und starrte auf das zum Artikel gehörige Foto.

»Was ist?«, fragte Heiko und ließ seinen Lokalteil sinken.

»Schau mal, wer da ist«, meinte Lisa und drehte die Zeitung so, dass ihr Freund und Kollege das Foto betrachten konnte.

Heiko musste nicht lange suchen – das leuchtend rote Kostüm von Hedwig Butzer stach ihm direkt ins Auge. »Brachial«, fand nun auch er.

»Schon, oder?«, bestätigte Lisa. »Da hat sie gerade erfahren, dass ihr Mann tot ist, Exmann von mir aus, und da geht sie auf eine Vernissage.«

»Vielleicht ist das ihre Art, mit der Trauer umzugehen. Eine Ablenkung sozusagen«, schlug Heiko vor.

Lisa nippte wieder am Kaffee und schüttelte dann den Kopf. »Glaub' ich nicht. Ich glaube, die hat einfach ihre Pläne nicht geändert. Diese Frau ist eiskalt.«

»Na, wenn, dann pietätlos. Du weißt ja nicht, was in der Ehe so alles vorgefallen ist«, berichtigte Heiko. »Trotzdem. Sowas macht man einfach nicht.«

Heiko musste Lisa innerlich irgendwie recht geben, da war schon was dran. »Vielleicht war die Info, dass er tot ist, für sie ja gar nicht so neu«, überlegte Heiko.

»Na, das ist jetzt etwas weit hergeholt. Aber wer weiß.«

Zur gleichen Zeit wie Lisa und Heiko machten auch die Erntehelfer auf dem Hermanns-Feld in Rüddern eine

Kaffeepause. Mareike, die Bäuerin, hatte Kaffee für alle in Thermoskannen dabei. Sie setzten sich kurz auf die Erntewägen und tranken.

»Gestern war schon wieder die Polizei da«, erklärte Bozena gerade.

»Wo?«, fragte Marek.

»Unten, beim Schuppen. Mit den Modelleisenbahnen.«

»Was wollen die denn bloß da?«, wunderte sich Karol.

»Ich hab Mareike gefragt«, fuhr Bozena fort und blickte aufmerksamkeitsheischend um sich. »Und die hat gemeint, dass da eine Leiche gefunden worden ist!«

»Moj Boze«, murmelten alle und bekreuzigten sich hastig.

»Und wer?«, forschte Marek weiter.

»Einer von den alten Herren, vom Club.«

Olas Gedanken rasten. Es war doch womöglich nicht der, der sie belästigt hatte? Wenn sie es genau überlegte, hatte sie ihn schon länger nicht mehr gesehen.

»Wie hieß er denn?«, fragte Ola also, aber Bozena schüttelte den Kopf.

»Weiß ich nicht. Einer von den Alten eben.«

Ola erinnerte sich, dass der Mann Fritz geheißen hatte, er hatte sich als Fritz vorgestellt. Dann hatte er ihr seine schmierigen Avancen gemacht. Und ganz im Ernst geglaubt, sie würde sich darauf einlassen. Ola stand auf und ging zu Mareike, die gerade einige Meter entfernt stand und ihren Blick über das weite, nach würziger Erde duftende Feld schweifen ließ.

»Hallo, Ola«, begrüßte Mareike sie. »Gut, so ein Kaffee zwischendurch, gell?«

Ola nickte. »Du, Mareike, ich wollte dich etwas fragen.«

»Ja?«

»Bozena sagt, es sei ein Toter gefunden worden. Ein Mann.«

Mareike nickte. »Ja, da hinten«, meinte sie und deutete vage in die Richtung, in der der alte Kuhstall lag.

»Weißt du zufällig, wie der geheißen hat?«

»Mein Mann hat gestern gemeint, Fritz Klingler. Wieso?«

Olas Herz setzte für einen Schlag aus, als Mareike den Namen nannte.

»Gibt es das häufig?«

»Was denn?«

»Den Namen Fritz.«

Mareike musterte Ola. »Hast du etwas gesehen, Ola? Weißt du etwas? Dann musst du es der Polizei sagen?« Ola lächelte, und es wirkte etwas verkrampft.

»Nein, nein. Ich bin nur neugierig.«

»Hm«, zweifelte die Spargelbäuerin.

»Was ist denn passiert?«

»Er wurde ermordet«, erklärte Mareike und nahm wieder einen Schluck Kaffee.

Ola bekreuzigte sich. »Und weiß man schon, wie?«, forschte sie weiter.

Mareike schüttelte den Kopf und beugte sich dann näher zu ihrer Angestellten. »Aber die Nachbarn haben erzählt, die Spurensicherung hätte Müllsäcke herausgetragen und in denen seien die Leichenteile gewesen.«

»Jesus, Maria und Josef«, murmelte Ola.

Mareike nickte. »Ja. Schön ist das nicht.«

Ola trank ihren Kaffee vollends aus und meinte dann: »Ich mache mal weiter.«

Auf dem Revier gingen Heiko und Lisa schnurstracks zu Uwe hoch, in der Hoffnung, dass der sich schon die Trafokiste genauer angeschaut hätte. Der Spurensicherer verdrehte zwar die Augen, dass sie ihn schon »so früh nerven«, hatte aber seltsamerweise tatsächlich schon Ergebnisse.

»Ich war ja selber gespannt«, meinte Uwe und wies mit einem Kugelschreiber auf die beiden Geräte, die auseinandermontiert auf seiner Arbeitsplatte lagen. »Die haben beide einen Kurzschluss und funktionieren nicht mehr.«

»Was heißt das?«, fragte Lisa.

Uwe strich sich über die Glatze, verschränkte dann die Arme und meinte: »Also, die Wahrscheinlichkeit ist hoch, dass die beiden zusammengeschlossen wurden. Gemeinsam fabrizieren die auf jeden Fall ein magnetisches Feld, das ausreicht, einen Herzschrittmacher dazu zu bringen, seinen Dienst einzustellen. Womöglich hat der Täter den Strom direkt an die Schienen angeschlossen. Je nachdem, wie versunken der Mann in seine Arbeit war, hat er dann eben ahnungslos an die Schienen gefasst und – bumm!«

»Vielleicht war es auch eine Frau!«, schlug Lisa vor, quasi im Zuge der Emanzipation.

Uwe schüttelte den Kopf.

»Eher nicht.«

»Warum denn nicht?«, beharrte Lisa, ein bisschen beleidigt.

»Mädle, kennst du eine Frau, die sich mit Elektrik auskennt?«

»Mehrere«, log Lisa und ärgerte sich über Uwes Chauvinismus.

Heiko grinste. »Eines wundert mich aber«, meinte er dann.

»Hm?«

»Warum so kompliziert? Warum nimmt der Täter nicht einfach einen Baseballschläger, schleicht sich an und zieht das Teil dem Opfer über?«

»Was wiederum für eine Frau spricht«, triumphierte Lisa.

Uwe verdrehte nachsichtig die Augen.

»Oder warum erschießt er das Opfer nicht? An eine Knarre kommt man ja wohl dran, wenn man sich anstrengt«, gab Heiko weiter zu bedenken.

Uwe zuckte die Achseln und schlug dann vor: »Vielleicht war er wesentlich schwächer als das Opfer. Und hatte eben doch keine Ahnung, wo er eine Waffe herbekommen sollte.«

»Na, also schwach kann er kaum sein. Immerhin hat er das Opfer anschließend zerhackt. Da braucht es zumindest Ausdauer«, zweifelte Heiko.

»Noch was anderes: Auf den Trafos sind jede Menge Fingerabdrücke, aber vor allem auch viele kleinere.«
»Wie, kleinere?«

»Von jüngeren Händen praktisch. Von Kindern und Jugendlichen, wenn du so willst.« »Tatsächlich«, wunderte sich Heiko.

»Kleine Fingerabdrücke«, sinnierte Lisa. »Haben die nicht eine Jugendabteilung beim MEC?«

»Du denkst doch nicht, dass …«

»Theoretisch ja«, meinte Uwe, »könnte sein. Die haben ja heutzutage alle Physik und müssten eigentlich wissen, wie man sowas macht. Wär durchaus drin.«

»Aber welches Motiv sollten die haben?«, gab Lisa zu bedenken.

Uwe schnaubte. »Des is euer Job.«

Eine Pause entstand, in der Lisa und Heiko nachdachten und Uwe einfach nur abwartete. »Ach, gibt es eigentlich schon was Neues aus Ulm?«, fragte Lisa weiter.

»Müsste im Lauf des Tages soweit sein.«

Heiko rief die Homepage des MECC auf und fand tatsächlich eine Sparte mit »Jugend.« Auf einer Fotografie waren einige etwa 15-Jährige abgebildet, die stolz vor einer Anlage posierten. »Das ist die Platte gleich links, wenn man reinkommt«, erinnerte sich Lisa. »Hm.«

»Die müssen wir uns jedenfalls vornehmen«, meinte Heiko.

Nach einem kurzen Anruf bei Jensen wussten die Kommissare die Namen der Jungs und dass sie zwei neunte Klassen am LMG besuchten. »Die hocken grad sicher im Unterricht«, meinte Lisa. »Umso besser. Dann haben wir schnell alle beieinander«, fand Heiko.

Sie betraten das helle, lichtdurchflutete Betongebäude, in dessen Atrium zwei echte Bäume standen. Schon bei ihrem letzten Fall hatte das Ermittlerteam am LMG zu tun gehabt, und Lisa war damals schon die positive Atmosphäre des Gebäudes aufgefallen. Eine üppige blonde langhaarige Lehrerin, die offenbar etwas spät dran war, kam gerade aus dem Lehrerzimmer, in den Armen einen Stapel Papier, den sie kaum schleppen konnte. Heiko und Lisa hielten die Frau an, und der war das wirklich gar nicht recht. Sie schilderten kurz ihr Anliegen, und die Blondine verwies sie auf den Zimmerplan, der im Schaukasten neben dem Sekretariat hinge und meinte, dass sie sich im Sekretariat anmelden müssten. Nach einem Blick auf ebendiesen Plan wussten die Kommissare tatsächlich die Nummern der beiden Klassenzimmer, in denen sich die Jungen aufhalten mussten. Anschließend schilderten sie kurz einer Frau Becker und einer Frau Kern im Sekretariat ihr Anliegen, stiegen wenig später die Marmortreppen hoch ins Obergeschoss und klopften schließlich an der ersten Türe. »Herein«, war von drinnen zu hören, und Lisa und Heiko drückten die Tür auf. Ein Schüler stand vorne und umklammerte nervös einen kleinen Stoß Karteikärtchen, hinter sich eine Power-Point-Präsentation, die über Beamer an die weiße Wand über der Tafel projiziert wurde. Der Lehrer, ein junger Mann mit sehr dunklen, fast schwarzen Haaren, Hemd und Sakko, der ans Fensterbrett gelehnt stand, sagte: »Ja? Wir haben GFS.« »Polizei. Können wir Sie bitte kurz sprechen?«

Der Mann zuckte die Achseln und ging mit nach draußen.

»Was ist denn GFS?«, fragte Heiko neugierig.

»Gleichwertige Feststellung von Schülerleistung«, kam es wie aus der Pistole geschossen, Heiko registrierte einen sächsischen Einschlag in der Intonation des Lehrers.

»Bitte was?«, fragte Lisa und klimperte mit den Wimpern.

»Die Schüler halten ein Referat, das dann wie eine Klassenarbeit benotet wird«, erklärte der Mann in einem Tonfall, der verriet, dass er Erklären offenbar gewohnt war – klar, war ja sein Job.

»Ach so, ja.« Heiko dachte an seine Schulzeit am ASG zurück und war froh, dass es diese GFS bei ihnen noch nicht gegeben hatte. Vor Leuten reden war gar nicht sein Ding. »Wir sind von der Polizei, Wüst und Luft, und müssten mal mit drei Schülern aus Ihrer Klasse sprechen.«

»Während der GFS?«, tadelte der Lehrer sofort und rückte seine dunkle Plastikbrille zurecht.

»Wenn es irgendwie möglich ist, ja.« Lisa lächelte ihr strahlendstes Lächeln.

Der Mann fuhr sich durch die leicht lockige Frisur und meinte dann: »Na gut.«

»Okay, und zwar brauchen wir einen Frederik Neumann, den Alexander Siebenmorgen und Michael Walter.«

Im Klassenzimmer nebenan holten die Kommissare noch Raffael Probst und Marius Köhnlein ab. Und so standen sie kurze Zeit später mit den fünf verdutzten Jungen, die sich gegenseitig unsichere Blicke zuwarfen, auf dem Flur vor den beiden Klassenzimmern. »Das ist Kriminalkommissarin Lisa Luft, und ich heiße Heiko Wüst«, stellte Heiko vor. »Wir müssten was mit euch besprechen. Gibt es einen Ort, wo das geht?« Einer der Jungen, einer mit blonder Mädchenschwarm-Frisur, meinte schüchtern: »Im Aufenthaltsraum.«

Lisa staunte wieder über die clevere Architektur des Gebäudes, nach kaum einer halben Minute waren sie alle im Aufenthaltsraum angekommen.

»Wollt ihr einen Kaffee?«, fragte Heiko, weil er einen Automaten in der Ecke entdeckt hatte.

Die Jungen waren jedoch viel zu nervös und schüttelten alle die Köpfe.

»Ihr wisst, warum wir hier sind?«, fragte Lisa und beugte sich verbindlich lächelnd über den Tisch nach vorne.

Wieder Kopfschütteln, leicht ängstlich. Dann riet einer der Jungen, ein schlaksiger dunkelhaariger: »Weil wir im Modelleisenbahnclub sind?«

Lisa lächelte ihm zu und nickte. »Genau. Habt ihr denn schon vom Tod von Fritz Klingler gehört?« Gleichzeitig überlegte sie fieberhaft, wieviel sie den fünf Jungs vom genauen Mordhergang schildern konnte, ohne sie allzu sehr zu schockieren. Dann sagte sie sich wieder, dass der durchschnittliche Fünfzehnjährige in Zeiten von Online-Filmleihen immerhin schon mehrere Splatter-Shocker gesehen haben musste. »Euer Vereinskamerad wurde mit Wechselstrom getötet«, meinte Lisa also.

»Wie, mit Wechselstrom«, fragte nun Alexander, der eine rote Bürstenfrisur trug, bei der die Seiten rasiert waren. Das sah wirklich sehr verwegen aus.

»Durch einen Stromschlag«, erklärte Heiko.

»Daran stirbt man doch nicht«, meinte der Blonde wieder.

»Wenn man einen Herzschrittmacher hat, dann aber schon«, gab Lisa zu bedenken und sparte sich die restlichen Details.

»Der Typ hatte einen Herzschrittmacher?«, entfuhr es

nun einem Jungen mit sehr dichtem und glattem schwarzen Haar.

»Wusstet ihr davon?«, forschte Heiko und wandte sich damit vor allem an den Jungen, der noch gar nichts gesagt hatte. »Wie war nochmal dein Name?«

»Raffael«, lautete die Antwort, und sein Gesicht verzog sich kaum dabei, vielmehr musterte er die beiden Kommissare kühl. »Und ich frage mich schon die ganze Zeit, was Sie eigentlich von uns wollen.« Er hatte die Arme verschränkt und blickte nun Heiko herausfordernd durch eine dünne Brille an.

Heiko verkniff sich eine hohenlohische Antwort und erklärte: »Es hat mit dem Mord zu tun.«

Der Junge zog eine Augenbraue hoch. »Ahja? Dürfen Sie uns überhaupt ausfragen, so ohne Anwalt?«

Nun unterdrückte Heiko ein Grinsen. »Jetzt hör mal zu, Raffael. Ihr seid nicht verdächtig, deshalb ist das hier kein Verhör, sondern eine Zeugenbefragung.«

»Und wie kommt ihr überhaupt auf uns?«, fragte der Junge weiter. Eine seiner dunklen Haarsträhnen war ihm ins Gesicht gefallen, und er pustete sie weg.

»Eure Fingerabdrücke sind wahrscheinlich auf den Trafos, mit denen der Herzschrittmacher außer Betrieb gesetzt wurde.«

Der Mund des Jungen klappte auf und wieder zu.

»Das kann gar nicht sein«, meinte dann der Blonde, Frederik.

»Wir arbeiten nicht mit den Trafos. Sondern mit Win-Digipet und mit Soft-Lok.«

»Mit was?«

»Win-Digipet und Soft-Lok. Das sind Steuerungsprogramme. Man kann genau eingeben, wann welche Bahn wohin fahren soll. Praktisch wie ein Fahrplan.«

»Wie kommen dann eure Fingerabdrücke da drauf?«, fragte Heiko streng.

»Neulich haben wir mal mit den alten Trafos rumprobiert, wisst ihr nicht mehr?«, räumte Marius, ein Dunkelhaarige, ein. »Nach Physik.« Die vier Jungen schienen angestrengt nachzudenken, dann schnippte Michael mit den Fingern. »Ja richtig.« Er wandte sich an Lisa. »Neulich haben wir in Physik Gleichstrom und Wechselstrom durchgenommen. Da haben wir anschließend ein bisschen mit den Trafos experimentiert. Aber als wir mit den Dingern fertig waren, waren die noch intakt und wir haben auch keinen umgebracht.«

»Hm«, machte Heiko. »So einfach ist es nun leider nicht.«

»Sie verdächtigen uns ja doch«, beschwerte sich Raffael. »Also ich sag jetzt gar nichts mehr ohne Anwalt, und das würde ich euch auch raten.«

»Wann war denn der Mord überhaupt?«, fragte nun Marius und schlug damit einen etwas versöhnlicheren Tonfall an.

»Vor circa zwei Wochen«, informierte Lisa.

»Wie, circa?«, fragte Alex, und es klang interessiert.

Heiko holte tief Luft und sagte dann: »Aufgrund des Verwesungszustandes der Leiche ließ sich der exakte Todeszeitpunkt nicht mehr genau feststellen. Die Wahrscheinlichkeit ist allerdings hoch, dass es sich um den Donnerstagabend gehandelt hat.«

Die Jungs machten angeekelte Geräusche, die aber

auch irgendwie wohlig im Sinne von »cool und spannend« klangen.

»Wann also genau?«

»Donnerstagabend, den 7. April«, präzisierte Heiko.

»Dann, Herr Kommissar, haben wir alle fünf ein 1-A-Alibi!«, triumphierte Frederik. »Da waren wir alle grad in Pamiers.«

»Wie, in Pamiers?«, fragte Lisa.

»Schüleraustausch. Fast zwei Wochen lang. Vom 1. bis zum 10.«

»So lang fährt man auf Schüleraustausch?«

»Ja. Gut, was?«

»Wir brauchen trotzdem noch eure Fingerabdrücke«, informierte Lisa. »Also gebt die mal bitte alle noch auf dem Revier ab, so im Lauf des Tages.«

Die Kommissare hatten sich noch im Sekretariat vergewissert, dass die Klassen 9a und 9b auch tatsächlich geschlossen auf dem Schüleraustausch in der französischen Partnerstadt, die in Crailsheim gemeinhin »Pahmirs« genannt wurde, gewesen waren.

»Und was machen wir jetzt?«, fragte Lisa, als sie vor dem Gebäude standen. Heiko zündete sich eine Zigarette an.

»Doch nicht vor der Schule!«, tadelte Lisa sofort zischend. »Was bist du denn für ein Vorbild! Also wirklich!«

Heiko verdrehte die Augen, schnippte die Kippe aber tatsächlich brav in den Graben. »Wir befragen die Rüdderner«, beschloss er. »Oder?«

Lisa nickte. Was Besseres fiel ihr momentan auch nicht ein.

Am LMG läutete es wenig später zur Großen Pause. Wie immer zog sich Raffael in die Freiluft-Sitzgelegenheit in der Nähe des neu angelegten Schulgartens zurück, die im Sommer von den Lehrern gern als Klassenzimmer genutzt wurde. Raffael setzte sich regelmäßig hierher, um die Vokabeln nochmal durchzugehen oder ein paar Hausaufgaben nachzuholen. Er war gut in der Schule, sehr gut sogar, und er hatte einen gewissen Ehrgeiz. Er wollte einmal Anwalt werden, Anwalt oder Richter. Jedenfalls wollte er Jura studieren, da war er sich schon sicher, und darauf war überall ein saftiger NC. Er wusste, was er wollte, sehr genau, anders als die meisten seiner Klassenkameraden, die mit ihren 15 Jahren noch so gar keine Ahnung hatten, in welche Richtung ihr Leben einmal gehen sollte. Raffael konnte nicht verstehen, wie man so planlos sein konnte, und wie das Leben daraus bestehen konnte, den lächerlich-bedauernswerten Versuch zu unternehmen, cool zu sein. Er war ganz in seine Vokabeln vertieft, und so merkte er auch nicht, wie sich ihm jemand näherte. Erst, als er eine Hand auf seiner Schulter fühlte.

»Hey Alter«, sagte eine Stimme.

Raffael verdrehte innerlich die Augen. »Alter« hatte er nur in der Unterstufe gesagt. Er blickte hoch, musste gegen die Sonne anblinzeln, erkannte aber schnell Frederik, seinen Vereinskameraden, mit dem er sonst aber nicht allzu viel am Hut hatte. Deshalb wunderte es ihn, dass sich Frederik nun neben ihn pflanzte und meinte: »Läuft bei dir, oder?«

»Läuft«, antwortete Raffael und wunderte sich noch mehr. »Was ist?«, fragte er also, etwas ungehalten. Er brauchte die Pause wirklich zum Vokabeln lernen, die Wahrscheinlichkeit, dass sie in der nächsten Stunde einen Test schrieben, war immens hoch.

Frederik verschränkte die Arme und lehnte sich zurück. »Läuft, weil die Bullen gar nicht gemerkt haben, dass DU nicht in Pamiers dabei warst.«

Raffaels Herzschlag setzte für einen Moment aus, so, wie es wohl auch beim alten Klingler der Fall gewesen sein musste, mit dem Unterschied, dass dessen Herz nicht mehr weitergeschlagen hatte. »Na und? Ich hab mit dem Mord nichts zu tun«, versicherte Raffael und ärgerte sich über das Zittern in seiner Stimme. Frederik schnalzte mit der Zunge, und es klang überheblich.

»Na, ich weiß nicht.«

»Wie, du weißt nicht?«, fragte Raffael.

»Mir fällt da schon ein Grund ein, warum du eine Wut auf den Alten gehabt hast.«

Raffael lief rot an, und er fühlte die Wut in sich aufsteigen. Er wusste, dass er eine cholerische Persönlichkeit hatte. Sie hatten das in Ethik einmal durchgenommen, und er fühlte die Symptome. Wut, die sich aufstaute und so erdrückend wurde, dass er nach Luft schnappen musste. Das Bedürfnis, Frederik anzubrüllen und ihn zu schlagen, ihm so richtig eins in die Fresse zu geben. Aber er beherrschte sich, schloss kurz die Augen und atmete tief durch. Und es funktionierte, er war wieder gefasster.

»Ja ja, jetzt müssen wir ja alle noch aufs Revier, Fingerabdrücke abgeben«, fuhr Frederik im Smalltalk-Tonfall fort.

Raffael klappte das Vokabelheft zu und legte es neben

sich. Dann setzte er sich so, dass er zu Frederik gewandt saß und fragte :«Was willst du damit sagen?«

Sein Mitschüler lachte freudlos. »Weißt du, die Bullen müssen nicht erfahren, dass du kein Alibi hast. Also von mir erfahren sie nichts, versprochen.« Er machte eine »Meine Lippen sind versiegelt«-Geste, und Raffael überlegte, ob er nicht doch seiner cholerischen Ader nachgeben und ihm eine kleben sollte.

»Dann ist es ja gut«, meinte er schließlich.

»Naja, sie MÜSSEN es nicht erfahren«, wiederholte Frederik.

Wieder setzte sein Herzschlag aus, dann meinte Raffael tonlos: »Was willst du?«

Frederik fuhr sich durch die blonde, perfekt gegelte Frisur. Stylinggelkrümel rieselten zu Boden und glitzerten im Sonnenlicht. »Nicht viel. Sagen wir, 50. Für den Anfang.«

»Wie, 50?«

»50 Euro. Danach sehen wir weiter.«

»Soviel habe ich nicht«, murmelte Raffael und suchte in Frederiks Augen nach etwas, was die Forderung als Scherz enttarnte, als bösartigen, üblen Scherz.

»50 Euro ist doch ein läppischer Preis für deine Freiheit, oder? Und soweit ich weiß, kann man als Mörder auch nicht Richter werden.«

Raffael wurde schlagartig eines bewusst: Frederik war ihm überlegen, er hatte ihn in der Hand.

»Deine Fingerabdrücke sind auf der Mordwaffe«, sang Frederik und boxte ihn spielerisch in die Seite.

»Warum tust du das? Wir waren nie Freunde, aber ich wusste nicht, dass du zu so etwas in der Lage bist.«

Frederik sog scharf die Luft ein und meinte dann: »Du hast Sophie gekriegt. Jetzt kriege ich Kohle.«

Nun war Raffael alles klar, sie waren damals beide scharf auf Sophie gewesen, in der achten Klasse, Frederik, der blonde, gutaussehende Schönling, und Raffael, der intellektuelle Typ. Die schüchterne Sophie hatte sich damals tatsächlich für ihn entschieden.

»Das ist längst wieder vorbei«, gab Raffael zu bedenken. »Es ist aus, schon seit Monaten.«

Frederik grinste sein breitestes Boygroup-Grinsen und meinte dann: »Egal! Raaaache!« Wieder boxte er ihn in die Seite, beinah kameradschaftlich, und Raffael musste nun wirklich an sich halten, nicht zurückzuboxen, aber etwas stärker. Beide schwiegen, und schließlich gongte es. Raffael griff nach seinem Vokabelheft.

»50. Du hast Zeit bis morgen. Danach gehe ich zu den Bullen.«

Die Luft war heute kalt, aber klar, und die Sonne strahlte von einem Himmel, der so blau war, dass er aus einer anderen Welt zu sein schien. Deshalb hatte es Heiko sich auch nicht nehmen lassen, das Verdeck seines Cabrios, seines BMW M3 zu öffnen. Lisas Pferdeschwanz flatterte trotz des Windschotts im Fahrtwind, der Rest von ihr wurde warm von der Heizung bepustet. Die Fahrt war schön, und beinah waren sie zu schnell in Rüddern. Sie parkten den Wagen vor dem Vereinsheim und blickten suchend um sich.

»Wer könnte etwas gesehen haben?«, murmelte Lisa.

»Die da drüben«, meinte Heiko und deutete mit ausgestrecktem Finger auf einen der Höfe.

Sie klingelten an dem großen Wohnhaus. Ein Mann

um die Vierzig im blauen Arbeitskittel öffnete die Tür. Er zog fragend eine Augenbraue hoch und musterte die Kommissare kritisch. »Ja?«, meinte er dann, und es klang misstrauisch.

Heiko zückte seinen Ausweis. »Wir sind die Kriminalkommissare Wüst und Luft und wir untersuchen den Mord, der gegenüber passiert ist.«

Augenblicklich änderte sich die Miene des Mannes, und er stellte sich locker-lässig in die Türe, dachte aber nicht daran, sie hereinzulassen. »Und do befroocha Sie jetz die Nachbara?«, vermutete er und lächelte nun deutlich freundlicher. »Was issn iwwerhaupt bassiert? Genau, moon ii?«

Heiko unterdrückte ein Grinsen. Hier witterte der gute Mann offenbar die Gelegenheit, Informationen abzugreifen.

»Mir wissa ja goor nix«, beschwerte er sich.

»Ein Mann wurde ermordet«, informierte Lisa.

Der Mann kratzte sich am Kopf und verschränkte dann die Arme. »Mei Muader hat awwer gseecha, wie ihr Säck do rausdroocha hebt«, präzisierte er. »Wor der nimmi ganz?«

Heiko verdrehte innerlich die Augen, aber Lisa blieb freundlich: »Nein, leider nicht.«

Nun weiteten sich die Augen des Mannes, die ein durchaus interessantes Grau hatten.

»Er wurde wahrscheinlich mit einer Axt zerhackt.«

»Was!«, entfuhr es dem Mann, ein »Interessant!« konnte er sich wohl gerade noch verkneifen. »Ja, und jetz wella Sie wissa, ob mir ebbes gseecha hebba«, vermutete er weiter. »Wann sollen des gwee sei?«

»Vor circa zwei Wochen«, gab Lisa Auskunft.

»Wie, circa?«

»Wir vermuten, dass der Donnerstagabend, der 7. April, der Tatzeitpunkt ist.«

Der Mann nickte eifrig. »Sou.«

»Haja.«

»Hm.«

»Also, Herr –« Heiko schielte aufs Klingelschild, »– Sandmann, haben Sie vielleicht etwas gesehen? Oder Ihre Frau? Oder Ihre Mutter?«

»Die sin beide net do«, meinte der Mann. »Awwer ii … also ii … ii glaab, ii kou eich do net helfa.«

Es klang sehr bedauernd, wie Lisa amüsiert feststellte. »Überlegen Sie nochmal genau: Vor zwei Wochen. Ist Ihnen irgendwas aufgefallen? Laute Geräusche? Ein Fahrzeug, das normalerweise nicht da war? Ein Kampf? Geschrei?«

Der Mann dachte noch einmal angestrengt nach und schüttelte dann heftig den Kopf. »Dud mer laad. Do missas wirklich ebber andersch froocha.«

»Wen denn zum Beispiel?«, erkundigte sich Lisa. Er zeigte auf den riesigen Hof, den man passierte, wenn man zum MEC fuhr.

»Die Hermanns zum Beispiel. Aber grad sind die alle auf dem Feld.«

»Feld?«

»Na, uffm Spargelfeld.«

Er hatte den Kommissaren noch den Weg zum Feld beschrieben, und die beiden beschlossen, das kurze Stück zu laufen. Überall dufteten die Narzissen und die

Tulpen, eine Wiese war über und über voll mit goldgelbem Löwenzahn. »Riech mal«, forderte Lisa auf und schloss die Augen. »Toll, oder?« Sie atmete den würzig-scharfsüßen Geruch der sonnenbeschienenen Löwenzahnwiese ein. »Hm«, machte Heiko und fand es auch gut. Nach kurzem Fußmarsch kam tatsächlich ein Spargelfeld in Sicht. Heiko zählte acht Personen, die sich offenbar zwei Pflanzreihen, in Hohenlohe »Rängele« genannt, vorgenommen hatten. Sie hatten kleine Wägen dabei, auf denen die Körbe standen, und bückten sich beinah rhythmisch, um das Edelgemüse zu ernten. Die Erntehelfer nahmen keine Notiz von ihnen, so vertieft waren sie in ihre Arbeit. Schließlich waren sie angekommen, gingen auf die Gruppe zu, und Heiko erkannte in einer der Frauen eine Schulkameradin von früher.

»Ach, Mareike«, meinte er überrascht.

Die Angesprochene sah hoch und richtete sich auf. Kurz schien sie nachzudenken, dann klatschte sie einmal in die Hände. »Mensch, der Heiko! Dii howwi ja seit zwanzich Johr nimmi gseecha!«

Heiko schüttelte ihr freundlich die Hand und stellte Lisa vor, die murmelnd »Guten Tag« sagte.

»Was machschn du do?«

»Ii hobb en Martin gheiert«, informierte sie grinsend. »An Großbauer. Martin, kumm amol her!«

Der Mann beeilte sich, die Fremden zu begrüßen, und Heiko nutzte die Gelegenheit, sich und Lisa vorzustellen.

»Wir hätten ein paar Fragen zu dem Mord«, begann Lisa.

»Ahja, der Mord. Haben wir schon gehört.« Mareike wechselte zu leidlichem Hochdeutsch, offenbar, weil sie vermutete, dass Lisa kein Hohenlohisch verstand.

»Und wir müssten wissen, ob jemand von Ihnen etwas gesehen hat.« Lisa ließ ihre Hand in einer fließenden Bewegung über die Arbeiter schweifen, die verstohlen herlinsten.

»Verstehe«, meinte Mareike und rief die Leute zusammen.

Kurze Zeit später standen acht Personen im Halbkreis um die beiden Kommissare herum.

»Das sind unsere Erntehelfer«, erklärte Mareike und stellte die Leute nacheinander vor. Alle wirkten etwas nervös, auf jeden Fall sehr beflissen und ausgesprochen respektvoll.

»Mit den Papieren ist übrigens alles in Ordnung«, beeilte sich Martin zu versichern.

Heiko grinste und winkte ab. »Ich hätte von euch auch gar nichts anderes gedacht.« Das meinte er wiederum ernst, er hatte Mareike als ehrliche und aufrechte Mitschülerin in Erinnerung.

»Sprechen Sie Deutsch?«, fragte Lisa nun die Erntehelfer. Eine junge, ausnehmend hübsche Frau mit blassem Teint und langem, hellbraunem Haar, das zu einem Zopf geflochten war, hob die Hand. »Ich spreche Deutsch. Ich studiere die deutsche Sprache.«

»Können Sie vielleicht für die anderen übersetzen?«, bat Heiko.

Die Frau, Ola, wenn sich Lisa richtig erinnerte, nickte. »Natürlich.«

»Also. Vor ungefähr zwei Wochen wurde hier ein Mann ermordet, wahrscheinlich am Donnerstagabend.« Ola übersetzte.

»Moj Boze«, murmelten alle Polen und bekreuzigten sich hastig.

»Ist denn jemandem von Ihnen etwas aufgefallen?«, wollte Lisa wissen.

Nach der Übersetzung schüttelten die drei Männer und drei Frauen artig ihre Köpfe.

»Es ist sehr wichtig, dass Sie gut überlegen: Haben Sie etwas gehört, vor zwei Wochen? Einen Streit? Einen Kampf? Laute Geräusche?«

Wieder kollektives Kopfschütteln.

»Das Opfer wurde wahrscheinlich mit einem Stromschlag getötet und anschließend zerhackt«, machte Heiko nüchtern weiter und beobachtete nach der Übersetzung, die diesmal etwas stockend erfolgte, die Gesichter der Umstehenden sehr genau.

In allen war blankes Entsetzen zu lesen, einige bekreuzigten sich erneut.

Nur Ola stockte kurz und warf zweien der Männer einen Blick zu, wie Heiko nicht entging. Das war seltsam. »Haben Sie etwas gesehen?«

Übersetzung.

Kopfschütteln.

»Sie vielleicht?«, wandte sich Heiko nochmals explizit an Ola, die puterrot anlief, wieder den Kopf schüttelte und den Blick senkte.

»Wirklich nicht?«, beharrte Heiko.

»Es könnte alles helfen, auch Kleinigkeiten!«, ermunterte Lisa.

Aber Ola schüttelte den Kopf. »Nein, wirklich nicht.«

Heiko musterte alle noch einmal prüfend, auch die beiden Männer, mit denen Ola einen Blick gewechselt hatte. Aber die Mienen waren undeutbar. Schließlich nickte Heiko. »Gut. Ich gebe Mareike unsere Telefonnummer. Wenn Ihnen noch etwas einfällt, melden Sie sich bitte bei uns, ja?« Er sandte vor allem Ola und den beiden jüngeren Männern noch einen letzten, prüfenden Blick, bevor er und Lisa sich auf den Rückweg machten.

Auf dem Revier empfing Uwe sie mit dem ausführlichen Obduktionsbericht. Er schien selbst ganz gespannt zu sein, und weil es wohl etwas Ungewöhnliches gab, hatten sie Johnny dazugebeten, zwecks Erfahrung. »Jetzt machst du es aber spannend«, meinte Lisa charmant, eine Bemerkung, die auch einen kleinen Tadel enthielt. Uwe musterte sie kurz, lächelte dann und nickte.

»Also, zur Sache.«

Heiko betrachtete Johnny, der sich etwas schulbubenartig mit gefalteten Händen auf einem Hocker niedergelassen hatte. Der junge Kollege war aufgeregt und richtiggehend begierig. War ja auch seine erste Leiche. »Jetzt, erzähl«, forderte Heiko, dem Uwes Kunstpausen allmählich zu lang wurden.

Uwe beugte sich nach vorne und fasste nach der Mappe. Dann atmete er tief durch und begann: »Also. Eure Vermutung mit dem Herzschrittmacher, der außer Kraft gesetzt wurde, kann stimmen.« Er nickte den beiden so anerkennend zu, als wäre er nichts weniger als ihr direkter Vorgesetzter.

»Und weiter?«

»Das Opfer wurde mit einer Axt zerteilt, Klingenbreite 12 Zentimeter.«

Heiko pfiff durch die Zähne. »Brachial«, kommentierte er.

Johnny hingegen murmelte »Brudaal«, offenbar das fränkische Pendant.

Uwe nickte. »Ja. Und dazu war einige Kraft nötig. Mindestens Ausdauer. Bis man … mit sowas fertig ist, das dauert, und es ist wirklich anstrengend.«

»Eine Frau fällt also endgültig weg?«, vermutete Lisa.

Uwe wiegte den Kopf. »Weiß nicht. Mit genügend Wut und Adrenalin im Blut … man weiß es nicht. Die Technik allerdings dürfte einer Frau Probleme bereitet haben«, ärgerte er.

Lisa seufzte ergeben.

»Ergibt das nicht eine Riesensauerei?«, wollte Heiko wissen.

Uwe nickte. »Wo der Mörder die Leiche zerteilt hat, wissen wir nicht. Nicht genau, zumindest. Womöglich im Loch.«

»Wie, im Loch?«, wunderte sich Lisa.

Uwe lehnte sich wieder zurück, und der Sessel knirschte. »Also, ich an seiner Stelle hätte das so gemacht: Den Kerl umbringen, in den Teil des doppelten Bodens verfrachten, der noch offen ist, dort zuvor den Boden mit, sagen wir, Müllsäcken auslegen, dann den Kerl zerteilen, in andere Müllsäcke verpacken und einfach in den Teil des Bodens schieben, der schon zu war. Da kuckt ja nicht wirklich einer drunter, wenn man von oben her schafft.«

»Das ist aber ein Risiko«, meinte Lisa.

Heiko stimmte zu. »Finde ich auch. Wenn doch mal einer drunterkriechen müsste?«

Uwe wiegte den Kopf. »Das ist doch alles im Halbdunkel. Und man schaut da eher dahin, wo man arbeiten will, nicht in irgendein dunkles Eck.«

Johnny räusperte sich und hob die Hand.

»Ja?«, rief Uwe ihn auf. »Du, mir sin hier fai net in dr Schul. Schwätz oofach, wennd was soocha willsch.« Johnny nickte und meinte dann: »Ich hab mir bloß gedacht … wär es für den Mörder net am sichersten, wenn er das Loch mit zugemacht hätte? Dann hätte er absolut verhindern können, dass da einer drunterschaut.« Heiko nickte. »Gute Idee«, fand er. »Das heißt, vielleicht sollten wir uns die Herrschaften vom MEC doch noch etwas genauer vornehmen.«

»Hm«, machte Lisa zustimmend.

»Eine Sache ist da noch«, lockte Uwe weiter.

»Was denn?«, fragte Lisa.

»Am Mordopfer waren Pollen. Von einer bestimmten Blume … einer Orchidee … einer Vanda.«

»Lisa!« rief Heiko. »Du warst es! Wie konntest du nur.« Er spielte damit auf die Orchideensammlung seiner Freundin auf der Fensterbank im Büro an.

Lisa verdrehte die Augen und meinte »Ha, ha! Wanda wie der Fisch?«, vergewisserte sie sich.

»Nein. Vanda mit V«, korrigierte Uwe und fuhr dann fort: »Jetzt kann es natürlich sein, dass das Mordopfer selbst mit der Orchidee hantiert hat.«

Heiko dachte nach. »In der Wohnung, gab es da Orchideen?«, meinte er dann, an Lisa gewandt.

Die schüttelte den Kopf. »Keine Zimmerpflanzen, da bin ich mir relativ sicher.«

»Das kann der Johnny nachher nochmal überprüfen«, schlug Uwe vor.

Johnny nickte ernst und versprach: »Ii fass aa nix ou.« Dazu hob er die Hände, deren Innenflächen deutlich heller waren als der Rest.

»Ansonsten könnten die Pollen ja vom Mörder stammen«, fuhr Uwe fort.

»Wir suchen also einen Orchideenliebhaber, einen kräftigen, mit viel Wut im Bauch, der irgendwie mit dem MEC zu tun hat«, resümierte Heiko.

»Womöglich, ja«, meinte Uwe.

»Noch was?«

»Momentan ist das, glaube ich, alles. Wenn es noch was gibt, melde ich mich.«

Friedhelm Hanselmann betrachtete die heimische Anlage. Er hatte eine kleine Waldlichtung für seine spezielle Szene ausersehen, und die Szene würde sein Geheimnis bleiben, er würde sie niemandem zeigen, niemandem, sie war nur für ihn allein. Klingler. Er würde diese Ebay-Sache nicht vergessen. Jahrzehntelang hatte er nach der Lok gesucht, eine Märklin Dampflok R 700 A, Baujahr 1937, jahrzehntelang. Und hatte sie endlich im Ebay entdeckt. Eine ohne Zinkpest, bespielt, ja, aber mit nur minimalen Lackfehlern, die bei diesem Alter ja ganz normal waren. Und es war sogar noch der Originalkarton dabeigewesen. Gut, es hatte schon mehr dieser Loks im Ebay gegeben, aber immer zu einem unerschwinglichen Festpreis, und nie als Auktion. Und nicht in diesem Zustand. Und dieses eine Mal gab es eine Auktion, von jemandem Privatem, der offenbar nicht gewusst hatte, dass die Lok so viel wert war, und der noch dazu einen Tippfehler beim Modell gemacht hatte, was dazu geführt hatte, dass die Auktion nicht die Beachtung erhalten hatte, die ihr eigentlich zustand. Und somit hatte er, Friedhelm Hanselmann, die Chance gehabt, auch in den Besitz der R 700 A zu kommen. Und dann hatte er den Fehler gemacht, den anderen davon zu erzählen. Das heißt, die anderen hatten sich für ihn gefreut, alle Vereinskameraden, nur nicht der Klingler, der hatte so hämisch und schadenfroh gegrinst. Und als er dann an dem Abend zuhause gesessen hatte, vor dem Rechner, und die Sekunden gezählt hatte, bis er die Lok sein eigen nennen konnte, beständig die Seite aktualisiert hatte, alle paar Sekunden, mit bebendem Herzen und einem Höchstmaß an Adrenalin im Blut, da hatte ihn ein Nutzer in den letzten drei Sekunden überboten. 1378,81 Euro hatte ein gewisser fritzcling aus Crailsheim geboten und damit den Zuschlag erhalten. »Leider waren Sie nicht Höchstbietender für dieses Angebot. Klicken Sie hier, um ähnliche aktuelle Angebote aufzurufen«, informierte ihn die Website. Ihm war fast das Herz stehen geblieben, nur mit Mühe hatte er sich davon abhalten können, seine Wut am Rechner auszulassen, der ja immerhin auch gutes Geld gekostet hatte. Er hatte nur immer und immer wieder den Kopf geschüttelt, die Seite aktualisiert und sich gesagt, dass das nicht sein konnte, und den Fritz verflucht. Mit ruhigen Händen öffnete Hanselmann nun die Packung mit den Wartenden. Er griff nach der dritten von links, ohne die anderen auch nur eines Blickes zu würdigen. Dann entnahm er der Waldarbeiterpackung den Holzfäller. Den mit der Axt. Mit einer kleinen Zange zwickte er die Axt aus den Händen des Holzfällers und schnitt sorgfältig die Handreste weg. Nur die Axt brauchte er für seine Szene, mehr nicht. Er nahm Klingler zur Hand und benutzte eine Nagelfeile, um in seinen Schädel eine kleine Kerbe zu fräsen. Groß genug, damit die Axt mit einem winzig kleinen Tropfen Zweikomponentenkleber hielt. Sehr gut. Nun tauchte er den Pinsel in die rote Emaillefarbe. Er hatte ein dunkles Rot gewählt, das Rot von getrocknetem Blut. Denn Klingler war ja schon tot. Mit einem Pinsel der Stärke 00 trug er Blutstropfen unterhalb der Axt auf, erst feine, behutsame, dann ein richtiges Rinnsal. Er betrachtete sein Werk. Ein würdiges Denkmal für den Fritz war das. Ein Mahnmal. Zufrieden klebte er den ermordeten Fritz Klingler mitten auf der Lichtung fest.

Es war schwierig gewesen, den Schultag zu überstehen. Seine Mutter hatte ihn liebevoll wie immer empfangen und zur Begrüßung gefragt, ob sie irgendwelche Arbeiten zurückbekommen hätten. Geistesabwesend hatte er genickt und von seiner 1- in Physik erzählt. Dann hatte er sich murmelnd entschuldigt. Er war aufgewühlt. Den ganzen Tag hatte er sich nicht mehr fassen können, er hatte es sich gespart, nochmal mit Frederik zu reden, denn er wusste, sein Entschluss war unumstößlich. Und wenn die Bullen herausfänden, dass er nicht in Pamiers dabeigewesen war, dann würde er ratzfatz zum Hauptverdächtigen mutieren. Er strich sich nervös die Haare aus der Stirn. Er hatte ein Motiv, eine

Gelegenheit und kein Alibi. Der Klassiker. Er fegte ein paar Schulhefte vom Tisch. Es klopfte an seiner Zimmertür, diese ging eine SSekunde später auf, ohne dass auf ein »Herein« gewartet worden wäre. »Kommst du zum Essen?«, fragte seine Mutter. »Gleich«, meinte Raffael. »Ich komme gleich.« Sanft zog er die Türe wieder zu und setzte sich an den Schreibtisch. Vor seinen Augen drehte sich alles. Was sollte er tun? Er stützte den Kopf in die Hand. Fünfzig Euro, darum konnte er schlecht seine Mutter bitten, denn die wüsste sofort, dass es sich nicht etwa um Kohle für einen Schulausflug handeln konnte. Sein Blick fiel auf sein Sparschwein, das er von seiner Patentante zur Konfirmation bekommen hatte. »Liebling?«, tönte es von draußen. Er schloss die Augen und sog scharf die Luft ein, bevor er zurückschrie: »Gleiheich!« Leise setzte er ein »Verdammt« hinzu, passend dazu landete seine rechte Faust krachend auf der polierten Oberfläche seines Ikea-Schreibtischs. Er schnappte sich das Sparschwein, das auf der ersten Regalablage stand und in das er gelegentlich Kleingeld warf und schlachtete es. Münzen purzelten klirrend auf die Tischfläche, ein Zwanziger war auch dabei. Mit fahrigen Fingern zählte er, mehrfach, und kam auf 43,27 Euro. Er öffnete seinen Geldbeutel und fand noch 1,25. Scheiße, reichte nicht. Nun gut. Musste sich Frederik eben damit begnügen, was blieb anderes übrig. Nun öffnete sich die Zimmertür ohne Vorwarnung. Raffael sprang auf und fuhr herum, um den Blick auf das Geld zu verdecken. Seine Mutter. »Schatz, Papa ist da. Wir essen jetzt.«

Sie waren wieder unterwegs zu Jensen, trafen allerdings nur seine Frau an. Das Ehepaar Jensen wohnte in einem geräumigen Einfamilienhaus im Roten Buck, ein Haus von der Sorte, wie sie in den Siebziger Jahren gebaut worden waren, mit einem recht ansehnlichen Gartenstück außen herum. Wie gesagt war Jensen nicht zu Hause. Die Frau, die ein luftiges blaues Kleid trug, das sie trotz grauem Kurzhaarschnitt jugendlicher erscheinen ließ, als sie war, führte sie in ein Wohnzimmer, das im Stil der Achtziger Jahre eingerichtet, aber durchaus modern dekoriert war, mit cleanen Tischläufern auf dem Esstisch und riesenhaften Glasschalen mit Blumenarrangements.

»Mei Mou misst glei widder dosei«, erklärte die Frau, »der ist zum Eikaafa.«

Heiko und Lisa nickten und setzten sich brav auf die senfgelbe Couchgarnitur, auf die Frau Jensen mit königinnenhafter Geste wies.

»Kou ii eich ebbes oubieda?«

»Nein, danke«, meinten die Kommissare.

»An Kaffee?«, beharrte die Frau. »An Kaffee kennt ihr doch dringa, aa, wenn er im Dienschd seid, odder?«

Zehn Minuten später saßen alle drei auf der Couchgarnitur, mit einer Tasse heißen, frisch gebrühten Kaffees, die tatsächlich guttat. Lisa musterte die Fensterbänke. Keine Orchideen. »Vielleicht kou ii eich aa helfa?«, meinte die Frau nun und beugte sich vor. Es klang einigermaßen neugierig, aber auch tatsächlich hilfsbereit. Lisa beschloss, ein bisschen zu plaudern. »Ihr Mann verbringt ja ganz schön viel Zeit im Vereinsheim«, stellte sie fest.

»Ja, des kou mr soocha«, antwortete die Frau.

»Stört Sie das nicht?« Lisa lächelte ihr freundlichstes Lächeln.

»Och wissa S, a Mou brauchd a Hobby. Des kou mr ja aa net braucha, dass der da ganza Dooch dahamm rumhockt.«

Heiko unterdrückte ein Grinsen. Aha. »Sehen das alle Damen so?«

»Sie moona, ob die Hedi ihrn Exmou umbroochd hat, weil er zvill im MEC rumghoggt is? Des glaawi jetz net.«

»Nein, die nicht grad«, meinte Heiko. »Aber wie schaut's mit den anderen Ehefrauen aus?«

»Wissa S, des is aweng wie bei Kiind, wo schbiela. Mir Weiwer hogga no aa als zsamm und dringa Kaffee und schwätza aweng, während die Kerl ihr Zeich macha. Ii glaab net, dass des ooni wirklich stört.«

Ein Schlüssel wurde ins Schloss der Haustür gesteckt, es knackte und die Tür schwang auf. Sekunden später stand Jensen im Wohnzimmer. »Ach«, machte er überrascht. »Sie schon wieder.« Sein Zwinkern verriet allerdings, dass er es nicht böse gemeint hatte. In diesem Moment klingelte Heikos Handy. Er ging dran und es war Johnny, mit der Info, dass es im ganzen Haushalt des Mordopfers keine einzige Pflanze gab, geschweige denn Orchideen, nicht mal ein Petersilientöpfchen in der Küche. Heiko bedankte sich, drückte auf Auflegen und fragte: »Sagen Sie mal, Herr Jensen, Sie wissen nicht zufällig jemanden beim MEC, der Orchideen sammelt?«

Jensen zuckte die Achseln und schüttelte den Kopf. »Keine Ahnung. Über sowas reden wir nicht grad.«

»Dann eine andere Frage«, schaltete sich Lisa ein. »Sie

erinnern sich noch an die Zeit, als Sie das Loch zugemacht haben?«

Nun nickte Jensen. »Ist ja erst zwei Wochen her.«

»Wissen Sie vielleicht noch, wer da unten gearbeitet hat, ich meine, im Loch?«

»Der Winfried stand meistens unten. Wieso ist das wichtig?«

Lisa ignorierte die Frage. »Winfried Baumeister, richtig?«

Wieder ein Nicken.

»Und wie hoch ist der Abstand zwischen den beiden Böden, so ungefähr?«, fragte Heiko weiter.

»Wie hoch, ihr fragt aber Sach, hm … also vielleicht 60, 70 Zentimeter.«

»War nur der Herr Baumeister im Loch?«, hakte Lisa nach.

»Keine Ahnung«, lautete die Antwort. »Glaub schon.«

»Fällt Ihnen sonst noch etwas ein, zu diesem speziellen Zeitraum?«

Wieder dachte Jensen angestrengt nach, dann schließlich schüttelte er den Kopf.

Sie waren vom Feld heimgekommen, und Bozena kochte gerade in der kleinen Küche, die zu ihren Zimmern gehörte. Sie wohnten schön auf dem Hermannshof, es waren schmucke, kleine Zimmer. Ola nahm ihr Kopftuch ab und fuhr sich über die Frisur. Sie trug zum Arbeiten immer einen Zopf, da waren die Haare aus dem Weg und es sah ordentlich aus. Normalerweise ging es ihr gut auf dem Hof, und sie fühlte sich wohl. Heute war das allerdings anders. In ihrem Magen hatte sich ein flaues Gefühl eingestellt, seit die Kommissare dagewesen waren, wie früher in der Schule, wenn sie für eine Arbeit zuwenig gelernt hatte und das auch genau wusste, während sie sie schrieb. Mit dem Unterschied, dass es hier nicht um eine schnöde Klassenarbeit ging, sondern um Mord. Ein Gedanke hatte sich in ihren Eingeweiden festgesetzt, er würde doch nicht … Nein, das war unmöglich. Trotzdem, da war dieses Gefühl, das tief in ihrer Magengrube saß und nicht verschwand. Mit einem Stromschlag getötet. Sie kannte jemanden, der sich mit Strom ganz hervorragend auskannte. Und der zu so etwas durchaus in der Lage wäre. Sie ging in die Küche und ließ ihren Blick zu Karol schweifen, der soeben mit Bozena am Herd lehnte. Beide lachten über einen Witz, den er soeben gemacht hatte. Er sah Ola und zwinkerte ihr zu. Ihr war klar, dass er sie mochte, mehr, als er sollte, denn sie war doch mit Marek zusammen. Trotzdem ruhten Karols begehrliche Blicke immer dann auf ihr, wenn er glaubte, sie würde es nicht bemerken. Sie wusste nicht, ob er verliebt in sie war. Auf jeden Fall fand er sie aber attraktiv und wäre gerne besser mit ihr befreundet, das spürte sie. Sie hatte den beiden Männern von Klinglers Angebot erzählt. War es möglich, dass … nein, das konnte nicht sein. Zu so etwas wäre Karol nicht in der Lage, niemals. Er ist Elektriker, hielt eine Stimme in ihrem Kopf dagegen. Und du kennst ihn nicht, nicht wirklich, er ist vielleicht sehr wohl zu so etwas in der Lage. Das kann man nicht wissen. Und wenn es so wäre, wenn Karol den Mann umgebracht hatte, um ihn zu bestrafen, vielleicht, um sie zu beschützen, dann war sie eindeutig mit schuld, zumindest moralisch. Ihr Magen zog sich zusammen, als sich ihre Blicke wieder trafen. »Ist was?«, meinte Karol, und es klang etwas ungehalten. Hastig schüttelte Ola den Kopf. »Alles in Ordnung«, versicherte sie schnell und ging zurück in ihr Zimmer.

Winfried Baumeister wohnte in Honhardt, und da er Rentner war, trafen Sie ihn auch tatsächlich an. Er bewohnte ein schmuckes Häuslein mit kleinem Garten, der mit einigem Geschmack bepflanzt war. Rosen knospten verheißungsvoll, einige extravagante Tulpen, darunter eine dunkellilafarbene, ausgefranste Sorte, standen in voller Blüte. Rechts im kleinen Rasenstück stand ein moderner Springbrunnen in Quaderform, der allerdings wegen des nächtlichen Frosts noch außer Betrieb war. Sie klingelten, es erklang ein wohltönender Gong. Nach Sekunden stand Baumeister vor ihnen – aufrecht, die Frisur wie der ältere Pierre Brice, über dem Kaschmirpullover einen dünnen Schal lässig um den Hals gewunden. Zu dem würden Orchideen gut passen, dachte sich Heiko. »Ah, die Kommissare«, meinte der Mann und trat beiseite. Eine einladende Handbewegung bat sie in das Innere des Hauses. Die Wohnung war überwiegend in Weiß-Grau gehalten, mit einzelnen lilafarbenen Akzenten und abstrakten Bildern an den Wänden. Heiko ordnete die Bilder sofort in die Kategorie »Garage« ein. Im Unterschied zur Kategorie »Bild« konnte man solche Bilder nur in der Garage aufhängen, weil sie sonst das Auge allzu sehr belästigten. Dazwischen gab es noch die Sparte »Gang zur Garage«, darunter kam immerhin noch »brennt wenigstens noch.« Streng genommen gab es für Plastiken und Skulpturen noch »Ist noch als Schrott zu verkaufen«, und die unterste Kategorie war »brennt nicht mal mehr und hat auch keinen Schrottwert.« Lisa war indessen etwas ganz anderes aufgefallen. Und zwar eine beachtliche Orchideensammlung auf der Fensterbank im Wohnzimmer. Ein strahlender Ausdruck trat in ihr Gesicht, als sie zu den Orchideen ging und sie mit einem: »Ich liiiiiieebe Orchideen!« musterte.

Heiko grinste innerlich, auf diese Weise würde sich der Mann nicht verhört, sondern vielmehr geschmeichelt fühlen. Schlau, schlau, seine Lisa.

»Nicht wahr, das ist mein heimliches Hobby. Und es sind wunderschöne dabei.«

»Die sind alle wunderschön«, meinte Lisa und betrachtete sich jede einzelne ganz genau. »Das hier ist eine … Vanda, nicht wahr? Die sind äußerst selten.«

Der Mann nickte eifrig. »Ja, die bekommt man nicht so oft. Ich habe die aus dem Blumenladen in Satteldorf, die sind die einzigen in der Gegend, die die ab und zu haben.«

»So«, meinte Lisa und nickte Heiko zu. »Schön, nicht?«

»Möchten Sie etwas zu trinken?«, bot der Mann an.

Lisa lächelte ihr strahlendstes Lächeln. »Das wäre schön. Was haben Sie denn?«

»Ich kann uns einen Mocca machen. Das wollte ich sowieso gerade. Dauert aber ein bisschen.«

Lisa nickte. »Perfekt!«

Baumeister verschwand in der Küche, um dort zu werkeln. Schnell setzte sich Lisa zu Heiko aufs Sofa, und die beiden unterhielten sich im Flüsterton.

»Das ist also diese Vanda, unsere Orchidee«, stellte Heiko fest.

Lisa nickte. »Was machen wir jetzt? Für einen Haftbefehl reicht das nicht.«

»Nein«, überlegte Heiko. »Trotzdem, eine Menge Indizien sind das.«

»Hat der Mann ein Motiv?«, fuhr Lisa gedämpft fort.

»Fragen wir ihn einfach im Plauderton aus«, schlug Heiko vor und fügte hinzu: »Er war es allerdings auch, der uns auf die Kiste gebracht hat.«

Lisa nickte. »Die mit den Trafos drin«, bestätigte sie. »Das spricht gegen ihn als Täter. Obwohl das natürlich auch Tarnung sein kann.«

»Das mit der Orchidee sagen wir ihm nicht«, beschloss Heiko. »Zuerst suchen wir sein Motiv. Sonst wird er vielleicht abhauen, und auf diese Weise haben wir beim Staatsanwalt eine Chance.«

»Gut.«

Baumeister kam zurück und trug ein orientalisch aussehendes Tablett in den Händen. »Echter griechischer Mokka«, pries er an, und Lisa fand, dass er genau so in der Fernsehwerbung auftreten könnte. Frauen ab 50 fänden ihn unwiderstehlich, obwohl er schon etwas älter war. Ein Lebemann, ein Bonmot, ein Charmeur. Lisa und Heiko griffen gleichzeitig nach der Mokkatasse, auch Baumeister nahm sich eine. Der erste Schluck war stark, heiß und gut.

»Mhm!«, machte Lisa anerkennend.

»Nicht wahr«, stimmte Baumeister zu. »Eine Offenbarung.« Dann stellte er die kleine Tasse aufs Tablett zurück und meinte: »Also. Wie kann ich Ihnen helfen, meine Dame, mein Herr?« Er fuhr sich mit einer nachlässigen Handbewegung durch seine Pierre-Brice-Frisur.

»Sie erinnern sich an den Zeitraum vor etwa zwei Wochen?«, begann Heiko.

Der Verdächtige drehte seine Augen, die von einem ungewöhnlich hellen Blau waren, zur Decke. »Zwei Wochen … ja, da haben wir viel in Rüddern gearbeitet.«

»Herr Jensen sagt, sie seien derjenige, der in Rüddern hauptsächlich im Loch gestanden habe, als der Boden zugemacht wurde.«

»Schaurig, nicht?«, fand Baumeister. »Womöglich lag der arme Fritz da schon unten.«

»Und wir fragen uns natürlich, ob sie nicht irgendetwas bemerkt haben, etwas … Ungewöhnliches.«

Baumeister schüttelte den Kopf, und es sah beinah artig aus. Wieder nahm er die Tasse auf und trank einen Schluck.

»Wir fragen uns halt, ob man da unten arbeiten kann und drei große Müllsäcke mit Leichenteilen übersehen kann«, präzisierte Heiko.

Nun lehnte sich Baumeister zurück, und das weiße Leder knirschte. »Aber natürlich. Ich krabble doch nicht auf dem Boden herum«, meinte er in einem Ton, der vermuten ließ, dass so etwas unter seiner Würde sei.

»Das wäre jedenfalls die ideale Gelegenheit für den Mörder gewesen, die Tat zu vertuschen«, ging Heiko in die Offensive.

Eine Steilfalte bildete sich zwischen Baumeisters schwungvollen Brauen. »Sie verdächtigen mich?«

»Wir verdächtigen jeden«, relativierte Lisa und lächelte entwaffnend.

»Gut, denken wir nach«, meinte Baumeister und

nickte dazu. »WENN ich der Mörder wäre und den armen Kerl da unten in diese Plastiksäcke verpackt hätte, dann wäre es natürlich ideal, wenn ich verhindern würde, dass jemand außer mir da unten rumkriecht und ihn womöglich entdeckt. Haben Sie sich das so gedacht, ja?«

»Genau so«, bestätigte Heiko.

»Wären wir jetzt in einer amerikanischen Fernsehserie, so hätten Sie jetzt aber ein Problem.«

»Wieso?«, fragte Heiko.

»Ich habe kein Motiv, und Sie haben keinen Beweis.«

»Haben Sie ein Alibi?«, setzte Lisa das Spiel fort.

»Für wann? Für einen unbestimmten Zeitraum von vier, fünf Tagen vor zwei Wochen? Nein. Und jetzt? Was machen wir jetzt?«

»Wir sind inzwischen schon beim Donnerstagabend«, erinnerte Lisa.

»Auch nicht für Donnerstagabend, zumindest nicht aus dem Stehgreif«, erklärte Baumeister.

Heiko schlug mit der Hand auf sein Knie und lächelte versöhnlich. »Tja, das mit dem Motiv ist eine gute Frage. Wir werden wohl weiter ermitteln müssen.«

Baumeister lächelte ebenfalls, es wirkte zufrieden. »Dann tun Sie das. Und sagen Sie Bescheid, wenn Sie mich verhaften wollen.«

»Und Sie, Herr Baumeister, bleiben ja sicher im Lande, gell?«

Kaum waren sie draußen, zündete sich Heiko eine Zigarette an. Lisa wedelte vorwurfsvoll mit der Hand. Heiko lehnte sich an den schwarzlackierten M3, das Metall war warm.

»Was machen wir jetzt?«, fragte Lisa. »Der Mann hat recht. Wir haben kein Motiv.«

»Wir haben die Orchidee«, hielt Heiko dagegen. »Die ist selten.«

»Das ist ein Indiz, aber kein Beweis«, gab Lisa zu bedenken. »Wenn wir ihn verhaften, was dann? Er wird weinend zusammenbrechen und gestehen? Glaubst du das?«

Heiko wiegte den Kopf. »Nicht wirklich«, gab er zu.

»Genauso wenig kann ich mir vorstellen, dass der sich auf eine Leiche hechtet und die wütend zerhackt«, ergänzte Lisa.

»Wer weiß. Man kann sich in Menschen täuschen. Vielleicht ist er in Wahrheit ein ungezügelter Berserker.«

»Wir brauchen das Motiv, dann haben wir eine Chance.«

»Und wo kriegen wir das her?«

»Wieder Jensen«, seufzte Lisa, und Heiko zückte sein Smartphone. Das etwa dreiminütige Gespräch ergab allerdings gar nichts, Jensen war felsenfest davon überzeugt, dass sich die Männer im Verein alle ganz doll lieb hatten und dass es gute Kameraden waren und so weiter. Heiko bedankte sich und beendete das Gespräch.

»Wer könnte noch was wissen?«, überlegte Lisa laut.

»Rufen wir doch die anderen Vereinskameraden auch kurz an«, schlug Heiko vor. Heiko ließ sich von der Zentrale die entsprechenden Nummern geben. Willi Rot meinte, der Baumeister sei »Scho reechd« und der könne kein Mörder sein, der hätte auch gar nichts gegen den Fritz gehabt. Friedhelm Hanselmann gab immerhin zu bedenken, dass der Winnie schon ein ziemlicher Weiberheld sei. Heiko fragte ihn daraufhin, ob er irgendetwas Konkretes mitbekommen habe, was Hanselmann aber verneinte. Heiko beendete das Gespräch. »Der sei ein Weiberheld«, erklärte er Lisa.

Lisa schnaubte. »Na, das wundert mich jetzt nicht grad. Hat das der Hanselmann gesagt? Der ist womöglich ein klein bisschen neidisch.«

»Wer weiß.«

»Oder wir fahren nach Satteldorf in diesen Blumenladen, und fragen, wer da alles eine solche Orchidee gekauft hat.«

»Das Pferd vom Schwanz her aufzäumen«, meinte Heiko. »Gute Idee.«

Nicole Seifert war soeben aufgestanden und hatte sich mit ihrer Pad-Maschine eine Tasse Kaffee gemacht. Die Bullen waren ihr nicht draufgekommen, sie hatten keine Ahnung. Mit ihrem Wimperngeklimper hatte sie die beiden locker täuschen können. Ein Lächeln huschte über ihre Lippen. Das konnte sie gut. Dinge vorzuspielen, Menschen zu manipulieren, Gefühle zu heucheln, das war eben ihr Beruf. Sie überlegte, ob ihre DNA-Spuren wohl bei dem Alten in der Wohnung waren. Der heiße Kaffee brannte wohlig und schmeckte würzig auf ihrer Zunge. Und wenn schon. Das wäre vollkommen egal. Ihre DNA war ja nicht in der Datenbank, und so oder so würde sie auch niemand mit dem Mord in Verbindung bringen. Sie hatte keine Ahnung, wieviel der Alte ihr hinterlassen hatte. Aber sie hoffte auf einen Hauptgewinn.

Von Honhardt nach Satteldorf war es nun schon ein Stück, und Lisa und Heiko machten einen kurzen Zwischenstopp beim Hagel, wo sie etwas zu Mittag aßen. Der Hagel war eine Landmetzgerei mit Mittagstisch, wo sich vor allem diejenigen, die im neuen Stadtteil Hirtenwiesen arbeiteten, in der Mittagspause verpflegten.

Neu gestärkt fuhren sie weiter nach Satteldorf und hielten schließlich mitten im Ort, gegenüber der Sparkasse, vor einem Blumenladen.

»Hast du gewusst, dass es hier sowas gibt?«, fragte Lisa und staunte.

»Schonmal gehört«, meinte Heiko, und gemeinsam schritten sie die paar Stufen zum Laden empor. »Früher war das einmal eine Bäckerei«, erklärte Heiko. »Die war gar nicht schlecht.« Allerdings war der Blumenladen auch nicht zu verachten. In schön dekorierten Regalen und Rosenbögen mit Brettern, die Heiko als »alt« und Lisa als »Vintage« bezeichnete, standen Topfpflanzen und Arrangements aller Art, in der Mitte gab es einen niedrigen Tisch mit Schnittblumen, und es waren durchaus auch welche dabei, die Heiko noch nie gesehen hatte. Die Verkäuferin, eine nicht allzu große, brünette Dame mit kessem, halblangem Haarschnitt hatte sie bereits entdeckt und kam hinter der Ladentheke hervor.

»Grüß Gott«, grüßte sie, und es klang hilfsbereit.

»Grüß Gott, Frau …«

»Lindenthal«, stellte sich die Frau vor.

»Frau Lindenthal. Wüst und Luft von der Polizei. Wir hätten da ein paar Fragen an Sie.«

»Huch, hab ich was gemacht?«, meinte die Frau erschrocken.

Lisa hob beruhigend die Hand. »Nein, nein. Wir haben nur eine Frage bezüglich einer bestimmten Orchidee.«

»Aha. Ich helfe Ihnen gern, wenn ich kann.«

Lisa bemerkte die außergewöhnliche Kette, die die Frau trug und die von extravagantem Geschmack zeugte.

»Und zwar geht es um die Vanda«, erklärte Heiko. Latein ist manchmal doch zu was gut, dachte er bei sich, jedenfalls bereiteten ihm solcherlei Namen keine Probleme.

»Ahja, die Vanda. Eine wunderschöne Pflanze«, antwortete Frau Lindenthal und nickte versonnen. »Und selten noch dazu. Kriegt man wirklich nicht oft.«

»Sie aber schon, oder?«

Frau Lindenthal nickte so heftig, dass ihre Frisur hin- und herschwang. »Ich bin immer sehr früh auf dem Großmarkt, und wenn sie eine haben, dann schlage ich sofort zu. Vor sechs Wochen konnte ich sogar zwei ergattern.«

»Können Sie sich denn erinnern, an wen Sie eine solche Orchidee verkauft haben, in letzter Zeit oder ganz allgemein?«, fragte Lisa.

»Puh, ihr fragt Sach«, stöhnte die Blumenhändlerin, dachte aber nach. »Darf ich euch das überhaupt sagen? Fällt das nicht unter die ... Schweigepflicht oder so?«

»Na, Sie sind ja weder Arzt noch Anwalt, insofern ...«, relativierte Heiko.

Frau Lindenthal nickte wieder. »Also gut. Lasst mich mal überlegen. Hm. Ein älterer Herr, so vor vier Wochen.«

»Ein Pierre-Brice-Typ?«, vermutete Lisa.

Frau Lindenthal nickte. »Genau der. Stilvoll für sein Alter, er trug einen Schal, Kaschmir, glaube ich.« »Noch jemand?«

»Das müsste … das ist aber wirklich schon sechs Wochen her, die war gleich weg, da erinnere ich mich dunkel.«

»So?«, machte Lisa und forderte damit zum Weiterreden auf.

»Ja. Ein junger Mann, vielleicht um die Zwanzig. Er hat gemeint, die Orchidee sei für seine Freundin.«

»Hm«, machte Heiko und wechselte einen Blick mit Lisa.

»Sie kannten ihn wohl nicht?«, vermutete Lisa.

»Nein. Der war nicht von hier. Also, nicht aus Satteldorf.«

»Können Sie den Mann beschreiben?«, fragte Lisa.

»Puh. Naja, also, normal groß, braune Haare. Dunkle Augen, glaube ich.«

»Aha«, machte Heiko. Sehr hilfreich. »Gut, Frau Lindenthal, vielen Dank, Sie haben uns sehr geholfen.«

Vor dem Laden zündete sich Heiko eine Zigarette an, während Lisa ein riesiges Arrangement betrachtete, das auf Birkenstämmen stand, auf denen ein Nest aus Weidenzweigen drapiert war, in dem wiederum Pflanzen wucherten.

»Das ist schön«, fand Lisa. »Das wär was für unseren Garten.«

»Hm.« Die Zigarette glühte rot auf, als Heiko einen tiefen Zug nahm. Der Rauch brannte verunreinigend in seinen Lungen.

»Und? Was denkst du? Der geheimnisvolle junge Mann?«

»Mittelgroß, mit braunen Haaren und dunklen Augen?«, gab Heiko zu bedenken. »Aussichtslos. Und äußerst unwahrscheinlich.«

»Wenn er doch extra betont hat, dass er die Orchidee für seine Freundin kauft … kann das nicht Tarnung gewesen sein?«

Heiko schnaubte. »Weil er wusste, dass nach dem Mord Orchideenpollen an seinem Opfer gefunden werden würden? Wohl kaum«, fand er.

Lisa stimmte ihm innerlich zu. »Also konzentrieren wir uns weiter auf Baumeister.«

Heiko nahm einen letzten Zug und schnippte die Kippe auf die Straße. »Wird wohl am besten sein.«

Kurze Zeit später standen sie wieder vor der Wohnungstür von Hedwig Butzer, und sie war wohl tatsächlich zuhause, wie Stöckelschuhschritte hinter der Tür verrieten. Die Tür schwang auf, und vor ihnen stand die nicht ganz so trauernde Witwe. »Grüß Gott, Frau Butzer«, grüßte Lisa und stellte fest, dass Hedwig Butzer gar nicht daran dachte, Schwarz zu tragen. Im Gegenteil: Sie war in ein schreiend buntes Kleid gehüllt, vielleicht Versace, und trug dazu Stöckelschuhe.

»Ach, gehen Sie aus?«, fragte Lisa nicht unfreundlich.

»Ich bin tatsächlich verabredet. Ist es wichtig?«

Es ist immer wichtig, dachte Heiko bei sich, verkniff sich aber die Bemerkung.

»Wenn wir Sie kurz etwas fragen dürften«, bat Lisa diplomatisch. Die Frau trat beiseite, und Lisa bemerkte an der Art, wie der Stoff des Kleides sich dabei bewegte, dass es wirklich teuer gewesen war. »Es dauert nicht lang«, versicherte sie.

Die Frau führte sie wie beim letzten Mal ins Wohnzimmer, bot ihnen aber nichts zu trinken an. »Also?«, fragte sie und blieb am Esstisch lehnen, während sie den Ermittlern Plätze auf der Couch angewiesen hatte. »Wir ermitteln weiterhin im Mordfall an Ihrem Exmann«, begann Lisa, und sie sah, wie es in Hedwig Butzers Hirn arbeitete. Ihr schien klarzuwerden, dass gesellschaftliche Konventionen wohl von ihr verlangten, dass sie sich dafür zu interessieren hatte. »Ahja«, sagte sie schnell und setzte sich nun doch auf einen Stuhl. »Und? Habt ihr schon was?«

Lisa schüttelte den Kopf. »Nichts Konkretes, aber viele Indizien, also Anhaltspunkte. Speziell haben wir einen Hauptverdächtigen«, meinte sie.

»Ach. Und wen?«

»Einen Winfried Baumeister«, informierte Lisa. Heiko bemerkte, wie die Frau scharf die Luft einsog, als Lisa den Namen nannte.

»Sie kennen den Mann?«, fragte er.

Hedwig Butzer fuhr sich durchs Haar. »Flüchtig. Ein Vereinskamerad meines Mannes. Wir haben ein, zweimal Smalltalk miteinander gemacht, vor Jahren.«

»So.«

»Ja. Und der ist verdächtig?«

»Unser Hauptverdächtiger«, bestätigte Lisa. »Und jetzt fragen wir uns, ob Sie sich vielleicht denken können, was für ein Motiv der Mann gehabt haben könnte?«

Die Butzerin lachte auf, und es klang hysterisch. »Motiv? Das weiß ich doch nicht.«

»Wirklich nicht?«, hakte Heiko in strengem Tonfall nach.

Die Frau blieb davon jedoch unbeeindruckt. »Wirklich nicht.«

»Hm.«

Hedwig Butzer schwieg eisern und musterte Heiko kalt.

»Sie scheinen sich ja nicht besonders dafür zu interessieren, wer Ihren Mann auf dem Gewissen hat«, unterstellte Heiko in leicht tadelndem Tonfall. Nun verschränkte die Frau die Arme, und es sah trotzig aus. »Exmann. Und ja, da haben Sie ganz recht. Ich werde den Teufel tun und den Leuten etwas vorheucheln. Dazu habe ich zuviel mitgemacht während unserer Ehe.«

Heiko überlegte kurz, ob er nähere Einzelheiten erfragen sollte, entschied sich dann aber dagegen. Er konnte sich das schon ungefähr denken. Ein Mann wie Klingler, vom alten Schlag, war sicher ein Despot gewesen, ein Tyrann, dessen Wünsche und Anweisungen immer hatten erfüllt werden müssen, diskussionslos, am besten sofort.

»Sehen Sie Ihren Exmann doch mal als Menschen, der umgebracht wurde«, schlug Lisa vor.

Hedwig Butzer schüttelte den Kopf, es war zwecklos. »Tut mir leid. Ich muss jetzt wirklich los. Ich rufe Sie an, wenn mir etwas einfällt, versprochen.«

Hedwig Butzer saß fünf Minuten einfach nur still da, in ihrer stillen Wohnung. Sie strich ihr Versace-Kleid über ihren Oberschenkeln glatt. Sie musste nachdenken. So war das nicht geplant gewesen. Wie die Kommissare auf den Winnie gekommen waren, das würde sie wirklich interessieren. Sie war wie erstarrt, streichelte immer wieder ihr Knie, eine wohlige, sanfte Berührung, so, wie Winnie sie berührte, wenn sie zusammen waren. Langsam und wie in Zeitlupe griff sie zum Telefonhörer und wählte. Es dauerte nicht lang, bis abgenommen wurde.

»Hedwig, mein Schatz«, hörte sie Winnies Stimme.

Sie war sich niemals sicher, ob sie die einzige Frau in seinem Leben war, konnte sich auch nicht sicher sein, realistisch betrachtet. Aber letztlich war das auch egal, denn er tat ihr gut. »Hallo, Winnie.« Sie spürte, wie sich ein Lächeln auf ihre Lippen stahl, obwohl sie ihn nicht sehen konnte.

»Wie geht's?«, fragte Winnie, und sie wusste, dass das nicht nur eine Floskel war, denn er war schon in Ordnung, Damengeschichten hin oder her, es interessierte ihn wirklich.

»Die Polizei war gerade bei mir«, erzählte sie. »Und ich hatte den Eindruck, dass sie dich verdächtigen.«

Schweigen am anderen Ende der Leitung, dann: »Der Gedanke ist mir auch schon gekommen.«

»Willst du abhauen?«, schlug Hedwig vor.

Winnie lachte unfroh. »Wozu? Nein. Das ist nicht mein Stil.«

Und dafür liebe ich dich, dachte Hedwig, sprach es aber nicht aus. »Was willst du tun?« In ihrem Hirn spielten sich wilde Szenarien ab, Winnie bei der Gerichtsverhandlung, Winnie im Knast. Nein, das durfte nicht sein, das hatte er nicht verdient.

»Ich weiß es noch nicht. Ich lasse mir etwas einfallen.«

»Pass auf dich auf, ja?«

»Mach ich. Du auch. Bis bald, mein Schatz.«

Heiko und Lisa hatten das Gefühl, in eine Sackgasse geraten zu sein. Sie fuhren aufs Revier, einigermaßen ziellos, und beschlossen, einen Kaffee zu trinken. Vielleicht ließ es sich dabei besser nachdenken, denn ihnen schwirrte der Kopf. Mit zwei Tassen Automatenkaffee saßen sie im Büro und schwiegen eine Weile, jeder hing seinen Gedanken nach. Dann, endlich, sagte Lisa: »Ich glaube das nicht.«

»Was glaubst du nicht?«, fragte Heiko und nahm einen Schluck.

»Dass dieser Mann ein Mörder ist. Dass er jemanden zerhackt. Das ist so barbarisch, und der Baumeister wirkt so … kultiviert.«

Heiko sah Lisa prüfend an, sie war doch nicht etwa dem Charme des älteren Herrn verfallen? »Du kennst ihn nicht«, gab Heiko zu bedenken. Menschen verstellen sich.«

Lisa stimmte zu. »Ja, das tun sie. Aber es passt einfach nicht zu ihm. Er hätte ihn … keine Ahnung … erschossen, mit so einem alten Revolver, und dann im Wald begraben, oder so. Etwas in der Art.«

»Quatsch. Du verwechselt das mit einem Film«, meinte Heiko.

Lisa nahm wieder einen Schluck.

»Wen könnten wir noch fragen, nach einem Motiv? Klinglers Kinder?«, überlegte Heiko.

»Na, Viola wohl kaum. Die hatte ja wirklich nichts mit ihrem Vater am Hut.«

»Außer, sie hätte das Geld aus dem Erbe gebraucht«, hielt Heiko dagegen.

»Die wusste doch nicht mal, dass sie erben wird«, widersprach Lisa.

»Das SAGT sie.«

»Nein, nein. Das war echt. Die hatte keine Ahnung.«

»Dann Christian.«

Lisa sah auf die Uhr. Es war fast sechs, ein langer Arbeitstag lag hinter ihnen. »Gut. Christian. Den nehmen wir uns noch vor.«

Leider war aber der junge Mann nicht zu Hause, und da ihnen schleierhaft war, wo sie suchen sollten, beschlossen sie, es für diesen Tag dabei zu belassen. Um sieben war Heiko sowieso mit den Männern aus dem Dorf verabredet, zum Maibaum holen.

Sie trafen sich an der Alten Schule, die quasi das Zentrum des Dorfes bildete und auch zu Veranstaltungen genutzt wurde. Martin, der große Hobbybauer, der Heiko um zwei Köpfe überragte, rauchte eine Zigarette und blickte hinüber zum Festplatz, wo bald der Maibaum aufgestellt werden würde. »Mir holla widder a Birke«, bestimmte er, und die anderen Männer nickten zustimmend. Ein Maibaum hatte eine Birke zu sein, das fand auch Heiko. Denn der Mai war ja schließlich im Frühling und nicht an Weihnachten. »Mir hen scho an Boom ouzeichned gricht, vom Förschder«, erklärte Markus, ein rothaariger, drahtiger Mann mit kantigem Gesicht. Martin warf die Kippe weg. »Haja, no fohr mr do nou, gell.« Er wies auf einen riesenhaften Bulldog mit Anhänger, auf dem neben einer Kettensäge auch gut sichtbar ein Kasten Bier platziert war. »Ein Fendt«, erklärte Martin Heiko nicht ohne Stolz. »Waasch ja, viel Fendt, viel Ehr.« Heiko grinste. Martin spielte damit auf ein Lied der Hohenloher Mundartband Annaweech an, die im Lied »Viel Fendt, viel Ehr« die Vorzüge dieser Marke gegenüber anderen pries. Die kleine Gruppe überquerte die Straße. Martin setzte sich auf den herrschaftlichen, lederbezogenen Fahrersitz seines Fendt, der so gar nichts mit den kleinen, buntlackierten Metallsitzen gemein hatte, die Heiko aus seiner Kindheit kannte. Die fünf Männer nahmen auf den Sitzbänklein links und rechts vom Fahrersitz Platz. Nun war es doch eng, aber gemütlich. Ein Dröhnen durchfuhr den Bulldog, als Martin den Schlüssel umdrehte. Er ließ den Motor ein paar Mal aufheulen, bevor das Gefährt sich in Bewegung setzte. Es war ein wenig, als hätte der Fendt ein Eigenleben. Eine gewaltige Maschine, ein Dinosaurier, bezwungen von Martin, der ihn steuerte. Heiko spielte mit dem Gedanken, sich auch mal einen Fendt anzuschaffen, irgendwann. Aber das wäre wirklich Schwachsinn, denn er hatte ja keine Felder. Nun, vielleicht ließ Martin ihn ja mal fahren, eines Tages. Momentan sah er allerdings nicht so aus, als gedächte er, den Fahrersitz zu räumen, also fragte Heiko erst gar nicht. Sie rasten über die Feldwege dahin und waren kurze Zeit später beim »Härdtle« angekommen, dem kleinen Waldstück zwischen Tiefenbach und Roßfeld. Heiko staunte, wie still es wurde, als Martin den Motor abstellte. Augenblicklich war es leise, nichts zu hören, außer, ja außer den Geräuschen des Waldes. Ein Eichelhäher flog vor ihnen davon, allerdings nicht weit, setzte sich auf einen Ast, stieß seinen charakteristischen Laut aus und beäugte sie misstrauisch. Der Wald war grün. Aber es war nicht irgendein Grün. Sattgrün, Knallgrün. Und die Männer schwiegen. Das war der Grund, warum man sowas ohne Frauen machen musste, denn die würden sofort losschnattern und die Stille des Waldes loben. Dann wäre es mit der Stille logischerweise vorbei. »Jetz müss mer awwer aweng macha«, meinte Martin schließlich und zeigte auf die Sonne, die sich in Richtung Rüddern deutlich dem Horizont zuneigte. Kurze Zeit später heulte die Kettensäge auf, und das Ende der vom Förster bezeichneten Birke war besiegelt. Der Baum fiel krachend um, und die Männer mussten all ihre Kraft einsetzen, um ihn aus dem Wald herauszutragen und auf den riesigen Anhänger zu wuchten. Martin reichte jedem eine Axt und wies an: »Oomol entaschda, bitte.« Nun machten sich die sechs daran, alle kleineren Äste unterhalb der Baumkrone abzuhacken. Heiko versuchte tunlichst, Assoziationen mit dem aktuellen Fall auszublenden. Aber die körperliche Arbeit tat gut, er war an der frischen Luft, hatte einen klaren Kopf, klar wie die Luft um sie herum. Es roch nach Harz, und die weiße Birkenrinde war glatt und kühl. »Und ufflooda«, befahl Martin, nachdem der Maibaum fertig zurechtgestutzt war. »Wohin damit?«, fragte Heiko. Markus grinste. »Tja. Des is geheim.«

Eine Stunde später saßen die sechs Männer vor einer Scheune auf dem Anhänger. Der Maibaum war sicher in die Scheune verfrachtet worden, der Eingang mit einer Kette gesichert. Das Schlimmste, was nämlich passieren konnte, war, dass der Guerilla-Trupp der Nachbardörfler den Maibaum sabotierte. Zersägte, zum Beispiel, und dann stünde Tiefenbach in der Mainacht ohne Baum da, was eine nicht wiedergutzumachende Schande und tiefe Schmach wäre. Martin reichte jedem ein Bier, und gemeinsam verbrachten die Männer noch den Abend im Angesicht ihrer Arbeit. Und anders, als das im Beisein von Frauen der Fall gewesen wäre, war es ein eher ruhiger Abend, ab und zu entspannen sich murmelnde Gespräche, zwischen den einzelnen Schlucken Bier, aber ansonsten waren die Männer sich selbst genug, unter der hereinbrechenden Nacht.

Als Heiko nach Hause zurückkam, war es bereits dunkel, und er spürte die vier Bier. Normalerweise trank er nicht so viel, aber irgendwie hatte das heute dazugehört. Lisa empfing ihn milde nachsichtig lächelnd und wisperte ihm zu, dass sie müde sei und schon ins Bett ginge. Heiko setzte sich nochmal an den Tisch, wo sie heute Morgen gefrühstückt hatten. Die Zeitung lag noch da. Das Bild von Hedwig Butzer auf der Vernissage lag obenauf. Und plötzlich wusste Heiko, welches Motiv Winfried Baumeister hatte.

Die Nacht war sternenklar, und Ola konnte nicht schlafen. Sie saß draußen vor der Tür, in eine Weste gewickelt, und dachte nach. Über das Leben. Über ihr Leben. Über Fritz Klingler. Und ob ihre Vermutung wahr sein könnte. Irgendein Nachtvogel rief, vielleicht eine Eule. Ein Todesvogel. Ola fröstelte und zog das Jäckchen enger um sich. Ob es sein konnte, dass Karol den Mann umgebracht hatte. Sie stützte den Kopf in die Hände. Sie würde ihres Lebens nicht mehr froh werden, wenn es so wäre. Eine Träne rann ihr über die Wange und glitzerte im Licht des Vollmonds, der ihr wie ein tröstender Begleiter erschien. In diesem Moment knarrte die Tür neben ihr. Karol trat in die kalte Nachtluft hinaus, es schien, als wäre es Telepathie gewesen, ein Zeichen, nun, so etwas gab es manchmal. Er nickte grüßend und steckte sich mit fließenden Bewegungen eine Zigarette an. Tief inhalierte er den Rauch, und sein breiter Brustkorb weitete sich. Er hielt einen Moment inne, schloss die Augen und blies den Rauch dann aus.

»Schön, nicht, die Nacht?«, meinte er, ohne sie anzusehen.

Ola nickte. »Sehr schön.«

»Fast so schön wie du«, meinte er und sah sie nun doch süffisant grinsend an.

Ola wusste, dass er sie schön fand und sie mochte. Sie rang sich zu einem spärlichen Lächeln durch. »Danke, Karol.«

Wieder ein tiefer Lungenzug,

Ola rang mit sich. »Kann ich dich etwas fragen?«, meinte sie schließlich.

Karol nickte und setzte sich neben sie, offenbar hoffte er, ihr näherkommen zu können.

Ola rückte fast unmerklich ein Stück beiseite und räusperte sich. Noch einmal kämpfte sie mit sich, ob sie ihn wirklich fragen sollte. Dann hatte sie sich entschieden, sie fände sonst keine Ruhe. »Der Mord an diesem Mann«, begann sie.

»Schrecklich, nicht?«, unterbrach Karol und nahm einen weiteren Lungenzug.

»Ja«, meinte Ola, und wusste nicht wirklich, wie sie weitermachen sollte.

»Obwohl. War sowieso ein Arschloch«, urteilte Karol dann und blies den Rauch in die kalte Nachtluft.

Ola nickte leicht. »Es tut mir so leid, dass ich dir das damals erzählt habe. Ich hätte dich damit nicht belasten dürfen«, fuhr sie dann fort.

Karol neben ihr schien einen Moment nachzudenken. Dann schnippte er die Kippe weg, legte die Hände auf die muskulösen Oberschenkel und straffte sich. »Sag mal, Mädchen, du denkst aber nicht, dass ich den Alten umgebracht habe, oder?«

Ola sah ihm in die Augen und versuchte vergeblich zu lächeln. »Hast du?«, fragte sie jetzt ganz direkt.

»Spinnst du? Wie kommst du denn darauf?«

»Du bist Elektriker, du könntest so was. Das mit dem Stromschlag. Und du hast gesagt, er würde mich nie mehr belästigen.«

Karol stand auf, nun sichtbar verärgert. »Verrückte Kuh«, zischte er. »Weil ich ihm die Meinung gegeigt habe, dem alten Sack. Ihm gesagt habe, dass er es mit mir zu tun kriegt, wenn er dich nicht in Ruhe lässt.« Ola schüttelte den Kopf, und Karol erhob sich, bevor er sagte: »Ich hab wirklich gedacht, du seist in Ordnung.« Er knallte die Türe, als er nach drinnen verschwand.

Das nagende Gefühl in Ola blieb. Sie war nicht überzeugt.

MITTWOCH, 27. APRIL

Am nächsten Morgen berichtete Heiko Lisa gleich von seiner Entdeckung. Er hielt ihr die Zeitung unter die Nase, sobald sie aufgestanden war. Lisa war immer noch verschlafen und wirkte etwas verärgert. »Ja, gut, die Zeitung von gestern. Und?«

»Sieh genau hin«, forderte Heiko auf. Seine Freundin, die mit ungekämmten Haaren einfach umwerfend aussah, kniff die Augen zusammen und studierte das Bild. »Frau Klingler«, stellte sie fest,

»Hinter ihr«, half Heiko nach.

»Du denkst, das ist Baumeister? Das Gesicht ist aber verdeckt.«

»Der Schal und die Haare, die hervorschauen, stimmen aber. Und er hat seine Hand auf ihrem Rücken.«

»Du denkst, die beiden sind ein Paar?«

Heiko nickte und schnappte sich sein Smartphone. Er ging auf die Seite des Hohenloher Tagblatts und dann auf die Galerie der Vernissage von Sonntag. »Hier«, meinte er, »und hier.« Sein Finger hackte triumphierend auf dem Smartphone herum, als er zwei Fotos entdeckte, auf denen die beiden gemeinsam abgebildet waren, auf einem hielten sie sogar verschämt Händchen.

»Oh«, machte Lisa und ließ sich auf den Esszimmerstuhl fallen. »Das ist ein Ding.«

»Kein Ding. Ein Motiv.«

Lisa dachte nach. »Die beiden sind ein Paar. Da hätte doch der Alte nichts dagegen gehabt, oder?«

»Wohl kaum«, meinte Heiko. »Trotzdem – die können auf das Geld scharf gewesen sein.«

»Die Erbschaft, meinst du?«

»Genau.«

»Möglich. Denkst du, das reicht für den Staatsanwalt?«

»Das denke ich.«

Es war Große Pause, und Raffael saß nervös auf seinem angestammten Platz. Mit schwitzigen Fingern hielt er das Kuvert in den Händen. Er ärgerte sich maßlos, dass er solche Angst hatte. Und darüber, dass Frederik ihn so in der Hand hatte. Er sah sich um, es waren schon fünf Minuten vorbei, wo blieb er denn. Da, da hinten kam er angeschlappt, lässig, mit einer Tüte Eistee in der Hand. Und mit einem fetten Grinsen im Gesicht. Arschloch. Dem gehörte die Fresse poliert. Frederik blieb vor ihm stehen und ließ sich dann neben ihn auf die hölzerne Bank fallen. »Hast du es?«, fragte er, und die Situation wäre beinah komisch gewesen, wenn sie nicht so bitter gewesen wäre. Raffael reichte ihm das Kuvert. Frederik nahm es umständlich, stellte den Eistee neben sich auf die Bank und stülpte seine Finger in den Umschlag hinein, um seine Beute zu mustern.

»Sind leider nicht ganz 50 Euro«, entschuldigte sich Raffael und hasste sich sogleich dafür.

Frederiks Miene versteinerte.

»Wie, nicht ganz?«

»Fast. Den Rest kriegst du später.«

Frederik schob den Umschlag in die hintere Hosentasche und meinte dann: »Raffael, Raffael. So war das aber nicht gedacht.«

Raffael schwieg, er würde sich nicht noch einmal entschuldigen.

»Du hast unsere Verabredung nicht eingehalten«, quittierte Frederik, und es klang, als würde ein Vater mit seinem unartigen Kind reden. Das er demnächst bestrafen würde. Raffael hasste ihn noch mehr, wenn das überhaupt noch möglich war.

»So geht das aber nicht«, machte Frederik weiter und schüttelte tadelnd den Kopf. »Aber ich gebe dir noch eine Chance. Hundert. Bis morgen. Wieder hier.«

Tatsächlich hatte ihnen der Staatsanwalt im Schnellverfahren einen Haftbefehl ausgestellt, ihnen aber durchaus klargemacht, dass dieser auf sehr tönernen Füßen stand. Den Ausschlag hatte letztlich die Orchidee gegeben, die der Verdächtige besaß. Lisa und Heiko fuhren ausnahmsweise einmal mit dem Streifenwagen bei Baumeister vor. Sie klingelten, und es dauerte nicht lange, bis Baumeister in der Tür stand.

»Guten Morgen, Herr Baumeister«, begann Lisa.

»Was kann ich für Sie tun?« Ein freundlich-beflissenes Lächeln breitete sich auf seinen Lippen aus.

»Es tut uns leid, aber wir müssen Sie leider mitnehmen. Sie sind verhaftet«, informierte Heiko.

Baumeister lachte unfroh. »Ich bin verhaftet?« Er zog die Augenbrauen hoch und senkte die Stirn. »Das ist nicht Ihr Ernst.«

»Leider doch«, versicherte Lisa.

»Also gut. Aber eins noch: Hat Ihnen nicht mein Motiv gefehlt?«

»Ihre Affäre mit Frau Butzer«, kam es von Heiko wie aus der Pistole geschossen.

Nun war Baumeister doch überrascht. Er nickte und meinte: »Dann muss es wohl sein. Bitte warten Sie einen Moment, ich mache mich fertig.«

Heiko stellte den Fuß in die Tür und trat mit einem gemurmelten »Sie erlauben doch« ein. Schon beim letzten Fall war ihnen ein Verdächtiger durch die Lappen gegangen, das hatte einen Riesenanschiss vom Schorsch gegeben. Das Theater würde er nicht noch einmal mitmachen. Baumeister blieb allerdings cool und zuckte die Achseln.

»Bitte. Aber keine Sorge. Ich laufe Ihnen schon nicht weg. Erstens bin ich unschuldig, und zweitens habe ich einen ganz guten Anwalt.«

Als Heiko mit Baumeister aus dem Schlafzimmer zurückkam, hatte Lisa die Orchidee in der Hand. »Oh«, machte Baumeister, »meine Lieblingsblume. Darf ich die in den Knast mitnehmen? Die ist wirklich was Besonderes.«

Lisa schüttelte leicht den Kopf. »Wir müssen sie mitnehmen. Sie ist ein Beweisstück.« Baumeister runzelte die Stirn.

»Ein Beweisstück? Verstehe ich nicht.«

»Das werden Sie schon noch, Herr Baumeister«, versprach Heiko.

Baumeister hatte darauf bestanden, jegliche Aussage zu verweigern und sich zunächst mit seinem Anwalt zu besprechen. Das war sein gutes Recht und völlig in Ordnung. Inzwischen schickten die beiden Ermittler die Orchidee per Kurier nach Ulm in die Pathologie zum Pollenabgleich, mit der Bitte um Expressbehandlung. Lisa hatte einen Zettel dazugelegt, wie man sie zu gießen und zu stellen hatte, denn es wäre schade, wenn die seltene Pflanze eingehen würde. Ansonsten war der Abgleich aber eine reine Formsache. Lisa und Heiko waren sich sicher, den Mörder von Fritz Klingler geschnappt zu haben, und beschlossen, feiern zu gehen, indem sie bei Brigitte einen Kaffee tranken. Das kleine Café befand sich fast direkt neben dem Revier und war genauso gemütlich wie das Kett. Sie luden Johnny dazu ein und erklärten ihm nicht ohne Stolz, wie sie den Fall gelöst hatten.

Zwei Stunden später war der mutmaßliche Mörder bereit, verhört zu werden. Er wirkte immer noch sehr aufrecht und würdevoll, obwohl er verhaftet war. Lisa und Heiko betraten den Raum zusammen mit Frau Brucker, die alle Verhöre still und gewissenhaft protokollierte. Heiko stellte fest, dass er den Anwalt aus der Schulzeit kannte.

»Ach, der Schirrleins Sven«, meinte er und grinste.

»Heiko. Hab schon gehört, dass du bei der Polizei bist. Ja, so kann's gehen, gell?«, antwortete der Mann grinsend.

Heiko versuchte, sich zu erinnern, wie ihr Verhältnis in der Schule gewesen war. Ganz okay, besonders warm waren sie allerdings nie miteinander geworden.

Baumeister räusperte sich. »Ich würde es schätzen, wenn wir anfangen könnten«, meinte er.

Heiko nickte, und er und Lisa setzten sich dem Mann

und seinem Anwalt gegenüber. Frau Brucker postierte sich an der Stirnseite des Tisches.

»Also, Herr Baumeister, Sie wissen, was Ihnen zur Last gelegt wird?«, begann Heiko.

»Womöglich der Mord an meinem Vereinskameraden Fritz Klingler?«, vermutete Baumeister.

»Richtig«, bestätigte Heiko.

»Mein Mandant möchte wissen, worauf Sie Ihre Verdächtigung stützen«, meinte Sven Schirrlein nun geschäftsmäßig.

»Gut. Das Mordopfer wurde mit einem Stromschlag getötet und anschließend zerhackt. Sie haben Zugang zu den Anlagen und kennen sich auch mit dem technischen Equipment aus, wären also in der Lage, einen solchen Stromschlag herbeizuführen. Außerdem haben Sie anschließend das Opfer in Müllsäcke verpackt und im Loch im Boden verstaut. Bei den Arbeiten zum Schließen des Loches haben Sie in dem Loch gestanden, um zu verhindern, dass einer Ihrer Vereinskameraden die Müllsäcke bemerkt.«

»Wann wurde denn der Mord überhaupt begangen?«, hakte der Anwalt nach.

Lisa lächelte schließlich beflissen und sagte: »Am Donnerstagabend, 7. April.«

Der Anwalt schnaubte, und es wirkte so, als hätte er diesen verächtlichen Laut über Jahre des Schnaubens perfektioniert. »Das ist ja ein brandheißer Fall.«

Heiko ignorierte die Bemerkung und fragte rundheraus: »Hat Ihr Mandant ein Alibi? Herr Baumeister?« Baumeister zuckte erst die Achseln und schüttelte dann den Kopf.

»Wir haben ein Motiv und Beweise«, fuhr Heiko fort.

»Ahja?«, machte Baumeister.

Der Anwalt legte ihm begütigend die Hand auf den Arm. »Was für ein Motiv?«

»Der Verdächtige hat eine Affäre mit der Frau des Mordopfers.«

Der Anwalt nickte. Das wusste er bereits, natürlich. »Mit der Exfrau«, widersprach er. »Und wie konstruiert ihr daraus ein Motiv?«

»Das Erbe«, schlug Lisa vor. »Die wollten an das Geld.«

Der Anwalt schnalzte mit der Zunge. »Mein Mandant ist durchaus vermögend.«

»Rache für die Jahre, in denen sie unter der schlimmen Ehe gelitten hat. Such dir was aus«, fuhr Heiko fort. Der Anwalt schüttelte den Kopf. »Das hat doch niemals für einen Haftbefehl gereicht, Heiko«, zweifelte er. Heiko spielte seinen letzten Trumpf aus. »Nein. Ausschlaggebend war die Orchidee.«

»Welche Orchidee?«

Nun schaltete sich wieder Lisa ein. »Herr Baumeister ist im Besitz einer seltenen Orchidee, einer Vanda, Pollen dieser Orchideensorte wurden an der Leiche gefunden.«

Der Anwalt schnaubte diesmal nicht und dachte nach. »Die Orchidee kann sich jeder andere auch im Obi gekauft haben.«

»Nein«, widersprach Heiko. »Die Orchidee ist sehr selten, die gibt es nur im Blumenladen.«

»Und ihr habt alle Blumenläden in der Gegend abgeklappert?«, vermutete der Anwalt, und es klang ironisch. »Umgekehrt ist es doch aber ein komischer Zufall, oder?

Ich meine, ein SEHR komischer Zufall«, gab Heiko zu bedenken.

»Zusammengenommen macht das jedenfalls Ihren Mandanten sehr, sehr verdächtig«, meinte Lisa. »Vielleicht wäre es sinnvoll, wenn Sie ihm erklären würden, dass sich ein Geständnis im Prozess immer gut macht.«

Raffael fühlte sich so schlecht wie noch nie in seinem Leben. Und er hatte bisher einige Probleme gehabt. Liebeskummer. Schulstress. In der Grundschule war er von einem Klassenkameraden gemobbt worden. Aber das war alles ein Scheißdreck gegen das hier. Denn diesmal ging es um die schiere Existenz, um sein Leben. Er würde in den Jugendknast kommen, zehn Jahre standen auf Mord, und dann Gute Nacht. In so einem Knast fackelte keiner lang, da wäre er als kleiner, zarter Bubi ganz schnell unten in der Hackordnung angekommen. Womöglich würde er ständig verprügelt werden. Womöglich würde ihm noch Schlimmeres passieren. Mit Mühe hatte er das Mittagessen über sich ergehen lassen und ab und zu genickt, wenn seine Mutter oder seine Schwester so etwas wie ein Gespräch betrieben hatten. Jetzt saß er wieder in seinem Zimmer und tat so, als würde er Hausaufgaben machen. Aber er war unfähig, sich auf das Buch zu konzentrieren, er sah direkt hindurch. Die Buchstaben und Zahlen drohten vor seinen Augen zu verschwimmen, wütend wischte er sich mit dem Ärmel über die Augen und zog die Nase geräuschvoll hoch. Er würde nicht heulen wie ein Baby, nein. Es musste eine Lösung geben, eine langfristige. Als kurzfristige Lösung fiel ihm momentan allerdings nur Zahlen ein, und Geld hatte er nun mal keins. Er erwog kurz, seine Oma anzurufen und sie um die 100 Euro zu bitten. Aber das wäre sowieso nutzlos, denn seine Oma wohnte in Reutlingen und es würde dauern, bis er die Kohle hätte. Er zweifelte nicht, dass Frederik weitere »Strafgebühren« erheben würde, wenn er die 100 Euro bis morgen nicht hatte. Er könnte seine Eltern fragen und eine Vorauszahlung für das Schullandheim vorschützen, aber die würden das sofort merken. Auch das Sparschwein seiner Schwester heimlich zu schlachten wäre wohl wenig ertragreich, die hatte sich erst neulich ein Barbiepferd gekauft. Wütend schlug er mit der flachen Hand auf den Tisch. Verdammt. Da blieb nur noch eins. Er ging zur Tür und öffnete sie einen Spaltbreit. Im Flur hing die Jacke seiner Mutter. Er wusste, dass sie den Geldbeutel in der linken Tasche aufbewahrte. Er lauschte. Aus der Küche hörte er Geschirrgeklapper, sie räumte gerade die Spülmaschine aus. Nun, es war sowieso seine einzige Chance. Er schlüpfte aus seinen Hausschuhen und schlich auf Socken zur Jacke. Sie roch nach Regen und nach draußen, irgendwie kalt. Seine Hand war auch kalt, als er sie in die wollene Jackentasche schob, in die linke. Er spürte das Leder der riesenhaften Damengeldbörse seiner Mutter. Es war glatt und seltsamerweise beinah warm. Mit spitzen Fingern fuhr er in die Tasche und zog den Geldbeutel heraus. Immer noch Geschirrgeklapper in der Küche, das war gut. Er klappte das Portemonnaie auf, der Klippverschluss klackte, das ließ sich nicht vermeiden. Geschirrgeklapper. Seine Schwester war auf ihrem Zimmer und hörte eines ihrer bescheuerten Hörspiele. Irgendwas mit

Ponys. Für einen kurzen Moment fürchtete er, seine Mutter könnte gar kein Geld haben. Aber das war unbegründet. Tatsächlich steckten drei Hunderter im hinteren Fach, womöglich ihr Haushaltsgeld. Drei Hunderter, umso besser. Einen konnte man schon mal vergessen, vielleicht würde sie denken, sie hätte ihn schon ausgegeben oder verloren. Raffael fasste in das Fach und spürte das feste Papier zwischen den Fingern. Er bemerkte gar nicht, dass das Geschirrgeklapper aufgehört hatte. Und so war er ziemlich überrascht, als plötzlich seine Mutter hinter ihm stand, so überrascht, dass er ganz vergaß, den Hunderteuroschein zurückzustecken, sondern ihn vielmehr ganz einfach zwischen den Fingerspitzen hielt.

Lisa und Heiko hatten eigentlich Feierabend machen wollen, als Uwe zu ihnen herunterkam.

»Schlechte Neuigkeiten«, murmelte er und sah sich nach einem Stuhl um.

Diesmal waren es Lisa und Heiko, die in ledernen Arbeitssesseln thronten, während Uwe stand. Er verschränkte also die Arme und lehnte sich lässig gegen den Türrahmen.

»Hm?«, machte Heiko, ihm schwante nichts Gutes.

»Die Ulmer haben angerufen.«

»Und?«, fragte Lisa.

»Die Gattung ist falsch.«

»Wie, die Gattung ist falsch?«

»Na, eure Orchidee! Die Sorte passt nicht.«

Lisa erstarrte, und Heiko seufzte. »Können die das feststellen?«

»Die Orchidee, die ihr abgegeben habt, ist eine …«, er

zog einen Zettel hervor und las: »Holocoglossum kimballianum. Aber die gesuchte Orchidee ist eine Grammatophyllum scriptum.«

»Nicht dein Ernst, oder?«, meinte Heiko nun. »Und die können sich nicht … täuschen oder so?«

Uwe schüttelte den Kopf. »Irrtum ausgeschlossen. Die Obergattung stimmt, und die ist tatsächlich nicht häufig. Die Unterordnung allerdings eben nicht.«

»Also fällt unser Hauptindiz weg«, resümierte Lisa.

»Ich fürchte, ja.«

»Das wird dem Staatsanwalt nicht gefallen«, brachte es Heiko auf den Punkt. »Wir werden ihn freilassen müssen.« Er hieb mit der Hand auf den Tisch, sodass Lisas Utensilo hüpfte. »Es hat so gut gepasst!«

»Das stimmt.«

»Wie schaut denn die Grammatophyllum scriptum aus?«

»Grün«, antwortete Uwe.

»Haha, wie witzig.«

»Ne, ohne Quatsch. Grün mit Purpur dabei. Die Blüten sind grün.«

»Ach so.«

»Es gibt in seinem Haus nur die eine Vanda?«

»Das können wir noch überprüfen lassen. Aber die Lindenthalerin sagte ja, er hätte EINE gekauft.«

»Hm.«

»Hm.«

»Und was machen wir jetzt?«

»Wir schnappen uns seinen Anwalt und durchsuchen sein Haus nach weiteren Vandas. Vielleicht haben wir Glück.«

»Und wenn nicht?«

»Dann müssen wir ihn laufen lassen.«

Und tatsächlich mussten Lisa und Heiko zwei Stunden später desillusioniert feststellen, dass die lila-weiße Vanda wirklich die einzige ihrer Art im Hause Baumeister war. Keine grün-purpurfarbene Orchidee, nirgends. Zu allem Überfluss war dem Verdächtigen auch noch eingefallen, dass er an diesem Tag, vielmehr in dieser Nacht, ja auch noch ein umfassendes Date mit einer alleinstehenden Dame aus Schwäbisch Hall gehabt hatte. Er hatte allerdings darum gebeten, dass man das nicht im Beisein von Hedwig Butzer fallen lassen sollte. Frustriert ordnete das hohenlohisch-westfälische Ermittlerteam die Freilassung ihres Hauptverdächtigen an.

Inzwischen war Raffaels Vater nach Hause gekommen, seine Mutter hatte ihn natürlich sofort verpetzt. Zuallererst hatte der seinem Sohn eine geklebt, die Fingerspuren zeichneten sich rot auf Raffaels Wangen ab. Er würde aber den Teufel tun, zu heulen oder sich gar zu wehren, denn so etwas duldete sein Vater nicht und das würde das Ganze nur noch schlimmer machen. Nun saß Raffael auf dem Sofa neben seiner Mutter, während sich sein Vater vor ihm aufgebaut hatte und ihn wütend anstierte.

»Was soll das, Raffael? Nimmst du Drogen? Kiffst du?«

Raffael beeilte sich, den Kopf zu schütteln.

»Du nimmst Drogen, ich hab's gewusst«, meinte sein Vater. Wieder ein Kopfschütteln. »Oder rauchst du?

Brauchst du das Geld für Kippen? Geben wir dir nicht genug Taschengeld? Spinnst du, uns zu beklauen, deine eigenen Eltern, die dich durchfüttern und bei denen du kostenlos wohnst?« Der Kopf seines Vaters war nun ebenso rot wie die Striemen auf Raffaels Wange. »Was ist dein Problem, Junge?«

Raffael öffnete den Mund, um etwas zu sagen, aber sein Vater machte weiter. »Hast du eine Freundin, die du aushältst? Du brauchst keine Freundin, mach du mal dein Abitur. Rumficken und womöglich noch eine schwängern, dann haben wir den Salat.«

»Viktor«, zischte seine Frau. Dann legte sie Raffael die Hand auf den Arm. »Lass ihn doch auch mal was dazu sagen.«

Raffael wog kurz ab. Vielleicht war das eine Lösung. Vielleicht sogar eine gute.

Lisa und Heiko saßen soeben im Büro und tranken eine Tasse süßen Automatenkaffees, zum Runterkommen.

»Was machen wir jetzt?«, fragte Lisa.

»Hm«, murmelte Heiko und dachte nach. »Wir fragen nochmal die Lindenthalerin«, schlug er vor. »Ob sie uns den Kerl, der die andere Orchidee gekauft hat, nicht noch etwas genauer beschreiben kann.«

»Braune Haare, braune Augen, sechs Wochen her.« Lisa winkte ab. »Das wäre wie ein Sechser im Lotto. Und schließlich gibt es diese Orchidee nicht nur in Satteldorf zu kaufen.«

»Vielleicht können wir da ansetzen. Wir fragen beim Großmarkt nach, wer alles in letzter Zeit eine solche Blume gekauft hat.«

»Der Mörder kann die Orchidee schon jahrelang haben. Und wenn, dann ist sie auch kein Beweis, sondern vielmehr ein Indiz. Aussichtslos«, fand Lisa.

In diesem Moment schaute Johnny zur Tür herein. »Do is a Delefongespräch fir eich«, meldete er. »Ii legs eich her.«

»Wer ist es denn?«, fragte Lisa.

»Ein Herr Brobschd«, informierte er. Lisa und Heiko sahen sich ratlos an und zuckten die Schultern. Plötzlich schnippte Heiko mit den Fingern. »Ach, einer der Jungs aus der Jugendabteilung des MEC. Oder?« »Ah ja«, machte Lisa und nickte eifrig, und dann klingelte es auch schon.

Heiko nahm den Anruf an und stellte auf laut. »Wüst?«

»Grüß Gott, Herr Wüst«, meinte eine erwachsene Stimme am Telefon. »Ich sitze hier gerade mit meinem Herrn Sohn, der heute meiner Frau 100 Euro aus dem Geldbeutel klauen wollte.«

»Aha«, meinte Heiko und fragte sich, was das mit der Mordkommission zu tun hatte. »Und wie können wir Ihnen helfen?«

»Ich hab den Jungen natürlich ausgefragt, und nach längerem Hin und Her ist er damit rausgerückt, dass ihn einer seiner Klassenkameraden erpresst.«

»Erpresst? Womit denn?«, wunderte sich Lisa. »Entschuldigen Sie, ich höre ebenfalls zu, Lisa Luft, ich bin Herr Wüsts Partnerin.«

»Schon in Ordnung. Sie müssen nämlich wissen, unser Sohn war nicht in Pamiers dabei. Und da hat der kleine Neumann ihn damit erpresst.«

Lisa und Heiko wechselten einen Blick.

»Natürlich hat mein Junge mit dem Mord absolut nichts zu tun«, beeilte sich der Mann zu versichern.

»Könnten wir kurz bei Ihnen vorbeikommen? Keine Angst, wir nehmen Ihren Jungen schon nicht mit.«

»Natürlich, er ist sowieso unschuldig, das werden Sie schon feststellen, ich habe da vollstes Vertrauen in die Polizei.«

Die Familie Probst wohnte in einem Reihenhaus in einem Neubaugebiet von Onolzheim. Lisa und Heiko durchquerten einen kleinen Vorgarten, der aussah, als würde die Familie mindestens einen Gärtner beschäftigen. Der Vater öffnete die Tür, obwohl sie noch gar nicht geklingelt hatten. »Nur herein, meine Herrschaften«, meinte er und wirkte irgendwie wild entschlossen dabei.

Die Dame des Hauses, Frau Probst, war eine mittelgroße, sehr schlanke Frau, die eine cremefarbene Bluse und einen dunkelblauen Rock trug. Sie hatte das hellbraune Haar zum Zopf geflochten und wirkte daher ein bisschen wie das Dienstmädchen ihres doch sehr herrisch auftretenden Mannes, der mit seinen Einsneunzig eine durchaus beeindruckende Erscheinung war. Und obwohl der Junge auch nicht gerade klein für sein Alter war, wirkte er neben seinem Vater absolut hilflos und wie ein Häuflein Elend. »Bitte setzen Sie sich«, forderte Herr Probst mit fester Stimme und wies auf die bereits beiseite gezogenen Stühle eines billigen Esstisches, der aber schön mit einer Schale mit frischen Äpfeln dekoriert war. Die Kommissare gehorchten, während sie gleichzeitig verstohlen die Fensterbänke des Hauses musterten.

»Sie haben ja gar keine Zimmerpflanzen«, stellte Lisa im Plauderton fest.

Der Vater und der Junge setzten sich auf zwei weitere Stühle, während Frau Probst aus der Küche ein Tablett mit einer Saftkanne und Gläsern herbeibrachte. »Nein, so ein Grünzeug brauchen wir nicht. Wissen Sie, wir sind nicht so der Typ Leute, die den Nachbarn den Schlüssel zum Blumengießen geben. Meine Mutter wohnt in Reutlingen und die Schwiegerleute leben nicht mehr.«

»Das tut mir leid«, murmelte Lisa. »Du hast auch keine Pflanzen? Orchideen vielleicht?«, fragte sie.

Raffael runzelte die Stirn und schüttelte den Kopf.

»Jetzt erzählt mal, was los war«, meinte Heiko und beugte sich verbindlich über den Tisch, während Frau Probst mit vollendeter Kellner-Attitüde ein Saftglas vor ihm abstellte und es mit gekonntem Schwung befüllte.

»Also, der Frederik hat mich erpresst. Er hat gemeint, er würde euch, äh, Ihnen, sagen, dass ich als einziger von uns nicht in Pamiers dabei war.«

»Warum warst du denn nicht dabei?«, hakte Lisa nach.

Der Junge schwieg.

»Er hatte Firmung«, antwortete der Vater. »Wir sind katholisch, und da gibt es immer nur einen Termin pro Jahrgang, das ließ sich nicht verschieben.«

»Ah«, machte Lisa. »Und weiter?«

Raffael schluckte. »Na, dann hat mich der Freddy in der Pause angesprochen und wollte 50 Euro von mir.«

»Hast du sie ihm gegeben?«, fragte Heiko.

Der Junge nickte. »Ich hab zuerst mein Sparschwein geschlachtet, aber es waren nicht ganz fünfzig Euro.«

»Wieso hast du es ihm überhaupt gegeben und uns nicht

gleich informiert? Wenn du unschuldig bist, wie dein Vater sagt?«, wollte Heiko wissen.

»Wenn ich als einziger kein Alibi hätte, wäre ich doch ins Zentrum der Ermittlungen gerückt«, antwortete Raffael.

Heiko verkniff sich ein Lächeln, nicht nur wegen der etwas geschwollenen Ausdrucksweise des Jungen, er konnte sich beim besten Willen nicht vorstellen, wie dieses Büblein einen erwachsenen Mann zerhackte. Er erinnerte sich allerdings sofort, dass man sich in diesem Alter wesentlich erwachsener fühlte, als man war. »Wie kommt denn Frederik dazu? Gibt es einen Grund, dich zu verdächtigen?«

Schnell schüttelte der Junge den Kopf. »Nein, auf keinen Fall. Ich hab nichts gemacht. Ich hab nur einfach kein Alibi.«

»Kannst du dich erinnern, wo du an diesem Abend warst?«

»Um welchen Tag geht es denn eigentlich genau?«, fragte die Mutter nun.

»Den Donnerstagabend, den 7.«, antwortete Heiko.

Der Vater sah seinen Sohn an. »Weißt du noch, wo du da warst?«

Raffael schüttelte wieder den Kopf.

»Womöglich zuhause«, vermutete der Vater. »Aber hören Sie, Sie glauben doch nicht im Ernst, dass ein Fünfzehnjähriger einen Mord begeht?«

Heiko zuckte die Achseln. »Das hat es durchaus schon gegeben.«

»Und was für ein Motiv sollte ich haben?«, fragte Raffael und wirkte mit einem Mal wieder etwas selbstbewusster. Ein trotziger Funke flammte in seinen Augen auf, von der Art, wie sie ihn beim Verhör in der Schule gesehen hatten.

»Das weiß ich nicht. Fällt dir was ein?«

Die ganze Familie schüttelte kollektiv den Kopf.

»Wahrscheinlich war ich zuhause. Wir haben am 11. Mathe und am 13. Französisch geschrieben. Was denken Sie, was ich da abends mache?«

»Und er hat eine 1 und eine 2+, er hat also fleißig gelernt«, bestätigte die Mutter, während Heiko sich wunderte, warum sie die Noten ihres Sohnes auswendig parat hatte.

»Und warum hast du dann heute versucht, die 100 Euro zu klauen?«, fragte Heiko weiter.

»Frederik war mit den knapp 50 nicht zufrieden. Er meinte, ich müsste jetzt zur Strafe 100 zahlen, weil ich mich nicht an unsere Vereinbarung gehalten habe.«

»Ach, so nennt man das jetzt«, schnaubte Lisa. »Keine Angst, Raffael. Wir nehmen uns den Knaben mal vor.«

Eine halbe Stunde später saßen die beiden Kommissare auf dem Sofa einer Wohnung in einem Mehrfamilienhaus in Altenmünster. Frederik wirkte bockig und tat so, als wüsste er nicht, worum es gehe. Sein Vater war nicht zu Hause, seine Mutter, eine attraktive Brünette in Jeans und rotem Pullover, knetete unablässig ihre Hände und saß wie ein Schulmädchen, das sich aber bemühte, selbstbewusst auszusehen, neben ihrem Sohn.

»Mein Sohn hat nichts gemacht. Und schon gar keinen umgebracht«, versicherte sie nervös. »Er ist ein anständiger Junge.«

»Wir kommen nicht wegen des Mordes«, korrigierte Lisa, »sondern in einer anderen Sache.«

Frederik bequemte sich nun doch, seine Arme zu entfalten und setzte sich aufrechter hin. »Was für eine andere Sache?«, fragte er etwas verwundert und mit einem offensichtlichen Kloß im Hals.

»Erpressung«, versetzte Lisa lakonisch.

Frederik schluckte, und sein jugendlicher Adamsapfel hüpfte merklich dabei. Dann lachte er, etwas zu laut. »Erpressung, so ein Quatsch.«

»Mein Junge tut so etwas nicht«, versicherte die Frau und Lisa dachte bei sich, wie oft Lehrer sich diesen Satz wohl anhören mussten.

»Doch. Ihr Junge tut so etwas«, versicherte Heiko. »Und zwar hat er den Raffael erpresst, erst um 50, dann um 100 Euro.«

Die Frau schüttelte den Kopf und sah dann Frederik doch zweifelnd an. »Stimmt das?«, fragte sie dann, leise und gereizt. »Stimmt das?«, wiederholte sie, und es klang drohend.

Frederik senkte den Blick und nickte. »Warte, wenn Papa nach Hause kommt.«

»Na na, Frau Neumann. Ihr Mann wird doch dem Jungen keine kleben?«, tadelte Heiko.

»Wir schlagen unser Kind nicht. Aber er wird bestraft, da können Sie sicher sein. Wir haben da so unsere Methoden.«

»Ihr Sohn bekommt auch von Rechts wegen seine Strafe, da können Sie sicher sein«, versicherte Lisa.

»Muss er ins Gefängnis?«, fragte Frau Neumann, und es klang wieder ängstlicher.

»Wohl eher nicht. Kategorie Sozialstunden. Aber das muss der Richter entscheiden. Für die Verhandlung wäre es jedenfalls gut, wenn du das Geld zurückgeben würdest.«

Der Junge nickte nun kleinlaut, stand auf und erschien kurze Zeit später wieder mit einem Umschlag, den er den Kommissaren reichte.

»Zwanzig Euro fehlen. Hab mir ein Computerspiel gekauft.«

Die Mutter seufzte, nahm eine kleine Geldbörse vom Tisch, holte einen Zwanziger heraus und meinte dann: »Dein monatliches Taschengeld.«

Sie reichte den Schein mit großer Geste dem Kommissar, der ihn im Umschlag verstaute.

»Ihr Sohn hat Raffael gedroht, zu verraten, dass er als einziger von den MEC-Jungs nicht in Pamiers dabei war um so sein Alibi im Mordfall Klingler platzen zu lassen, von dem Sie ja sicher schon gehört haben.«

»Sie verdächtigen die Jungen?«, wunderte sich die Mutter.

Lisa schüttelte den Kopf. »Nein. Aber das haben sie wohl geglaubt, nicht wahr.«

Frederik sog scharf die Luft ein, offenbar überlegte er, ob er etwas sagen sollte oder nicht.

»Ja?«, fragte Lisa und zog die Augenbrauen hoch. »Ist was?«

»Aber Raffael war es«, meinte er zur Überraschung der Kommissare mit leiser Stimme. »Ich bin mir sicher, dass er es war.«

Nun legte seine Mutter ihm die Hand auf den Arm. »Raffael und mein Sohn waren letztes Jahr in das gleiche Mädchen verliebt, und Raffael hat sie bekommen. Deswegen liegen die beiden im Clinch.«

Heiko erinnerte sich an sein Rennen um Lisa mit Stefan, ihrem spießig-schleimigen Ex. Gut, dass er gewonnen hatte, sonst wäre seine Lisa ja gleich wieder weg gewesen, und dann, nicht auszudenken. Es war schon gut, dass sie da war. Nun lächelte Lisa milde.

»Na, dann ist Raffael natürlich der Böse. Aber keine Sorge, andere Mütter haben auch …«

»Nein, so ist das nicht«, unterbrach Frederik. »Der war es wirklich. Der hat ein Motiv.«

Nun zog Lisa ihre schönen Augenbrauen zusammen, wobei sich diese entzückende Steilfalte bildete. »Ein Motiv? So? Welches denn?«

»Der Klingler hat seiner Alten die Karre stillgelegt.«

»Aber Frederik!«, tadelte die Mutter.

»Sorry. Seiner Mum. Sie mussten dann ein neues Auto kaufen und waren deshalb die letzten zwei Jahre nicht mehr im Urlaub.«

Heiko wog innerlich ab. War das ein Motiv? Nun gut, wer konnte schon wissen, was in einem wütenden, enttäuschten Jungen so alles vor sich ging? Aber, dass er dann einen Mann mit einem Stromschlag tötete und anschließend auch noch zerhackte und in Müllsäcke verpackte, also naja.

»Wirklich! Das hat den Raffael total angekotzt. Nach den Ferien haben immer alle vom Urlaub erzählt, und er und seine Schwester waren in der Stadtranderholung.«

»Die Stadtranderholung ist doch nicht schlecht«, widersprach Heiko und erinnerte sich an tolle Spielnachmittage im Schönebürgwald.

»Das nicht«, gab Frederik zu. »Aber eben auch nicht so cool wie die Malediven oder die Dom Rep.«

Heiko verstand und war gleichzeitig schockiert, dass diese »Mein Haus, mein Auto, mein Boot«-Mentalität ganz offensichtlich schon bei den Jugendlichen angekommen war.

»Das hat den angekotzt ohne Ende«, versicherte Frederik noch einmal.

Lisa und Heiko standen vor dem Mehrfamilienhaus in Altenmünster. Unschlüssig zog Heiko an seiner Zigarette.

»Und? Was meinst du?«, fragte Lisa.

»Hm«, machte Heiko, betrachtete eine Weile die Kippe in seiner Hand und meinte dann: »Also, ich weiß nicht. Ob das ein Motiv ist.«

»Noch dazu hätten wir das ja gar nicht bemerkt, die Sache mit Pamiers und dass er kein Alibi hat«, gab Lisa zu bedenken.

Heiko nickte und schnippte die Kippe weg. »Und er hat uns ja praktisch von selbst auf sich als Täter gebracht. Irgendwie mäßig sinnvoll.«

»Eigentlich waren es ja seine Eltern«, widersprach Lisa. »Und dass die von der Unschuld ihres Sohnes absolut überzeugt sind, ist ja klar.«

»Ja, aber der Junge hätte vielleicht versucht, das zu verhindern, wenn er wirklich etwas zu verbergen hätte.« Lisa sah hoch zum Fenster der Wohnung, wo sich eine Gardine bewegte.

»Vielleicht sollten wir mal Uwe nach der genauen Anordnung der Fingerabdrücke auf dem Trafo fragen«, schlug Heiko vor. »Dann sehen wir ja, ob der Junge als Täter in Frage kommt.«

»Wenn der Täter nicht völlig umnachtet ist, hat er Handschuhe getragen«, widersprach Lisa.

Heiko zuckte die Achseln. »Einen Versuch ist es doch wert, oder?«

Lisa sah auf die Uhr. »Aber heute nicht mehr«, beschloss sie. »Komm, lass uns Feierabend machen, mir schwirrt sowieso der Kopf.«

Der junge Mann hatte Karolin eine Orchidee mitgebracht. Er wusste, sie liebte Orchideen. Und sie konnte sie fühlen, sie vielleicht riechen, das wusste er. Jedes Mal, wenn er hier war, hielt er eine der Blüten unter ihre Nase, deren Flügel oft geweitet waren, als wollten sie die Gerüche der ganzen Welt in sich aufnehmen. Ihr geschundener Körper bäumte sich leicht auf, krampfte kurz, aber vielleicht war das ihre Art, eine Reaktion zu zeigen. Er war sich sicher, dass tief drinnen in diesem Körper noch seine Karolin war, die der alte Sack auf dem Gewissen hatte, und eines Tages würde sie wieder aufwachen. Er hatte bereits bezahlt, und er hatte es verdient. »Eine Orchidee, Karo«, erklärte er, einfach nur, damit sie seine Stimme hörte. Wenn er sprach, war ihre Atmung ruhiger und sie schien sich zu entspannen. Nun, er war sich nicht wirklich sicher, ob das tatsächlich so war. Aber fast. »Wie geht es dir heute?«, plauderte er und drehte ihre Lieblingsmusik lauter. Musik war wichtig, sie drang vielleicht zu ihr durch, zu ihrem Geist, der in diesem Körper gefangen war. Die Tür schwang auf, und wieder war es die Krankenschwester. »Herr Klingler«, meinte sie. Er lächelte. »Schön, wie Sie das machen. Ich bin sicher, sie kriegt alles mit. Und Sie haben wieder eine so schöne Orchidee dabei.« Er nickte. Die Schwester nahm sie vom Tischchen, wo er sie inzwischen abgestellt hatte, und stellte sie zu den anderen auf die Fensterbank, direkt neben die grüne.

Zwei Stunden später saß das hohenlohisch-westfälische Ermittlerteam wieder im M3, und diesmal waren sie privat unterwegs. »Und wo fahren wir jetzt nochmal hin? Wie heißt das Kaff?«

»Hessenau«, wiederholte Heiko. »Der Kurt feiert seinen Geburtstag. Den 60.«

»Und der Kurt ist nochmal …«

»… der Kurt ist einer der berühmtesten Musiker Hohenlohes«, erklärte Heiko.

»Ach, ist das der, der schon in Neidenfels beim Mühlenfest aufgetreten ist?« erkundigte sich Lisa.

»Das ist der andere Kurt. Kurt Klawitter. Der ist auch berühmt. Aber dieser Kurt ist Kurt Rösch. In den Achtzigern hatte der die Band Praxis. Und jetzt gibt es Johkurt und Paulaner Trio.«

»Joghurt… was?«

»Johkurt und Paulaner Trio. Bestehend aus Kurt, Paul und Bernd.«

»Ach, und daher der Bandname.«

»Genau.«

»Und die geben jetzt ein Konzert. Zum Geburtstag vom Kurt.«

»Aha.«

Der M3 passierte soeben Lendsiedel und folgte der Landstraße Richtung Dörrmenz. »Schön hier«, meinte

Lisa und betrachtete bewundernd die blühenden Obstbäume am Straßenrand. »Jetzt ist wirklich Frühling.« Sie passierten Dörrmenz, eine kleine, niedliche Ortschaft, und am Horizont tauchte eine Burg auf. »Was ist das denn?«, fragte Lisa und deutete darauf.

»Die Burgruine Leofels«, informierte Heiko. »Da gibt es jedes Jahr die Burgschauspiele, wo der Kurt immer den Räuber Hotzenplotz spielt.«

»So«, machte Lisa. Auf diesen Kurt war sie ja gespannt. Die Abenddämmerung hatte sich auf die Szenerie herabgesenkt. Schließlich erreichten sie eine kleine Steige mit engen Serpentinen, die durch ein Wäldchen führte. Nach der letzten Kurve wurde der Blick frei auf ein kleines Dorf, das im Tal gelegen war, die Straße verlief parallel zur Jagst, die um diese Jahreszeit zwar schlammbraun war, aber von hellgrün sprossenden Bäumen eingerahmt war, was durchaus reizvoll wirkte. Sie passierten den Ortseingang des kleinen Dorfes und parkten endlich den Wagen vor einem Haus, das gleich mehrfach seltsam war. Nicht nur befand sich direkt vor dem Haus eine Bushaltestelle mit einem etwas deplatziert anmutenden Unterstand. Nein, das Auffälligste an diesem Haus war das Skelett. Vor dem Haus des Mundartsängers befand sich ein echtes Pferdeskelett, das so wirkte, als sei es direkt aus dem »Schimmelreiter« entsprungen. Es stand einfach so da, im Vorgarten, den man nicht wirklich so nennen konnte, und Lisa blieb wie angewurzelt davor stehen.

»Was ist das denn!«, wunderte sie sich, während Heiko sich eine Zigarette anzündete.

»Lies halt mal das Schild«, half er und wies auf ein kleines Kästchen mit Aufkleber.

Lisa bückte sich und las: »Liebe Passanten, mein Pferd leidet großen Hunger, bitte spenden Sie doch etwas Futtergeld.«

Heiko zog an der Kippe und grinste zustimmend. »Ist doch eine 1A-Erklärung, oder?«

Lisa schüttelte grinsend den Kopf. »Und was ist das?«, fragte sie und wies auf das Häuschen an der Bushaltestelle.

»Das«, erläuterte Heiko, »ist die Raststation. Für Fahrradfahrer und hungrige Wanderer. Naja, vor allem für durstige, eigentlich.« Er zeigte auf einen Getränkeautomaten an einer Seite des Häuschens. Innen befand sich eine schöne Sitzgelegenheit, natürlich mit Tisch.

»Das ist ja total süß«, fand Lisa. »Lass uns auch mal eine Fahrradtour hierher machen und dann hier rasten, ja, Heiko?«

Heiko brummte unbestimmt, während er im Kopf die Kilometer nach Hessenau durchging und an die Steigungen dachte. Das musste unbedingt verhindert werden.

Das hohenlohisch-westfälische Ermittlerteam ging um das kleine, aber recht hohe Häuslein herum und landete endlich im Garten, der die perfekte Partylocation mit Bühne darstellte. Die Luft war lau, und Lampen begannen, mit ihrem Licht die Dämmerung zu durchdringen. Heiko hielt Ausschau nach Kurt und fand ihn an der selbstgezimmerten Bar im hinteren Bereich, direkt neben der ebenfalls selbstgezimmerten und mit diversen skurrilen Fundstücken dekorierten Bühne.

»Ah, der Heiko«, grüßte Kurt und schüttelte mit kräftigem Händedruck die hingehaltene Hand, wobei seine grauen, längeren Haarsträhnen heftig wackelten. »Des is schää, dass ihr kumma seid.«

»Alles Gute zum Geburtstag, Herr Rösch«, meinte Lisa.

»Sooch Kurt.«

»Okay. Kurt.«

»Ja, auch alles Gute«, beeilte sich Heiko.

»Fühlt eich wie dahoom«, lud Kurt ein und präsentierte mit einer lässigen Handbewegung sein Reich.

»Warum hängen denn da drüben Bettlaken?«, wunderte sich Lisa.

»Lärmschutz«, erklärte Kurt und grinste dabei frech. »Waasch, mir macha doch nochher a kloons Konzert. Und net, dass die Nachbara sich drou steera.«

»Aha«, meinte Lisa und grinste zurück. Na dann.

Jemand kam vorbei und drückte den beiden je eine Bierflasche in die Hand. Lisa und Heiko ließen sich auf einer der selbstgezimmerten Bierbänke vor der Bühne nieder, aus dem Holz quoll teilweise noch das Harz. Kurt hatte für seinen Geburtstag wohl eifrig Möbel gebastelt. Es war schön, und die beiden Kommissare tranken Bier und unterhielten sich mit ihren Banknachbarn, die irgendwie alternativ wirkten. Eine halbe Stunde später begann das Konzert. Kurt und Paul agierten als Sänger, und Bernd spielte meisterhaft das Keyboard. Die Band eröffnete das Konzert mit dem allseits beliebten »Mouschd Blues«, der die Vorzüge des Hohenloher Nationalgetränks thematisierte. Nach kurzer Zeit sangen alle mit: »No hoggsch di nou weil'd nimmi kouschd und saufsch dein Hoaloher Mouschd.« In einer Ode auf die Melodie von »Ännchen von Tharau« wurde anschließend das »Hähnchen vom Grillstand« gepriesen, gefolgt vom nicht weniger inbrünstigen »Ii moch di.« Bei diesem Lied ging es allerdings nur vordergründig um die romantische Liebe, denn der Refrain lautete: »Was ii am liabschda mooch, und was ii am meischda verdrooch, ja ii mooch Linsa und Spätzle mit Saidawirschd.« Lisa lachte sich halb kaputt, als Paul noch ein pathetisch gesungenes »Saiiiiiidawirschd« folgen ließ. Bei anderen Liedern war Lisa mit ihren eher spärlichen Hohenlohisch-Kenntnissen latent überfordert, wie zum Beispiel bei »Wialliandriaa.« Der nächste Satz »Such ii doch bloß a Fraa«, löste das Rätsel dann aber. Und ein Lied charakterisierte die hohenlohischen Anmach-Fähigkeiten, nämlich das überaus romantische »Soochamol, wie haaschn du.« Und so verbrachten Lisa und Heiko einen sehr hohenlohischen Abend in Hessenau, mitten im Frühling, der einen schönen Sommer verhieß.

»Zdrowas Maryjo, laski pelna«, betete Ola, und ihre Hände krampften sich ineinander. Sie waren soeben vom Feld gekommen, und sie hatte sich entschuldigt, sie fühle sich nicht wohl. In Wahrheit war es mehr als das. Sie konnte keinen klaren Gedanken fassen. Gegrüßet seist du, Maria, voll der Gnaden. Ihr Blick suchte das Bild der gütigen Schwarzen Madonna an der Wand ihres Zimmers. Maria konnte ihr vielleicht noch helfen, die gütige, liebreiche Muttergottes, vielleicht, vielleicht gab es Gnade für sie und auch für Karol. »Pan z Toba«, fuhr sie fort und schmeckte eine erste, salzige Träne in ihrem Mundwinkel. Der Herr ist mit dir. »Blogoslawionas Ty miedzy niewiastami.« Du bist gebenedeit unter den Frauen. Gesegnet. Sie, Ola, hatte den Segen Gottes verwirkt, sich mitschuldig gemacht an einem Mord, am Tod eines Menschen, und damit gegen das fünfte Gebot verstoßen. Sie würde direkt in der Hölle landen. Im reinigenden Feuer. Ihre Finger krampften sich noch enger um das metallene Kreuz, das sie sonst über dem Bett hängen hatte. Ihre Stimme begann zu versagen, als sie fortfuhr: »I blogoslawiony owoc zywota Twojego, Jezus.« Und gebenedeit ist die Frucht deines Leibes, Jesus. Das Kreuz verhinderte, dass sie ganz abdriftete in eine Schuldhaftigkeit, der Schmerz, der durch die recht scharfen Kanten an ihren Fingern verursacht wurde, war tröstlich, vielleicht eine erste Buße. Die Tränen liefen jetzt zahlreicher, tropften von ihrem Gesicht. »Swieta Maryjo, Matko Boza, módl sie za nami grzesznymi«, stammelte sie. Heilige Maria, Mutter Gottes, bitte für uns Sünder. Ja, das war sie, eine Sünderin, eine schlimme Sünderin. Sie war schuld am Tod eines Menschen, und wenn er noch so widerwärtig gewesen war, er war ein Mensch, ein Kind Gottes. »Teraz i w godzine smierci naszej.« Jetzt und in der Stunde unseres Todes. Sie würde liebend gern ihr Leben geben, wenn sie ihn zurückbringen könnte. Denn mit der Schuld würde sie nicht lange leben können. Sofort entschuldigte sie sich bei Maria für diesen schlimmen Gedanken. Nein. Ein langes Leben mit dieser Schuld wäre ihre Strafe, ihre Buße, und sie müsste sie ertragen. Die Tränen fielen nun ungehindert zu Boden, und ihre Stimme war nur noch ein heiseres Flüstern, als sie hinzufügte: »Amen.«

DONNERSTAG, 28. APRIL

Am nächsten Morgen statteten die beiden Ermittler als erstes dem Spurensicherer einen Besuch ab. Uwe war in seinem Büro. Heiko und Lisa hatten ihr Anliegen erläutert, und Uwe hatte sich zu seinem Arbeitstisch bemüht. Dort lagen die Trafos, daneben mehrere Ausdrucke von Computerscans.

»Und?«, fragte Heiko und deutete auf die Papiere.

Theatralisch nahm der Spurensicherer die Blätter, sah die durch und meinte: »Die Fingerabdrücke der Jungs sind überall drauf, alle fünf.«

»Uns interessieren hauptsächlich die vom jungen Probst«, informierte Heiko.

Uwe legte die Stirn in Falten und blätterte. »Die … sind hauptsächlich unten. Eigentlich immer. Sozusagen von den anderen überlagert.«

»Also ist es unwahrscheinlich, dass der Junge als letztes an dem Gerät war?«, fragte Lisa.

»So gut wie ausgeschlossen.«

»Sind denn noch andere Fingerabdrücke drauf?«, hoffte Heiko.

»Das nicht. Aber Schmierer.«

»Wie, Schmierer?«

»Von Handschuhen?«, riet Lisa.

Uwe schnippte mit dem Finger in ihre Richtung. »Richtig. Ich bin beinah sicher, dass der Täter Handschuhe getragen hat. Deshalb haben wir ja auch auf den Müllsäcken keine Abdrücke.«

»Also könnte es doch der Junge gewesen sein«, meinte Heiko.

»Wie alt ist der nochmal?«, fragte Uwe.

»Fünfzehn.«

»Also, wenn der nicht zu viel »Saw« geschaut hat, dann würde ich den jetzt eher nicht als heißen Kandidaten sehen«, gab Uwe zu bedenken.

»Wir doch auch nicht. Aber wir stecken irgendwie in einer Sackgasse.«

»Hm.«

»Ja.«

In diesem Moment klingelte Heikos Handy.

Sie fühlte nichts. Absolut nichts. Nur manchmal. Sie schwebte. Sie wusste nicht, wo. Es fühlte sich nicht einmal schlimm an. Süß. Schwebend. Sanft. Und dann hörte sie sie, die Stimmen, die an ihr Ohr drangen. Sie wusste nicht immer, wer es war, der da zu ihr sprach. Aber oft war es dieselbe Stimme, und dann wusste sie es, wusste es genau, manchmal, und dann wieder nicht. Was sie jedenfalls wusste, war, dass sie die Stimme liebte, zutiefst, dass ihr Herz einen Hüpfer machte, wenn sie die Stimme hörte, wenn sie ihn hörte. Und sie liebte nicht nur die Stimme, sie liebte ihn. Sie war sich nicht sicher, wie er hieß, manchmal wusste sie den Namen, fast, dann entglitt er ihr wieder wie ein Schmetterling, den sie erfolglos zu fangen versuchte. Aber sie zog sich an dieser Stimme empor, manchmal weiter, manchmal sank sie wieder zurück in eine Dunkelheit.

Und selten, ganz selten nahm sie den Duft von Orchideen wahr.

Heiko legte auf. »Und?«, fragte Lisa, denn Heiko hatte diesmal nicht auf laut gestellt. »Eine der Erntehelferinnen vom Spargelhof Hermann weiß, wer der Mörder ist«, informierte Heiko. »Wie, sie weiß es?«, hakte Lisa nach. Heiko zuckte die Achseln. »Die Mareike sagt, ihre Erntehelferin hätte einen absolut begründeten Verdacht.« »Gut, dann ab nach Rüddern.«

Viola Klingler klebte Etiketten. Sie hatte sie selbst designt und war ziemlich stolz darauf. Überhaupt war sie ein kreativer Typ, schon immer gewesen, und sie war froh, jetzt ihr Leben so leben zu können, wie sie es für richtig hielt und all ihre Kreativität und ihre Ideen voll ausschöpfen zu können. Sie hatte es geschafft, anders als ihre arme, bedauernswerte Mutter, die ihre besten Jahre einem Despoten geopfert hatte. Wenigstens jetzt hatte sie die Kurve gekriegt, aber jetzt war es für vieles zu spät, viel war verloren gegangen, kaputt, gestorben. Viola prüfte den Schraubverschluss eines Erdbeerxälzglases, er war perfekt dicht. Der Alte hatte ihr viel angetan, viel Schlimmes. Karolin hatte er gemocht. Immer. Sie hatte es verstanden, mit ihm umzugehen. Sie hatte sich ja gewundert, dass sie zu diesem Notartermin eingeladen worden war, sie war sich sicher gewesen, dass der Alte sie enterbt hatte. Nun gut, sie würde das Geld annehmen, als Entschädigung. Als Schmerzensgeld. Ihre Schwester hingegen würde nicht kommen können. Sie war nur noch eine Hülle, die von Maschinen am Leben gehalten wurde. Viola besuchte sie viel zu selten, das wusste sie. Es hieß, dass vertraute Stimmen den Betroffenen helfen könnten. Womöglich. Nur, dass sie sich andauernd gestritten hatten, früher, wenn nicht gar gehasst, und dass Karolin sich wohl kaum gut fühlen würde, wenn sie die Stimme ihrer älteren Schwester hörte. Mit Christian hatte sie sich hingegen prima verstanden, denn auch der hatte dem Vater nach dem Mund geredet, versucht, seine Launen aus der mürrischen Mimik abzulesen und sich mit der Situation bestmöglich zu arrangieren. Die einzige, die revoltiert hatte, war sie gewesen. Sie hatte sich nicht alles gefallen lassen, nach dieser einen, großen Sache, an die sie nicht mehr weiter denken wollte und auf die sie nicht stolz war, die aber regelmäßig in ihren Albträumen auftauchte. Sie hätte sich wehren können, er hatte kein Recht gehabt, sie dazu zu zwingen. Aber sie hatte sich gefügt, weil sie schwach war. War. Jetzt war sie stark, eine starke Frau, eine Persönlichkeit. Die so etwas nicht mehr mitmachen würde. Die sich wehren würde, ganz sicher. Und der Alte hatte letztendlich dafür bezahlt, das war das Wichtigste.

In der Hoffnung, den Fall nun doch bald abschließen zu können, bogen Lisa und Heiko kurze Zeit später in den betonierten Hof des Hermannshofes ein. Ein Hund schlug an, blieb aber unsichtbar, und links von ihrem Parkplatz gab es einen kleinen Laden, wo der Spargel direkt an die Kunden verkauft wurde, aus dem nun Mareike Hermann trat. »Gut, dass ihr da seid«, begrüßte sie die beiden Kommissare. »Die Ola ist total verzweifelt.« Sie winkte die Kommissare in den Laden. Er war mit schönen Holzmöbeln ausstaffiert, und der süßlich-würzige Geruch frischen Spargels, der in der Auslage lag, hing in der Luft.

»Ola, hier ist die Polizei«, meinte Mareike und wies auf ein weinendes Bündel, das auf einem Stuhl zusammengesackt war. Die junge Polin schniefte, zog ein Taschentuch und putzte sich verschämt die Nase, ehe sie sich erhob und die Kommissare mit rotunterlaufenen Augen begrüßte.

Lisa fasste sie am Arm und lächelte aufmunternd. »Mareike sagt, Sie wüssten, wer der Mörder ist?«

Ola nickte und kämpfte die wiederaufsteigenden Tränen hinunter. »Karol«, meinte sie tonlos.

Die Kommissare wechselten einen Blick. »Wo ist denn Karol?«

»Oben. Auf unseren Zimmern.«

»Und wieso denken Sie, dass Karol der Täter ist? Haben Sie etwas beobachtet?«

Die junge Frau, die eigentlich noch ein Kind war, schüttelte den Kopf. »Das nicht. Aber es passt alles zusammen.«

»Inwiefern?«

»Sie schämt sich ein bisschen dafür«, erläuterte Mareike.

Heiko wusste mit dem Einwurf nichts anzufangen und beschloss, einfach abzuwarten.

»Es war so vor drei, vier Wochen, da hat mich der Herr … wie hat der Mann geheißen?«

»Klingler.«

»Ja. Herr Klingler hat mich angesprochen und mir ein Angebot gemacht.«

»Was für ein Angebot?«, fragte Heiko nach, aber Lisa puffte ihn in die Seite.

»Ein unmoralisches Angebot?«, vermutete sie.

Das Mädchen nickte und wurde puterrot.

»Das muss Ihnen nicht peinlich sein. Das ist nicht Ihre Schuld.«

»Ich weiß. Aber es ist mir trotzdem peinlich. Vielleicht habe ich ihn dazu ermutigt?«

Lisa betrachtete das überaus hübsche, aber sehr schüchtern und bescheiden wirkende Mädchen. »Bestimmt nicht«, versprach sie. »Das kann ich mir beim besten Willen nicht vorstellen.«

Dann, nach einer Pause, fragte sie: »Angefasst hat er Sie aber nicht, oder?«

Kopfschütteln. »Nun, jedenfalls habe ich das dann den Männern erzählt, weil ich mich so geschämt habe und es jemandem erzählen musste.«

»Welchen Männern?«

Wieder schluckte die junge Frau und suchte Mareikes Blick, die aufmunternd nickte. »Marek und Karol.«

»Und wie haben die reagiert?«

Ola begann, ihre Hände zu kneten, schien kurz nachzudenken und sagte dann: »Marek hat mich getröstet. Und Karol hat gesagt, er würde es ihm heimzahlen.«

»Wie, heimzahlen?«

»Er hat nur das gesagt.«

Heiko dachte nach. Dieser Karol hatte ein Motiv. Ein Alibi könnte man auch vergessen, zumal der Mann hier wohnte. Blieb nur noch die Möglichkeit zum Mord.

»Sie wissen doch, dass der Herr Klingler mit einem Stromschlag getötet wurde«, fuhr Lisa fort. »Denken Sie, Karol könnte so etwas arrangieren?«

Nun schluchzte Ola wieder auf, es klang wie bei einem waidwunden Tier.

»Karol ist Elektriker«, meinte sie dann. »Verstehen Sie? Er ist Elektriker. Er kann das. Er war es. Er wollte mich rächen. Er hat es wegen mir getan. Ich bin schuld. Wegen mir musste ein Mensch sterben.«

Lisa wechselte einen Blick mit Mareike, die die Achseln zuckte und hilflos die Arme an die Seite klatschte. »Beruhigen Sie sich«, meinte Lisa.

Ola erlitt nun einen regelrechten Weinkrampf.

Lisa trat zu Mareike und raunte: »Sollen wir einen Psychologen rufen?«

Mareike schüttelte den Kopf. »Ein Pfarrer wäre besser. Ein katholischer.«

Lisa räusperte sich. »Ola, möchten Sie mit einem Priester sprechen?«

Ola fing sich und schniefte. »Wenn ich zur Beichte könnte …«, meinte sie.

»Wir lassen Sie nachher hinbringen«, versprach Heiko. »Aber jetzt müssten wir erst einmal mit Karol sprechen.«

Mareike seufzte und führte die beiden in die Quartiere der Erntehelfer.

Heiko und Lisa klopften an der Tür zu Karols Zimmer. Erst tat sich nichts, dann kam von drinnen ein unwilliges Brummen. »Karol?«, rief Mareike und klopfte nochmals, etwas vernehmlicher. Schließlich ging die Tür mit einem Ruck auf und der junge Mann stand vor ihnen. Ein

Kraftpaket mit milchkaffeefarbenem Teint und dunklen, fast schwarzen Haaren. Sein Gesicht war grob geschnitten, wirkte dabei aber überaus männlich, kräftig, nicht unattraktiv, wie Lisa sofort feststellte. »Was ist?«, fragte er mit starkem Akzent und wischte sich über die Augen, offenbar hatte er sich hingelegt gehabt.

»Die Polizei möchte mit dir reden«, erklärte Mareike und trat beiseite.

»Polizei?«, fragte Karol, und in seinem Hirn schien sich der Gedanke zu formieren, dass das nichts Gutes bedeuten konnte. »Ich nichts gemacht«, meinte er und hob die Hände.

Heiko legte eine Hand an seine Dienstwaffe. »Wir wollen nur mit Ihnen reden, Herr …«

»…Wozniak.«

»Herr Wozniak. Verstehen Sie Deutsch?«

»Ich nichts gemacht. Nicht gut Deutsch. Bisschen.«

Kurz überlegte Heiko, ob es Ola zuzumuten wäre, als Übersetzerin zu fungieren. Dann entschied er sich aber dagegen. »Wir müssen Sie mitnehmen. Sie müssen mit uns kommen«, bestimmte Heiko also.

Der Mann schüttelte den Kopf. »Aber ich nichts gemacht. Warum mitkommen? Wo mitkommen?«

»Geh mit«, riet Mareike. »Das ist okay. Wenn du nichts gemacht hast, ist alles okay.«

Der Mann schien wieder nachzudenken und nickte schließlich.

Heiko fiel ein Stein vom Herzen, er war sich absolut nicht sicher, ob er bei einem Gerangel nicht den Kürzeren gezogen hätte.

Sie hatten noch für Ola ein Taxi organisiert, das sie zu einem Priester brachte, und saßen eine Stunde später mit Karol, dem sie zur Beruhigung einen Kaffee hingestellt hatten, Frau Brucker und einer polnischen Übersetzerin namens Teresa Krawczyk im Verhörzimmer des Crailsheimer Polizeireviers. Lisa entging nicht, wie Frau Brucker anerkennend den Körper des jungen Mannes musterte. Er war schon sehr muskulös gebaut.

»Also, Herr Wozniak«, begann Heiko und beugte sich verbindlich mit gefalteten Händen über den Tisch. »Wir haben da ein paar Fragen an Sie.«

Er machte eine Pause, damit die Übersetzerin den Mann informieren konnte.

»Es geht um den Mord an Fritz Klingler.«

Übersetzung.

Laptoptastenklicken.

Karols Augen weiteten sich augenblicklich, und er fasste die Übersetzerin am Arm und antwortete. »Er hat nichts gemacht«, übersetzte die Frau.

»Nun, so einfach ist es nicht. Herr Klingler wurde mit einem Stromschlag getötet. Ist es wahr, dass Sie Elektriker sind?«

Karol wirkte irritiert, dann antwortete er.

»Er übt diesen Beruf aus«, übersetzte Frau Krawczyk. »Aber er weiß nicht, was Sie von ihm wollen.«

»Ola Jablonska ist eine hübsche Frau, nicht wahr?«, machte Lisa weiter.

Laptoptastenklicken, Übersetzung.

Karol öffnete den Mund, und seine dunkelbraunen Augen verengten sich zu schmalen Schlitzen, bevor er antwortete.

»Herr Wozniak fragt, was das damit zu tun hat.«

»Er soll die Frage beantworten«, beharrte Lisa.

Frau Krawczyk gab die Bitte weiter.

Karol nickte.

»Lieben Sie sie? Sind Sie verliebt in Ola Jablonska?«

Der junge Pole errötete, was Lisa ihm gar nicht zugetraut hätte. Gleichzeitig konnte man erkennen, dass Wut in ihm aufstieg, ohnmächtige Wut, Wut auf Ola.

»Herr Wozniak möchte wissen, was diese Ola Ihnen erzählt hat«, meinte Frau Krawczyk.

»Herr Wozniak ist in Ola verliebt. Das Mordopfer hat der jungen Frau ungebührliche Avancen gemacht und Herr Wozniak hat geschworen, ihn dafür zu bestrafen«, unterstellte Heiko dem jungen Verdächtigen.

Karol schüttelte den Kopf, seine Faust landete krachend auf dem Tisch, sein Gesicht lief rot an.

Frau Krawczyk redete beschwichtigend auf ihn ein, und schließlich nickte er und gab leise Antwort.

»So war das nicht. Es waren nur leere Worte. Er wollte vor Ola gut dastehen.«

»Ola ist sich da nicht so sicher«, lockte Lisa. »Sie traut ihm so etwas durchaus zu.«

Nach der Übersetzung verzog der Mann das Gesicht, es sah beinah aus, als würde er demnächst weinen.

»Herr Wozniak hat nichts getan«, gab Frau Krawczyk weiter.

»Nach dem Stromschlag wurde das Mordopfer zerhackt und in blaue Müllsäcke verpackt«, führte Heiko weiter aus.

Frau Krawczyk übersetzte leise.

Nun weiteten sich Karols Augen vor echtem Entsetzen, und er schüttelte immer wieder den Kopf. Dann antwortete er selbst: »Ich nicht gemacht. Ich kann das nicht.«

Lisa und Heiko wechselten einen Blick.

»Sie mir glauben müssen«, bekräftigte Karol, und seine Züge wirkten verzerrt, verzerrt von all den Emotionen, die ihn zu beuteln schienen.

»Wo waren Sie denn so vor zwei Wochen, Herr Wozniak? Genauer gesagt, am 7. April?«

Der Verdächtige stutzte. »Wieso vor zwei Wochen?«, ließ er fragen.

»Weil da die Tat begangen wurde.«

»Im Quartier. Mit den anderen zusammen. Ich war es nicht. Niemand von uns war es.«

Kurz schoss Heiko der Gedanke durch den Kopf, dass es tatsächlich auch jemand anderes vom Hermannshof sein könnte. Marek zum Beispiel. Oder Mareike. Theoretisch jeder.

»Haben Sie Orchideen?«, fragte nun Lisa.

Karol ließ sich die Frage noch einmal übersetzen, in der Annahme, er habe sie falsch verstanden.

»Wieso Orchideen?«

»Beantworten Sie einfach die Frage«, wies Lisa in ruhigem Ton an.

»Natürlich nicht«, versetzte Karol und erlaubte sich hinzuzufügen: »So ein Quatsch.«

»Wir werden Sie hierbehalten«, erklärte Heiko. Frau Krawczyk informierte den jungen Mann, der daraufhin sein Gesicht in den Händen barg, damit niemand sehen sollte, wie verzweifelt er war.

»Und, was denkst du?«, fragte Heiko, als sie den jungen Erntehelfer in die Untersuchungshaft verfrachtet hatten und wieder im Büro saßen.

Lisa wiegte den Kopf. »Ich weiß nicht.«

»Wer weiß, wozu Männer, die ihre Angebetete verteidigen wollen, so alles fähig sind«, gab Heiko zu bedenken.

Lisa sagte noch einmal: »Weiß nicht.«

»Du denkst, dass der dem eher eine reingehauen hätte«, vermutete Heiko.

Lisa nickte. »Überleg doch mal: Ein polnischer Erntehelfer, der mit dem MEC überhaupt nichts am Hut hat, manipuliert die Anlage, versteckt sich, wartet, bis das Opfer einen Herzschlag hat, zerhackt den Mann dann, verpackt ihn in Müllsäcke und lässt die unter dem Boden verschwinden? Na, ich weiß nicht.«

»So geht es mir auch«, gab Heiko zu. »Es passt einfach nicht. Und Orchideen gibt es auch keine auf seinem Zimmer.«

»Gut, die Pollen kann sich das Mordopfer auch sonst wo eingefangen haben. Die müssen nicht zwangsläufig vom Mörder stammen«, fuhr Lisa fort und betrachtete eine Orchidee auf der Fensterbank. Sie zupfte schließlich mit spitzen Fingern ein gelbes Blatt weg und warf es in den Mülleimer.

»Stimmt.« Heiko schnappte sich eine Rosenquarz-Druse von seiner Mineraliensammlung, die auf der Fensterbank stand, und strich nachdenklich darüber.

»Was machen wir jetzt? Informieren wir den Staatsanwalt?«

»Es würde uns mehr Zeit verschaffen, um Beweise zu suchen«, sinnierte Heiko.

»Wollen wir das?«

»Es gibt auch keine Beweise, dass er es nicht war«, hielt Heiko dagegen.

»Der Mord war eine Hinrichtung. Ein Ritual. Eine Strafe«, fand Lisa und sah sinnend zum Fenster hinaus. Einige hoffnungsvoll knospenden Äste wiegten sich leicht in einer frühlingshaften Brise.

»Eine Strafe. Passt doch irgendwie«, überlegte Heiko.

»Nein. Der war das nicht. Glaube ich nicht.«

»Wir haben aber auch keine Beweise, dass er es nicht war«, beharrte Lisa. »Vielleicht ist er durchtriebener, als wir denken. Es wäre nicht der erste, in dem wir uns getäuscht hätten.«

»Stimmt auch wieder. Also. Rufen wir den Staatsanwalt an.«

Inzwischen saß die Familie Klingler im Notariat von Harald Fürst in Crailsheim und fragte sich, wer die gutgekleidete, überaus attraktive junge Frau war, die frech wie Oskar auf einem der Chromstühle thronte, so selbstverständlich, als sei sie eine Nichte des Opfers oder gehöre jedenfalls dazu. Der Notar hatte sie als Nicole Seifert angesprochen, das hatte sich Hedwig Butzer sehr genau gemerkt. Soeben verlas der Notar das Testament, und Hedwig bemerkte, wie Viola die Kinnlade herunterklappte, als sie feststellte, dass sie nicht enterbt worden war. Sie wechselte einen Blick mit ihrem Bruder Christian, der die Achseln zuckte. Das wäre ja auch noch schöner gewesen, wenn er Viola enterbt hätte, nach allem, was er ihr angetan hatte. Christian erhielt das Auto, gut, das war keine Überraschung. Aber wer war dieses junge Hühnchen, ihr Ex hatte doch nicht womöglich …

»Frau Nicole Seifert, wohnhaft in Crailsheim-Ingersheim, erhält 10000 Euro«, sagte Fürst soeben.

Nicole gestattete sich ein kleines, erfreutes Schnauben, das vielleicht gar keiner gehört hätte, hätten die Mitglieder der Familie Klingler sie nicht so entgeistert angestarrt.

»Wer sind Sie denn eigentlich, wenn ich fragen darf?«, meinte nun Hedwig. Sie konnte sich nicht mehr beherrschen, es war unmöglich.

Der Notar zog missbilligend die Augenbrauen zusammen, weil er unterbrochen worden war, dachte aber bei sich wohl, dass die Frage durchaus berechtigt war, zumal sie von der Ehefrau des Verstorbenen kam.

»Das geht Sie zwar eigentlich nichts an. Aber … ich war seine … Freundin«, meinte Nicole, wischte sich kokett eine dunkelbraune Strähne aus der Stirn und lächelte süffisant.

»Aha«, meinte Hedwig nur.

»Es ist die Entscheidung Ihres Exmannes, wem er sein Vermögen hinterlässt«, meldete sich nun der Notar wieder.

Hedwig nickte. »Natürlich. Bitte fahren Sie fort.«

»Außerdem vermache ich Frau Sriprai Wongrutiyan, wohnhaft in Bangkok, 20000 Euro sowie das Aktienpaket bei der Hohenloher Bank für den Unterhalt unseres gemeinsamen Sohnes Walter.«

Nun sprang Hedwig auf, und ihre braunen Augen funkelten zornig. »Wie bitte? Gemeinsamer Sohn? Ich hör' wohl nicht richtig.«

»Setz dich, Mutter«, meinte Christian, und es klang

streng. »Was hast du denn gedacht, was der in Thailand macht? Buddhistische Tempel besichtigen oder was?«

Hedwig deutete mit dem Finger auf ihren Sohn, so bestimmt, als wolle sie ihn damit aufspießen. »Hast du davon etwa gewusst?«

»Nein. Aber es überrascht mich auch nicht.«

»Also ich finde das cool. Wir haben einen Stiefbruder. Das ist doch interessant«, schaltete sich nun Viola ein. »Haben Sie da eine Adresse?«

»Ich kann die Frau fragen, ob Sie Kontakt möchte«, bot der Notar an. »Aber wenn Sie erlauben, würde ich jetzt zuerst gerne das Testament vollends verlesen.«

Mareike Hermann wusch Spargel. Sie liebte diese Arbeit, sie hatte etwas Meditatives und war gut zum Nachdenken. Und sie musste nachdenken, denn sie fühlte sich bei der ganzen Geschichte mit Karol nicht wohl. Karol war ein aufbrausender Typ, das konnte jeder sehen, und er war unsterblich in Ola verliebt. Das sah sogar ein Blinder mit Krückstock. Und Ola war in Marek verliebt, und er auch in sie, aber ihr, Mareike, war nicht entgangen, wie sehr sich der brave, liebe Marek im Glanze seiner schönen Freundin sonnte und durchaus auch gegenüber Karol damit angab. Das kalte Wasser umfloss ihre Hände, die Spargel glitten zwischen den Fingern umher. Durchaus. Marek war nicht so ohne, wie er tat, und womöglich bemerkte Ola das gar nicht. Und sie glaubte auch nicht, dass Karol den alten Sack umgebracht hatte. Das war nicht seine Art, nicht sein Stil. Er hätte ihn am Kragen gepackt und ihn geschüttelt oder ihm eine gescheuert. Sowas wäre sein Stil, ehrlich und nicht unhohenlohisch, aber keinesfalls hinterhältig und geplant. Es passte nicht. Der 7. April. Sie hatte im Hinterkopf, dass da irgendetwas gewesen war. Irgendwas. Sie legte einige neue Spargelstangen dazu und sah zu, wie sich der wenige Dreck sofort löste und das Wasser bräunlicher verfärbte. Und plötzlich wusste sie, warum Karol es gar nicht gewesen sein konnte.

Heikos Handy klingelte, und er ging nahezu sofort dran. Sie saßen wieder im Büro und hatten es sich mit einer Tasse Kaffee gemütlich gemacht, um nachzudenken. Es war Mareike Hermann, und er stellte sie auf laut.

»Mareike«, begrüßte er sie. »Hallo.«

»Ja, hallo Heiko und Frau Luft, ihr habt doch unseren Karol verhaftet, nicht?«

Heiko nickte, was Mareike natürlich nicht sehen konnte. Als ihm das bewusst wurde, schob er ein »Ja« hinterher.

»Aber der Karol kann es gar nicht gewesen sein«, meinte Mareike.

»So? Wieso denn nicht?«, meinte Lisa.

»Der Karol war in der Woche gar nicht hier. Er war in Polen, weil seine Mutter mit Blinddarmentzündung im Krankenhaus lag.«

»Bist du da sicher?«, hakte Heiko nach.

»Ganz sicher. Ich habe seine Stundenabrechnung hier. Er war definitiv nicht da in dieser Woche.« »Verdammt«, entfuhr es Heiko, insgeheim hatte er doch gehofft, den Fall nun abschließen zu können. Aber vielleicht war es ganz gut so, denn er hätte ein schlechtes Gefühl dabei gehabt, wenn Karol eingebuchtet worden wäre. Insgeheim wusste er ja, dass er nicht der Typ für einen solchen Mord war. Also war ein Alibi eine gute Sache.

»Wie heißt denn Karol nochmal mit Nachnamen, wie heißt seine Mutter und woher kommt er genau?«

»Er heißt Wozniak. Seine Mutter heißt glaube ich Ana, und die Familie lebt in Bielsko-Biała.«

»Und wieso hat Karol sein Alibi nicht selbst geliefert?«, wunderte sich Lisa.

»Vielleicht hatte er es vergessen. Vielleicht war er zu aufgeregt.«

Nicole Seifert warf sich zu Hause auf ihr Bett. Das hatte Spaß gemacht, sie hatte sich köstlich amüsiert. So, hatte der gute Fritz ihr also 10000 hinterlassen, nicht schlecht. Das löste ihre Probleme zwar nicht vollständig, aber immerhin doch einigermaßen. Sie waren sozusagen halbiert. Fast zumindest. Die restliche Kohle würde sie schon auftreiben können. Sie hatte sich auf die Lippen beißen müssen, um nicht laut loszulachen, als die Alte von dem thailändischen Balg ihres Gatten erfahren hatte. Köstlich! Was hatte die sich denn gedacht, was der da in Thailand macht! Nicole zweifelte nicht, dass Fritz nicht nur seine Zweitfrau beglückt hatte, sondern auch andere, womöglich jüngere Damen. Immerhin war er so anständig, ihr und seinem Jungen Geld und Aktien zu hinterlassen. 20000, verdammt, vielleicht hätte sich noch mehr Kohle aus ihm rausholen lassen. Aber der Fritz würde ja nicht der einzige alte Sack bleiben, der auf sie abfuhr. Und die alten Herren hatten es so an sich, dass sie manchmal schneller abkratzten, als sie gedacht hätten.

Ein Anruf in Polen genügte, um sich bestätigen zu lassen, dass Karol Wozniaks Mutter um diese Zeit wirklich mit Blinddarmentzündung im Krankenhaus von Bielsko-Biała gelegen hatte. Und die Chefärztin bestätigte auch, dass Karol Wozniak, der ihr persönlich bekannt sei, jeden Tag da gewesen sei, um nach seiner Mutter zu sehen. Eine Minute später erfolgte der Anruf des Pflichtverteidigers von Karol, der das gleiche Alibi lieferte. So blieb dem hohenlohisch-westfälischen Ermittlerteam nichts anderes übrig, als ihren neuen Hauptverdächtigen freizulassen. Mit einem lachenden und einem weinenden Auge.

»Wir sind wieder am Anfang«, stellte Lisa desillusioniert fest.

»Na na«, machte Heiko. »Am Anfang ja wohl nicht. Wir schließen immer mehr Leute als Mörder aus und bekommen immer mehr Erkenntnisse.«

»Hm. Was machen wir jetzt?«

»Ich denke, dass das jemand war, der eine Rechnung mit Fritz Klingler offen hatte. Eine richtige Rechnung, nicht sowas Kleines wie eine stillgelegte Karre. Diese Energie, mit der die Leiche zerteilt wurde, diese Durchtriebenheit und Hinterlist beim Mord ... vielleicht doch eine Frau?«

Lisa grinste. »Ha, ha.«

»Fest steht, dass es jemand gewesen sein muss, der sich mit dem technischen Equipment auskennt. Der Klingler abgrundtief gehasst hat. Weil er ihm irgendetwas angetan hat. Etwas Schlimmes womöglich. Der Mörder war nicht hinter dem Geld her und auch nicht aufs Erben aus.«

»Denn sonst hätte er die Leiche nicht verschwinden lassen«, mutmaßte Lisa.

»Richtig.«

»Vielleicht doch jemand aus der Familie.«

»Womöglich.«

»Wir reden nochmal mit Christian«, schlug Lisa vor. »Der hatte doch den engsten Kontakt zu ihm.«

Da es Nachmittag war, versuchten es die Kommissare erst gar nicht bei Christian Klingler zuhause. Immerhin wussten sie, dass er Immobilienmakler bei der hiesigen Stadtbank war. Womöglich verdiente er deshalb so gut, dass er sich das Auto und das doch sehr ansehnliche und sehr modern ausgestattete Häuschen leisten konnte. Sie hatten auch tatsächlich Glück und trafen den Sohn des Mordopfers in der Geschäftsstelle an. Eine junge, gutaussehende Angestellte mit konservativem Blazer-Kostüm-Outfit hatte sie zu dem Mann geführt. Jetzt saßen sie auf den beiden Chromsesseln, die für Kunden gedacht und die wirklich sehr bequem waren. Er hatte ihnen bereits einen Kaffee angeboten, sie hatten jedoch dankend abgelehnt.

»Ihr habt Neuigkeiten?«, fragte Christian, der ein cremefarbenes Hemd zur braunen Anzugshose und zur ebenso braunen Seidenkrawatte trug.

»Nicht unbedingt«, begann Heiko. »Aber wir hätten da eine Frage an Sie.«

Christian beugte sich verbindlich vor, wohl eine Kundengewinnungs-Geste. »Wie kann ich helfen?« »Können Sie sich noch irgendwelche Personen denken, mit denen Ihr Vater ein Problem gehabt haben könnte?«

Christian Klingler ließ die Lippen nachdenklich vibrieren und stieß dabei ein prustendes Geräusch aus. »Wie schon gesagt. Ein Gutmensch war er nun ja nicht.«

»Irgendwas, was uns helfen könnte?«, forschte Lisa weiter.

»Naja, also, meine Familie hat sich doch sehr über die junge Dame gewundert, die bei der Testamentseröffnung dabei war.«

Heiko behielt wohlweislich für sich, dass das Testament schon zuvor geöffnet worden war, und beschloss, sich dumm zu stellen. »Nämlich?«

Christian nahm einen silberfarbenen Kugelschreiber von der polierten Nussbaumoberfläche des Schreibtischs auf und ließ ihn fahrig zwischen den Fingerspitzen rotieren. »Eine gewisse Nicole Seifert erhält 10000 Euro. Wenn Sie mich fragen, dann wohl für … irgendwelche Dienstleistungen oder … Gefälligkeiten.«

»Aha«, machte Lisa und wusste sofort, was gemeint war.

»Meine Mutter ist jedenfalls aus allen Wolken gefallen, als die Dame dann auch noch frech wurde.«

»Was hat sie denn gesagt?«, hakte Heiko nach.

»Sie sagte, sie sei die Freundin meines Vaters gewesen.«

»Denken Sie, die beiden haben zusammengewohnt?«, forderte Lisa zum Weiterreden auf. Das würde zumindest die pinkfarbene Zahnbürste erklären.

Der Kugelschreiber entglitt dem jungen Mann und fiel klirrend auf die Tischplatte. Christian nahm ihn nochmals auf und legte ihn ordentlich parallel zu seiner Schreibmatte ab. »Keine Ahnung. Ist mir auch egal.«

»Fällt Ihnen sonst noch was ein?«

Christian Klingler dachte nach, wobei er die Augen nach schräg rechts oben verdrehte. Dann meinte er. »Momentan nicht.«

Die Kommissare wechselten einen Blick.

»Na dann«, meinte Heiko, und sie erhoben sich. »Ach, ja, was ich Ihnen noch sagen wollte: Ich finde es ganz toll, dass Sie Ihre Schwester so häufig besuchen.«

Zwischen Christians Augen bildete sich eine Steilfalte. »Wen meinen Sie? Karolin?«

»Ja. Die Pflegerin meinte, Sie würden als einziger aus der Familie regelmäßig kommen. Ich finde das ...«

»Das kann nicht sein«, unterbrach Christian. »Ich habe Karolin seit Monaten nicht besucht.«

Nun zog Heiko die Augenbrauen zusammen. »Nicht? Aber wer ...«

»Wer hat Sie dann besucht? Keine Ahnung. Vielleicht sollten Sie das herausfinden.«

Sofort fuhren die Kommissare nach Gaildorf in die Klinik. Die neue Information hatte sie verwirrt – wer sollte Karolin Klingler sonst besuchen, wenn nicht die Verwandtschaft? Hatte sie etwa einen Freund, einen Freund, der ihr so lange die Treue gehalten hatte?

Heiko parkte den M3, und gemeinsam betraten sie wieder die Klinik. Ohne Umwege begaben sie sich zum Zimmer von Karolin Klingler. Heiko klopfte, obwohl die Patientin sowieso nicht würde antworten können. Nach kurzem Zögern drückte er die Klinke herunter, und die Tür schwang auf. Das Zimmer war leer, leer bis auf Karolin Klingler, die mit diesem seltsamen, maskenhaft verzerrten Gesicht im Bett lag. Ihre Augen rollten hin und her, als wäre sie in Trance, vielleicht nahm sie etwas wahr, vielleicht nicht.

»Hallo, Frau Klingler«, sagte Lisa trotzdem und vermied es, all die Schläuche zu mustern, die vom Körper weg und zu ihm hinliefen.

»Schau mal, auf der Fensterbank«, wisperte Heiko und deutete auf die Blumentöpfe, die dort aufgereiht waren. Es waren sämtlich Orchideen. »Ist unsere Sorte dabei?«, fragte Heiko.

Lisa umrundete das Bett und musterte die Pflanzen mit fachmännischem Blick. Dann schüttelte sie den Kopf. »Nein. Leider nicht. Aber die Sammlung ist trotzdem beachtlich.«

»Sie schon wieder«, kam es von der Tür her. Es war die Schwester, mit der sie sich beim letzten Mal schon unterhalten hatten. Sie stand in der Tür, die Hände unschlüssig in den Taschen ihres weißen Kittels.

»Wir wollten was nachschauen«, entschuldigte sich Lisa. Die Schwester machte eine Zeigebewegung nach draußen und legte dann den Finger auf die Lippen. Richtig. Man konnte nie wissen, was die Patientin mitbekam.

In der Schwesternküche war es recht gemütlich. Die junge Frau, die sich als Katharina Lindner vorgestellt hatte, hatte den Kommissaren einen Platz auf der etwas antiquiert wirkenden, aber durchaus gemütlichen Eckbank angewiesen.

»Also, ihr seid wieder da«, begann sie, und es klang durchaus interessiert.

»Wir haben neue Informationen.« Die Schwester zog die dünnen, braunen Augenbrauen hoch.

»So.«

»Sie haben doch einen jungen Mann erwähnt, der Karolin Klingler häufig besucht.«

»Ihr Bruder. Ja. Und?«

»Ihr Bruder sagt, er habe sie seit Monaten nicht besucht«, wandte Lisa ein.

Die Schwester erbleichte und fasste sich an die Nase, um sich kurz darauf über den Haaransatz zu streichen, obwohl sie das nussbraune, lange Haar zum Pferdeschwanz gebunden trug. »Wie … aber wer … wer ist dann der Mann, der sie immer besucht?«

»Das wüssten wir auch gern. Und vor allem ist für uns interessant, ob er derjenige ist, der immer die Orchideen mitbringt.«

»Er sagt, das seien ihre Lieblingsblumen und dass sie den Duft riechen könnte.«

»Sie kontrollieren die Identität der Besucher nicht?«, vermutete Heiko.

»Was? Nein. Natürlich … vielleicht müsste man das, aber das denkt man ja nicht, dass sich da jemand einschleicht, der nicht zur Familie gehört.«

»Machen Sie sich keine Gedanken, auf die Idee wäre ich auch nie gekommen«, tröstete Lisa die Frau, die sich deshalb anscheinend große Vorwürfe machte.

»Aber wer ist der Kerl denn dann?«, fuhr Katharina Lindner fort und betrachtete die Fingernägel ihrer rechten Hand.

»Könnte er ein Freund von Karolin sein? Vielleicht ihr fester Freund?«

»Er hat mir gesagt, er hieße Christian, Christian Klingler. Er war immer sehr freundlich.«

»Ihr Bruder heißt auch tatsächlich Christian. Aber er ist nicht der Besucher. Können Sie den Mann beschreiben?«

»Puh. Mittelgroß, etwa so.« Sie deutete eine Größe etwa fünf Zentimeter über ihrem eigenen Scheitel an. »So ungefähr. Mittelbraunes Haar, grüne Augen. Sehr grüne Augen.«

Die Kommissare wechselten einen Blick – womöglich handelte es sich um den geheimnisvollen Orchideenkäufer, den Frau Lindenthal erwähnt hatte?

»Und wann kommt der junge Mann immer?«

»Das kann ich Ihnen genau sagen. Dienstags und freitags. Immer um sechs. Abends.«

»Immer?«, hakte Lisa nach.

»Nach dem kann man den Kalender und die Uhr stellen«, versicherte die Schwester und nickte eifrig, um ihre Aussage zu unterstreichen.

»Sie haben den Mann also schon oft gesehen«, stellte Lisa fest.

Die Frau zuckte die Achseln und nickte. »Das kann man sagen, ja.«

»Würden Sie uns helfen, ein Phantombild zu erstellen? Vielleicht kennt jemand den Mann.«

»Ich bin nicht mal sicher, ob ich Ihnen das alles so erzählen darf. Darf ich das denn?«

»Ich denke nicht, dass das unter die Privatsphäre der Patientin fällt«, gab Heiko zu bedenken.

Die Frau dachte nach. »Also gut. Wie geht sowas vor sich?«

»Sie kommen mit uns aufs Revier, dort haben wir einen Phantomzeichner. Dem erzählen Sie, wie der Mann aussieht, und der zeichnet ihn am Computer.«

Sie wusste, da waren Fremde. Leute, die da nicht hingehörten. In ihrem Schweberaum entstanden Wellen, Wellen, die nicht richtig waren und die sie aus dem Takt brachten, die sie schwanken ließen. Geräusche drangen an ihr Ohr, vielleicht waren es Stimmen. Stimmen, die sie hörte, als wäre sie unter der Wasseroberfläche, beim Tauchen. Als wären ihre Ohren voller Wasser, voll warmem, weichem Wasser. In dem sich Wellen ausbreiteten. Sie wusste, dass etwas nicht stimmte, etwas war nicht richtig. Die Farben, die sie manchmal sah, waberten in unruhigen Schlieren, verschwammen, verwirbelten sich, fanden sich wieder, verbanden sich. Sie sehnte sich nach dieser einen, vertrauten Stimme, die sie manchmal hörte. Und nach Musik.

»Die Stirn ist etwas schmaler«, wies die Frau an.

Der Kollege, der für die Phantombilder zuständig war, ein gewisser Oliver Hauptmann, klickte ein paarmal über den Bildschirm und machte die Stirn des Mannes niedriger.

»Stopp«, sagte Katharina Lindner. »So ist es richtig.«

»Und die Nase?« Oliver scrollte die Nasenauswahl im rechten Fenster herunter.

Die Pflegerin, die ohne Kittel ganz anders aussah, überlegte kurz und tippte dann auf eine rundliche Nase, die nicht allzu lang war. »Die da.«

Der Phantomkollege setzte die Nase ins Gesicht ein. »Augen?«

»So ein bisschen tiefliegend«, fand Katharina Lindner. »Verstehen Sie, was ich meine?«

Hauptmann nickte und suchte aus der Augenauswahl ein passendes Paar heraus. »Ungefähr so?«

»Ja, genau.«

»Augenbrauen?«

Katharina stieß die Luft aus, dachte kurz nach und sagte dann: »Recht fein und geschwungen für einen Mann.«

Oliver fand ein passendes Paar, ließ den Mauszeiger darauf ruhen und sah Katharina fragend an. »Ungefähr die?«

»Nein, eher die links daneben, ja, genau, die.«

Lisa und Heiko hatten es sich im Hintergrund auf zwei Stühlen bequem gemacht und warteten auf das Ergebnis. Heiko wunderte sich gewaltig, wie genau die Dame über die Augenbrauen eines Menschen Bescheid wusste, den sie zweimal in der Woche flüchtig sah. Er selbst achtete auf solche Sachen nicht. Nun gut, vielleicht waren Frauen eben so, aufmerksamer, sie nahmen mehr von den Dingen wahr, die um sie herum geschahen. Ob wichtig oder unwichtig.

»Und die Lippen sind recht voll, aber nicht so afrikanisch voll, sondern mehr so in der Mitte. Und der Mund ist insgesamt klein«, erläuterte Katharina Lindner.

Es ging noch etwa eine halbe Stunde so weiter, danach war die Pflegerin von Karolin Klingler überzeugt, den Mann beschrieben zu haben, der die Patientin zweimal in der Woche so regelmäßig besuchte und der vermeintlich ihr Bruder war. Die Ermittler bedankten sich, schickten Katharina Lindner mit einem Streifenwagen nach Hause und ließen sich das Bild gleich ein paarmal ausdrucken.

»Sollen wir ihn zur Fahndung ausschreiben?«, fragte Heiko.

»Ich würde das Bild erst mal der Familie zeigen«, schlug Lisa vor. »Okay, gute Idee. Also klappern wir alle nacheinander ab?«

»Können die nicht alle zur Mutter kommen? Zumindest der Christian und die Viola? Das würde uns Zeit sparen.«

»Wir fragen mal«, beschloss Heiko und rief Hedwig Klingler an. Und tatsächlich erklärte die sich bereit, ihre Kinder zeitnah zusammenzutrommeln, der Christian hätte schon Feierabend und die Viola sei ja sowieso zuhause.

Eine Stunde später saß der harte Kern der Familie Klingler im Wohnzimmer von Hedwig Butzer, die wieder ausnehmend geschmackvoll hergerichtet war. Jeder hatte ein Glas von Violas hausgemachter Holunderblütenlimonade vor sich stehen, auch die Kommissare.

»Sie haben neue Erkenntnisse?«, fragte die Exfrau des Opfers, und es wirkte erleichtert, womöglich wäre sie auch froh, wenn die Suche nach dem Mörder endlich ein Ende gefunden hätte.

»So kann man das sagen«, begann Lisa. »Wussten Sie eigentlich, dass Ihre Tochter Karolin regelmäßig Besuch erhält?«

Hedwig Butzer schluckte. Augenscheinlich nagte das schlechte Gewissen an ihr, weil sie nicht diejenige war, die ihre Tochter regelmäßig besuchte. Dann fegte sie mit einer schnellen Handbewegung eine Haarsträhne aus dem Gesicht und meinte: »Nein. Von wem denn?«

»Offenbar von einem jungen Mann. Die Schwester war bisher immer überzeugt, dass es Christian ist. Zumindest hat er sich als Christian Klingler vorgestellt.«

Hedwigs Augen wanderten zu ihrem Sohn, und ihr Blick wandte sich ins Spöttische. »Christian?«, schnaubte sie. »Der war doch seit Jahren nicht bei seiner Schwester.«

»Vor ein paar Monaten war ich einmal da«, verteidigte sich der Bruder der Kranken.

Heiko hob die Hand. Das war jetzt wirklich nicht das Thema. »Jedenfalls wissen wir, dass dieser Mann Karolin jeden Dienstag und Freitag besucht. Und zwar regelmäßig.« Heiko zog das Blatt Papier aus einer Mappe, die sie extra mitgenommen hatten. »So sieht er aus«, erklärte er und legte das Papier in die Mitte des Esstisches, um den sie alle herum saßen. Heiko beobachtete in solchen Momenten genau die Gesichter seiner Gegenüber, denn die erste Reaktion war meistens echt und unverstellt. Aber in keinem der Gesichter flackerte Erkennen auf.

»Ich kenne den nicht«, stellte die Butzerin unumwunden fest.

»Und der hat sich für mich ausgegeben?«, fragte Christian.

»Offenbar war das ja auch kein Problem, du warst ja schon ewig nicht mehr da«, schaltete sich nun Viola ein und brachte das Ganze damit auf den Punkt.

»Als würdest du unsere Schwester ununterbrochen besuchen. Du gehst da doch absolut nie hin, noch seltener als ich.«

»Weil es nicht gut für sie wäre. Sie würde sich aufregen. Sie mag mich nicht«, erklärte Viola, und so, wie sie es sagte, klang es beinahe vernünftig.

»So ein Quatsch. Studien beweisen, dass …«

»Dann geh doch hin. Ich hab jedenfalls keine Lust, Karolin in diesem Zustand zu sehen. Als wir uns das letzte Mal gesehen haben, hatten wir Streit, und es war ein Streit, der wieder ein halbes Jahr gedauert hätte, wenn sie nicht vorher die Karre gegen den Baum gesetzt hätte, ich weiß es genau.«

»Schluss«, befahl Hedwig, senkte den Kopf und presste die Hände kurzzeitig auf die Ohren, als würde sie kein weiteres Wort mehr ertragen können.

Christian hob die Hand. »Wir haben wohl alle ein schlechtes Gewissen, weil wir die Karolin nie besuchen. Nun ist es aber so.«

»Ich nicht«, protestierte Viola, und es wirkte ein wenig bockig.

Christian ignorierte ihren Einwurf und nahm das Blatt zur Hand. »Dieser Typ kommt also zweimal in der Woche die Karo besuchen.« Er betrachtete die Abbildung intensiv, schließlich legte er das Blatt wieder kopfschüttelnd auf dem Tisch ab. Und zwar so, dass Viola nun endlich einmal frontal darauf blicken konnte.

Heiko nahm ein Stutzen hinter den katzengrünen Augen wahr.

»Hatte sie nicht diesen Freund? Diesen … wie hieß der noch …«

»Freund?«, machte Hedwig, und ein hysterisches Lachen entrang sich ihrer Kehle. »Erzählt mir hier eigentlich niemand mehr irgendwas? Mein Exmann hat ein Kind und eine Zweitfrau in Thailand, außerdem erscheint eine fremde Zwanzigjährige zum Notartermin, meine minderjährige Tochter hat heimlich einen Freund ...«

»Na, minderjährig war sie damals ja wohl nicht mehr. Immerhin hatte sie den Führerschein«, widersprach Lisa.

Hedwigs Blick irrte umher und blieb letztlich an Heikos Augen hängen. »Trotzdem. Trotzdem hätte ich mir gewünscht, dass meine Töchter mir ... Dinge erzählen, ihr hättet ja mit allem zu mir kommen können«, meinte sie, ihre Stimme wurde weinerlich, und sie suchte Violas dickliche Hand, die nur widerwillig die ihre umklammerte.

»Du warst eine gute Mutter und hast immer dein Bestes gegeben«, beruhigte Viola, aber Lisa sah, dass es nur zur Beruhigung gesagt wurde und nicht ehrlich gemeint war.

Heiko räusperte sich. »Nochmal zurück zu dem jungen Mann«, erinnerte er.

»Ja, wie hieß der noch?« Viola dachte wirklich angestrengt nach und hielt sich dabei das Blatt so dicht vors Gesicht, dass sie dem Fremden direkt in die Augen blickte. »Irgendwas mit T«, erinnerte sie sich. Sie sah hilfesuchend Christian an.

Der hob die Hände, schüttelte den Kopf und ließ die Hände wieder auf den Tisch klatschen.

»Tobias ... nein, das war es nicht.« Sie führte das Blatt wieder etwas weiter weg. »T... T... Thomas. Er hieß

Thomas«, meinte sie endlich und legte das Blatt wie nach getaner Arbeit auf dem Tisch ab.

»Sicher?«, hakte Heiko nach.

»Ganz sicher.«

»Thomas und wie weiter?«

»Keine Ahnung«, meinte Viola und stieß dabei die Luft aus.

»Weiß nicht. Du?« Die Frage war an Christian gerichtet.

Aber der schüttelte bloß den Kopf.

»Wo kam denn der Thomas her?«

Viola dachte kurz nach und zuckte dann mit den Achseln. »Weiß nicht. Keine Ahnung. Ich hab mir den nicht gemerkt. Hab ehrlich gesagt nicht gedacht, dass sie den mal heiraten würde, so verliebt hat sie nicht gewirkt.«

»Nur Thomas. Das ist alles, was euch einfällt?« Heiko sah nacheinander noch einmal jedem der Anwesenden in die Augen. Doch alle nickten etwas hilflos. Nur Thomas.

Hedwig Butzer war wieder allein, und sie saß im Halbdunkel ihres Wohnzimmers und tat einfach nichts. Ihr Leben lag in Scherben. Risse und Sprünge hatte es immer schon gegeben, immer schon. Aber jetzt war das fragile Gebilde, von dem sie angenommen hatte, dass es ihr Leben war, das, was sie erreicht hatte, endgültig zu einem Scherbenhaufen zusammengebrochen. Ein Haufen mit scharfen, spitzen Scherben, die sich in ihre Seele bohrten. Ihr Exmann war tot. Er hatte noch eine weitere Frau gehabt. Er hatte ein Kind mit dieser Frau. Ihre Kinder vertrauten ihr nicht. Karolin hatte ihr nicht einmal von ihrem Freund erzählt. Karolin, die seit zehn Jahren in diesem furchtbaren Zustand war, so schlimm, dass selbst sie es nicht schaffte, ihr eigenes Kind zu besuchen, weil sie zu feige war, zu egoistisch, immer schon gewesen. Zu duckmäuserisch, und sie hatte es nie geschafft, Fritz die Stirn zu bieten, niemals, und vor allem Viola hatte darunter leiden müssen. Sie schämte sich heute noch für diese eine, schlimme und nicht wiedergutzumachende Sache. Sie würde diese Schuld mit ins Grab nehmen, denn auch sie war schuld, hätte ihr Kind unterstützen müssen. Demnächst würde sie Karolin besuchen, beschloss sie, sobald sie die Kraft dazu fände. Vielleicht gäbe es ja noch eine Chance. Vielleicht könnte sie etwas wiedergutmachen. Sie hatte gar nicht bemerkt, dass ihr Tränen übers Gesicht gelaufen waren. Erst, als sie an ihrem Kinn heruntertropften, nahm sie sie wahr. Das Klingeln des Telefons riss sie schließlich endgültig aus ihren Gedanken. Sie stand auf und ging die paar Schritte durchs Wohnzimmer. Es war eigentlich egal, wer dran war, sie wollte nur, dass das Klingeln aufhörte. Als sie aber die fremde Nummer auf dem Display sah, ging sie trotzdem dran.

»Frau Butzer?«, fragte eine Stimme, die ihr nicht sofort etwas sagte.

»Ja?«

»Hier Fürst. Harald Fürst. Der Notar. Ich hoffe, ich störe Sie nicht?«

»Nein, nein«, versicherte die Witwe. »Was gibt es denn?«

»Es geht um Frau Sriprai Wongrutiyan. Sie würde sehr gerne mit Ihrer Familie Kontakt aufnehmen. Wenn Sie einverstanden sind.«

Hedwig Butzer kämpfte mit sich und horchte in sich hinein. Wollte sie das? Konnte sie? Musste, durfte sie? Warum eigentlich nicht. Wieso nicht einmal etwas wagen, neue Wege gehen. »Haben Sie da eine Telefonnummer?«, fragte sie also und sagte sich, dass sie vielleicht zum ersten Mal in ihrem Leben mutig war. Sekunden später nannte der Notar eine sehr, sehr lange Nummer, die sie sich auf einem Zettel notierte.

Sie hatten den jungen Mann trotzdem bei Johnny, der sich inzwischen gut im Revier eingelebt hatte, durch den Computer gelassen. Allerdings ohne Ergebnis, der geheimnisvolle Thomas war bisher wohl nicht straffällig geworden.

Gertrud Rot blickte hasserfüllt. Hasserfüllt und tränenerstickt. Ihr Mann war schon wieder beim MEC-Treffen, schon wieder. Sie stieg die paar Treppenstufen vollends hinunter, in den Keller. Wie oft schon hatte sie das Weihnachtsfest vor fünfzehn Jahren verflucht, als sie ihrem Mann ein Modelleisenbahn-Starter-Set geschenkt hatte. Sie hatte ja nicht ahnen können, dass dieses Geschenk ihr Leben verändern könnte. Dass dieses Geschenk dazu führen würde, dass sich ihr Willi nunmehr in seiner Freizeit ausschließlich mit seinem neuen Hobby befassen würde und so überhaupt gar nicht mehr mit ihr, seiner Ehefrau. Bis vor fünfzehn Jahren war ihre Ehe gut gewesen, sehr gut sogar. Und danach war es immer schlechter geworden. Gertrud schaltete das Licht ein und überblickte die Anlage. Sie war unglaublich groß, sechs Quadratmeter, und sie füllte den halben Raum. Ihr Mann war in einer anderen Welt, wenn er sich mit seiner Modelleisenbahn beschäftigte. Nicht ansprechbar. Und sie, seine Ehefrau, war ihm dann gänzlich egal. Und nicht nur, wenn der Willi seinem Hobby nachging, war sie ihm egal, nein, sie fürchtete, dass sie ihm auch sonst egal war. Ihre Ehe war ruiniert, am Ende, und schuld war nur dieses blöde Teil. Gertrud trat zur Anlage. Kunstvoll war sie, ja, in jedem Fall. Und er hatte so viel Zeit investiert. Ein tiefes Gefühl wallte in Gertrud auf, es war Hass, Hass und Wut. Sie entdeckte ein einzelnes Reh, das auf einer Waldlichtung weidete. Mit zitternden Fingern brach sie dem Tier den Kopf ab. Nein. Das war es nicht. Sie stieg die Kellertreppe wieder hoch, ging in den Garten, kam kurze Zeit später zurück. Und ließ ihrer Wut endlich freien Lauf, als sie die schwere Axt wieder und wieder schwer atmend auf die Anlage ihres Mannes niedersausen ließ, als Holz krachte und splitterte, Gipsfetzen wegspritzten und Kunstharz zerbrach. Und dann, danach, endlich, war sie erleichtert.

Lisa und Heiko waren endlich zuhause, und Lisa hatte Heiko schon von vorneherein erklärt, sie habe eine Überraschung für ihn. Heiko war extrem gespannt gewesen, wer weiß, was Lisa sich ausgedacht hatte. Womöglich hatte sie sich was gekauft, vielleicht was Schwarzes, aus Spitze womöglich. Heiko war wirklich gespannt und voller Vorfreude. Und da hörte er Lisas leichtfüßige Schritte aus dem Schlafzimmer kommen. Und endlich stand sie vor ihm, im … Sportleroutfit? Hm, dachte sich Heiko. Das konnte ja lustig werden. Lisa trat zum DVD-Player und legte ein Video ein. »So, mein Bärchen, ich finde, wir sollten mal wieder ein bisschen Sport machen, meinst du nicht?«, begann sie und ließ ihren Blick auf

Heikos Bäuchlein ruhn. »Hm«, machte Heiko, und hoffte, dass Lisa diesmal wusste, was damit gemeint war.

»Deshalb habe ich eine Zumba-DVD besorgt«, fuhr Lisa fort.

»Was ist denn eine Zumba-DVD?«, wunderte sich Heiko.

»Zumba ist eine neue Sportart. Machen ganz viele von meinen Freundinnen, Eva findet das auch ganz toll.«

»Aha«, machte Heiko.

»Es ist eine Mischung aus Salsa tanzen und Aerobic«, erklärte Lisa.

Heiko schwante nichts Gutes. »Aerobic? War das nicht das affige Gehopse in den 80ern?« Was Salsa war, war ja klar. Salsa war noch schlimmer.

»Aerobic war und ist ein sehr effektives Training. Und mit der Salsamusik macht es sogar richtig Spaß«, fuhr Lisa fort.

In diesem Moment öffnete sich das Menü der DVD, irgend so ein südamerikanisches Gedudel erklang, unterlegt mit Pop-Rhythmen, für die sich in den 90ern jeder Keyboarder in Grund und Boden geschämt hätte. Lisa schnappte sich die Fernbedienung und drückte auf »Start.« Und dann erschien etwas, womit Heiko so gar nicht gerechnet hatte. Nämlich ein Kerl. Der durchaus gut trainierte und muskelbepackte, große blonde Kerl grinste wie ein Honigkuchenpferd und verkündete auf Hochdeutsch mit leicht sächsischer Färbung, dass Zumba »total Spaß macht« und noch dazu »echt total leidenschaftlich« sei. Im Hintergrund hatten sich fünf Damen unterschiedlicher Alters- und Gewichtsklassen positioniert, die ebenso debil grinsten und irgendwie so wirkten, als hätten sie illegale Substanzen konsumiert. Dann erklangen die ersten Takte eines Musikstücks, und der Kerl begann mit dem Arsch zu wackeln und von einem Bein aufs andere zu treten. Heiko konnte nicht fassen, was der da für Bewegungen machte. Lisa machte sofort begeistert mit, genau wie die Damen im Hintergrund, während dem jungen Mann im Video ein seliger Juchzer entfuhr und er entrückt »seksi mowimientoooooh« brüllte. Nun ließ er die Arme kreisen und hopste dabei in einer Art von »links, rechts, vor, zurück« herum. Lisa ahmte auch diese Bewegungen begeistert nach. »Mach mit, Bärchen«, forderte sie auf. »Das bringt total Spaß.« Heiko schüttelte immer noch den Kopf, während Lisa ihn an der Hand fasste. Der Blonde war nun zu einer Art Kniebeugen mit Arschwackeln übergegangen, dazu schwangen seine Arme euphorisch durch die Luft. »Seksi, tschikas, yeah«, brüllte er, wieder mit sächsischem Akzent. »Los, Bärchen«, forderte Lisa und wirkte irgendwie enttäuscht. Heiko entzog endlich seine Hand der seiner Freundin und beendete Lisas Überredungsversuch schlussendlich mit einem sehr hohenlohischen, energischen und keinen Widerspruch duldenden »Nix.«

Willi Rot drehte den Schlüssel im Schloss um und wunderte sich, dass es so leise war. Normalerweise ließ seine Frau das Radio laufen, oder den Fernseher, irgendwas dudelte jedenfalls immer. Umso erstaunter war er, als er seine Frau auf dem Sofa im Wohnzimmer sitzend vorfand, irgendwie verstört wirkend, aber zugleich aufgekratzt. »Willi«, meinte sie einfach nur. »Gertrud. Ist … ist alles in Ordnung?« Sie antwortete nicht, fuhr sich nur fahrig mit den Fingern durch die ungeordnete Frisur. Endlich, nachdem er schon daran zweifelte, ob sie seine Frage überhaupt gehört hatte, antwortete sie »Jaja. Willi, wollen wir nicht mal wieder essen gehen? Nur du und ich? Wir zwei?« Willi legte endlich den Hausschlüssel in die dafür vorgesehene Nussbaumholzschale. »Ist wirklich alles in Ordnung?« Nun drehte sich Gertrud zu ihm um und versuchte ein Lächeln. »Aber ja«, meinte sie und streckte die Arme aus, um ihn zu umarmen. Das hatte sie seit Jahren nicht gemacht, immer hatte sie nur gemotzt, wegen der Anlage. Die Anlage. Ein Gefühl setzte sich in seiner Magengrube fest. Etwas, das nicht sein durfte. Ohne ein weiteres Wort ging er rückwärts und öffnete die Kellertür. Er wagte kaum, Licht zu machen. »Komm, gehen wir, geh da nicht runter«, meinte Gertrud und dann vorwurfsvoll: »Ich dachte, wir wollten jetzt gehen.« Willi Rots Hand wanderte zum Lichtschalter, das Licht sprang mit dem typischen Klackgeräusch, das ihm über die Jahre so vertraut, so lieb geworden war, an. Er stieg die Stufen vollends hinunter und starrte schließlich wie hypnotisiert auf die Szene, die sich ihm bot, auf die Reste seiner Arbeit der letzten fünfzehn Jahre. Er war unfähig, etwas zu sagen. Unfähig, zu sprechen. Ein Schrei wollte sich seiner Kehle entringen, aber er kämpfte ihn nieder, ebenso wie die aufsteigenden Tränen der Wut. Aber ein Gefühl war übermächtig. Der Hass. Der Hass auf Gertrud. Auf sein Leben. Auf die Jahre mit ihr. »Willi. Es tut mir leid, Willi, hörst du?«, kam von der Treppe, von oben. Der Modelleisenbahner beachtete sie nicht, war nicht in der Lage dazu. Vielleicht war es auch Selbstschutz, oder es geschah zu ihrem Schutz, denn er konnte in diesem Augenblick für nichts garantieren. Er trat näher an die Anlage heran und stellte fest, dass sie mit einer Axt darauf eingedroschen hatte. »Willi, entschuldige, hörst du?«, wimmerte es hinter ihm. Aber er beachtete sie immer noch nicht. Er suchte etwas, in den Trümmern. Er vermied es, die zerfetzten Berge zu mustern, die geborstenen Häuser, die aussahen, als seien sie der schlimmsten Naturkatastrophe zum Opfer gefallen, die man sich nur vorstellen konnte. Und dann sah er ihn. Behutsam nahm er den Senn, der tatsächlich unbeschädigt geblieben war, pustete fürsorglich ein bisschen Holzstaub weg und steckte ihn in die Hosentasche. »Was machst du denn da, Willi?«, schluchzte Gertrud. Willi Rot drehte sich um, beachtete nicht, dass sie an ihm zerrte und zog, sich an ihn hängte in dem fruchtlosen Versuch, ihn zu umarmen. Er machte sich brüsk los und stieg die Kellertreppe hoch ins Schlafzimmer, um seine Sachen zu packen. »Wohin willst du denn?«, heulte Gertrud. »Bleib doch da, bitte, bitte, Willi. Komm, wir gehen essen, wir reden darüber, ja?« Er packte mit Bedacht, aber es dauerte nicht lange. »Wohin willst du denn?«, wiederholte sie. Er sah sie zum ersten Mal direkt an, seit er die Katastrophe gesehen hatte, den Ruin seiner jahrelangen Mühe. »In die Schweiz«, meinte er dann, schloss den Koffer und ging.

FREITAG, 29. APRIL

Am nächsten Morgen fuhren die Kommissare nach Satteldorf, zu Manuela Lindenthal, um ihr das Bild des Verdächtigen zu zeigen. Wenn sie ihn nämlich als den Käufer der seltenen Orchidee wiedererkannte, so wäre die Sache fast in trockenen Tüchern. Dann müssten sie ihn nur noch finden. Im Hof parkten mehrere Autos, auf einem Regal aus alten Brettern und einem metallischen Rosenbogen reihten sich Frühlingsblumen dicht an dicht. »Wunderschön«, fand Lisa und begutachtete eine Schale, die mit kleinen Narzissen und bunten Primeln bepflanzt war. »Hm«, machte Heiko. Eine ältere Dame kam mit einem in Papier gehüllten Strauß die Treppen hinunter und grüßte. Die Ermittler stiegen kurze Zeit später die Treppen hinauf zum Laden.

Manuela Lindenthal werkelte im hinteren Teil an einem Blumenstrauß und war so in ihre Arbeit versunken, dass sie sie zunächst gar nicht bemerkte. Heiko räusperte sich, und die Blumenhändlerin kam hinter ihrem Arbeitstisch hervor.

»Ach, die Kommissare«, meinte sie und lächelte freundlich. »Haben Sie Ihren Mörder schon gefunden?«

»Wir sind gerade dabei«, meinte Lisa.

»So.«

»Und wir haben eine Phantomzeichnung«, informierte Heiko und kramte in der mitgebrachten Mappe nach der Abbildung.

»Und jetzt wollen Sie wissen, ob das der Orchideenkäufer war?«, riet Manuela Lindenthal. »Na, dann zeigen Sie mal her.« Die Satteldorfer Blumenhändlerin streckte die Hand aus.

Heiko gab ihr das Bild und sie betrachtete es lange, lange, mit gerunzelter Stirn.

»Hm«, meinte sie endlich. »Ich weiß nicht.«

»Lassen Sie sich ruhig Zeit«, ermunterte Lisa.

»Eigentlich ... eigentlich nicht«, sagte die Frau schließlich. »Das war er nicht. Der sah anders aus.«

Heiko sog scharf die Luft ein. Verdammt.

»Sind Sie sich da ganz sicher?«, hakte Lisa nach.

»Ziemlich. Doch, eigentlich schon.«

»Obwohl das schon so lange her ist?«, zweifelte Lisa.

»Ja. Hört sich komisch an. Aber ich bin mir wirklich ziemlich sicher, dass der das nicht war.«

»Was stimmt denn nicht?«

»Die Kopfform, die Augenpartie ... die Frisur ist auch anders, weiß nicht. Ich erinnere mich nicht so genau. Aber der war es nicht.«

Etwas später klingelte das Telefon.

»Herr Wüst?«, sagte eine Stimme.

»Ja. Wer ist da?«

»Hier Rot, Willi«, meinte der Mann, und Heiko sah den kleinen, schmächtigen Modelleisenbahner vor sich. »Ach, Herr Rot. Haben Sie was Neues für uns?« Heiko hörte ein Atmen, offenbar dachte Rot kurz nach.

»Ja. Meine Frau. Sie hat ...« Die Stimme wurde ausgeblendet, sodass der Rest unverständlich war. Dann war das übliche Telefongeräusch wieder zu hören.

»Herr Rot? Sind Sie noch da?«

»Sie müssen entschuldigen, ich sitze im Zug. Ich fahre in Urlaub.«

»Aha«, machte Heiko und warf Lisa einen fragenden Blick zu. »Was haben Sie nochmal als Letztes gesagt?«

»Meine Frau. Ich könnte mir gut vorstellen, dass sie den Fritz auf dem Gewissen hat.«

»Wie kommen Sie denn darauf?«

Schweigen am anderen Ende der Leitung, Heiko tippte auf einen Tunnel, als Rot endlich sagte: »Fragen Sie sie selbst.« Dann legte er auf und war nicht mehr zu erreichen.

Sie suchten kurz heraus, wo das Ehepaar Rot wohnte, und machten sich dann auf den Weg nach Ellrichshausen. Letztlich hielten sie vor einem kleinen Einfamilienhaus, das wohl in den frühen Achtzigern entstanden war. Der kleine, aber gepflegte Vorgarten wirkte schmuck, mehrere Dutzend Tulpen standen in voller Blüte und leuchteten den Besuchern entgegen. Lisa und Heiko standen alsbald vor der Haustür, die mit einem Weidenkranz mit zwei Kunstvögeln mit echten Federn und Plastikblüten dekoriert war, und klingelten. Lange passierte gar nichts, dann hörte man von drinnen schwere, schlurfende Schritte, und schließlich öffnete eine verheult aussehende Mittfünfzigerin, deren graubraunes Haar unordentlich zerzaust war. Die Frau trug Jeans und einen schlabberigen Pullover und unterdrückte nur mühsam ein erneutes Schniefen. »Ja?«, fragte sie.

»Wüst und Luft, Kriminalpolizei Crailsheim.«

Die Frau erstarrte, man konnte richtiggehend sehen, wie ihr Herz für einen Moment aussetzte. »Ist etwas mit meinem Mann?«

»Was? Nein, nein, keine Angst, Frau Rot, es ist alles in Ordnung.«

»Bitte, kommen Sie herein«, meinte Frau Rot und winkte die beiden mit einer müden Handbewegung ins Wohnzimmer, das von einer enormen, olivgrün-samtenen Couchgarnitur und einem niedrigen Eichenholz-Couchtisch dominiert wurde.

»Setzt euch doch«, lud die Frau ein. »Möchtet ihr was trinken?«

Die beiden Kommissare schüttelten simultan ihre Köpfe und setzten sich. Die Frau ließ sich auf einem Sessel gegenüber nieder und seufzte tief.

»Wieso haben Sie denn gedacht, Ihrem Mann sei etwas passiert?«, lockte Heiko.

»Wir ... hatten einen Streit. Einen schlimmen Streit.«

»Aha«, machte Heiko. »Worum ging es denn?«

Die Frau schwieg erst eine Weile, atmete dann tief durch und meinte schließlich: »Um die Anlage.«

»Welche Anlage?«, forschte Lisa.

»SEINE Anlage. Im Keller. Ich ... hab sie zerstört.«

»Wie, zerstört?«, fragte Lisa weiter.

Die Frau lehnte sich zurück in den Sessel, und obwohl sie einigermaßen üppig war, schien sie beinah gänzlich in dem Möbelstück zu verschwinden. »Sie wissen nicht, wie das ist. Mein Willi und ich sind jetzt seit 30 Jahren verheiratet. Und unsere Ehe war nicht schlecht, bestimmt nicht. Aber vor 15 Jahren ist alles anders geworden.«

»Hm«, machte Heiko, zum Weiterreden ermutigend.

»Vor 15 Jahren habe ich ihm dieses Eisenbahnset geschenkt, und ab da war alles anders.«

»Wieso?«

»Nun, mein Willi hat sich viel mit dem Geschenk beschäftigt, und zuerst habe ich mich darüber gefreut. Aber dann ist die Modelleisenbahn immer wichtiger geworden, und der MEC auch. Nächteweise ist er im Keller gehockt und hat an dem Ding gebastelt. Zuerst hab ich gedacht, dass das vorbeigeht, dass das sich auswächst. Aber dann hab ich gemerkt, dass dieses neue Hobby unsere Beziehung belastet. Er hat sich nur noch für die Modelleisenbahn interessiert, ich war ihm egal.«

»Na, na, Frau Rot«, meinte Lisa beschwichtigend.

»Doch. Es war so. Und ich habe angefangen, das Ding zu hassen, diese Anlage, die so viel von unserem Eheglück in sich aufgesaugt hat.«

»Hm«, machte Heiko wieder.

»Sie können sich das nicht vorstellen«, meinte die Frau. »Sicher denken Sie, ich bin verrückt.«

»Ganz und gar nicht«, relativierte Lisa. »Ich kann Sie voll verstehen. Ich würde mich auch bedanken.« Innerlich beschloss sie, Heiko niemals eine Modelleisenbahn zu schenken.

»Nun. Und gestern war er wieder nicht da, und da hab ich … ich war so wütend, und da hab ich die Axt geholt und … das blöde Teil kaputtgehauen.«

»Und dann ist Ihr Mann nach Hause gekommen«, vermutete Lisa.

Die Frau nickte wieder, und eine einzelne Träne rann ihr über die Backe. Wie ein trotziges Kind wischte sie

sie mit dem Ärmel ihres Pullovers beiseite. »Seitdem ist er weg, und ich mache mir Vorwürfe und solche Sorgen, dass er sich was antut.«

Lisa schüttelte beruhigend den Kopf. »Das müssen Sie nicht. Das wird er nicht.«

»Er war so durch den Wind, ich glaube, er ist durchgedreht. Er hat gesagt, er … er will in die Schweiz. In die Schweiz! Was kann das bedeuten?«

Womöglich, dass er in die Schweiz will, dachte Heiko, behielt diesen Gedanken aber für sich.

»Vielleicht ist er ja tatsächlich dorthin unterwegs. Er sitzt jedenfalls gerade in einem Zug«, erklärte Lisa. Nun weiteten sich die Augen der Frau. »Sie haben mit ihm gesprochen?«

Heiko druckste herum, aber es musste wohl raus. »Ja, Frau Rot. Und er hat Sie bezichtigt, etwas mit dem Mord an Fritz Klingler zu tun zu haben.«

Nun schüttelte die Frau den Kopf, fassungslos. Dann stützte sie den Kopf in die Hände. »Er ist wütend. Nein, er hasst mich.«

»Womöglich hat er gedacht, wer eine Modelleisenbahnanlage zerhackt, macht vielleicht dasselbe mit einem Menschen«, versuchte Lisa, merkte aber gleich anschließend, wie blöd der Kommentar war.

Aber die Frau nickte. »Womöglich. Das kann gut sein.«

»Haben Sie denn ein Alibi, Frau Rot?«, fragte Lisa, die sich so gar nicht vorstellen konnte, dass diese arme, vernachlässigte Ehefrau den Klingler auf dem Gewissen hatte.

Die Frau fasste sich. »Für wann denn?«

»Für Donnerstagabend, den 7. April.«

Nun setzte sich Frau Rot etwas aufrechter hin und faltete die Hände. »Ja, das habe ich tatsächlich. Donnerstagabend gehe ich immer mit meinen Mädels kegeln, im Lamm in Roßfeld.«

»Wir prüfen das nach«, meinte Heiko.

»Dürft ihr. Es stimmt ja.«

»Und wir würden gern Ihre Axt mitnehmen.«

Die Frau nickte.

Zehn Minuten später war klar, dass erstens das Alibi der Frau stimmte und zweitens die Axt, die man eher als »Hackebeilchen« bezeichnen konnte, nicht diejenige sein konnte, mit der das Mordopfer zerteilt worden war. Ihre Schneide war viel zu klein. Die Kommissare erkundigten sich bei der nun nicht mehr Verdächtigen, ob sie denn alleine klarkomme oder ob sie jemanden verständigen sollten. Frau Rot schüttelte allerdings den Kopf. Sie würde schon zurechtkommen.

Abends saßen sie schon um fünf bereit. Sie hatten es sich auf zwei Stühlen bequem gemacht, und zwar in der Sitzecke auf dem Gang, in der sie das erste Gespräch mit der Pflegerin geführt hatten. Lisa hatte sich eine Frauenzeitschrift gegriffen und blätterte interessiert darin herum. Heiko hingegen hatte leider keine passende Zeitung gefunden – es gab nur Weiberkram und Gesundheitszeugs – und starrte etwas missmutig vor sich hin.

»Schau mal, das ist doch toll, sowas können wir auch mal machen«, meinte Lisa und deutete auf eine Abbildung in der Zeitung.

»Alte Blechdosen?«, fragte Heiko verständnislos.

»Das ist ein Mini-Retro-Regal aus Creme21-Dosen«, korrigierte Lisa und zitierte: »Für Krimskrams und alles, was Sie gerne ausstellen möchten.«

»Aha«, machte Heiko.

»Oder hier: Die Variante mit der weiß gestrichenen Obstkiste.«

Heiko schüttelte den Kopf, als Lisa auf eine alte Obstkiste deutete, die irgendein verhaltensgestörter Mensch weiß angestrichen und an die Wand geklebt hatte. Offenbar fand die Zeitschrift es schick, da dann auch noch Bücher reinzustellen.

»Die ultimative Präsentationsfläche für Ihre Lieblingsbildbände«, las Lisa vor.

»Ich habe aber keine Lieblingsbildbände«, widersprach Heiko.

Lisa schnalzte mit der Zunge. »Täte dir aber mal gut. So ein bisschen Kontemplation zwischendurch, Besinnung auf das Wesentliche. Hier, mit diesem selbstgemachten Mini-Zen-Gärtlein zum Beispiel. Ist das nicht zauberhaft?«

Sie deutete auf die Abbildung einer kleinen Holzschale, die mit Sand gefüllt war und auf der ein Mini-Rechen lag, dessen Zinken aus Zahnstocherspitzen waren.

»Hinreißend«, fand Heiko und meinte es gar nicht ernst.

»Gut, dass ich für die Deko zuhause zuständig bin«, versetzte Lisa, und es klang ein bisschen beleidigt.

Heiko stimmte ihr innerlich aus vollem Herzen zu, verkniff sich aber eine entsprechende Bemerkung. Lisa schwieg die nächste halbe Stunde beleidigt und blätterte energisch durch die zahlreichen Deko-Ideen, verschonte aber Heiko immerhin mit weiteren Do-It-Yourself-Vorschlägen. Mehrmals gingen Türen auf und zu, und Schwestern kamen aus den Zimmern und gingen in andere. Besuch kam kaum, Karolin Klingler war wohl nicht die einzige Patientin, die von ihrer Verwandtschaft eher stiefmütterlich besucht wurde. Türen klappten auf und zu, Schwestern kamen und gingen. Essen wurde keines gebracht, denn die Patienten waren dazu sowieso nicht in der Lage. Stattdessen wurden verschiedene Beutel umhergetragen, einige mit Flüssignahrung, andere gefüllt mit Flüssigkeiten, über die Heiko lieber nicht weiter nachdenken wollte. Endlich näherten sich Schritte, die etwas schwerer waren als die allgegenwärtigen, eher huschenden Tappser der Schwestern. Lisa blickte verstohlen schielend von ihrer Zeitschrift – einem »Kreativ-Magazin« auf, und auch Heiko warf einen scheinbar gleichgültigen Blick auf den jungen Mann, der da den Gang entlangkam. Er hatte eine Orchidee in der Hand. Und dunkle Haare. Und er sah genau aus wie der Mann auf dem Phantombild, haargenau. Unglaublich, wie die Lindner das hinbekommen hatte. Heiko nickte Lisa unmerklich zu, und beide senkten wieder die Köpfe. Der junge Mann hatte keinerlei Notiz von ihnen genommen und blieb endlich auf Höhe von Karolins Zimmer stehen. Dann klopfte er an und trat, ohne eine Antwort abzuwarten – es würde ja sowieso keine kommen – ein.

»Hallo?«, machte Hedwig Klingler. »Hallo? Is there … Misses Sriprai Wongrutiyan?« Sie hatte sich endlich dazu durchgerungen, die Frau anzurufen, denn sie hatte das

Gefühl, dass das gut wäre, irgendwie richtig. »Yes, here is Sriprai Wongrutiyan speaking. Are you the wife of Fritz?« Hedwig Klingler schwieg für einen kurzen Moment, dann meinte sie: »I was his wife. We are divorced.« »Oh, I'm sorry«, meinte die Stimme, die jung war, jünger, als sie gedacht hatte, und einen deutlichen, asiatischen Akzent hatte. »I hope it was not because of me.« Hedwig Butzer lachte unfroh. »When were you together with Fritz?« Am anderen Ende der Leitung war das Murmeln eines Jungen im Hintergrund zu hören. Womöglich der kleine Walter. »Walter is five years old now. And Fritz visited us once a year.« Hedwig wunderte sich, dass sie das irgendwie erleichterte. Sie war schon seit acht Jahren von ihrem Mann getrennt. Sie versetzte sich in die Lage der Thailänderin. Fritz war sicherlich nicht ihre große Liebe gewesen. Womöglich hatte er sie für irgendwelche Dienste bezahlt, und dann war sie schwanger geworden. Es war immerhin anständig von ihm, sich um den Kleinen finanziell zu kümmern. »Six years ago we spent two months together. I was 25 then«, erzählte die Frau. »Walter was an accident.« »Oh«, machte Hedwig Butzer. »But Fritz was good father. He sent us some money every month.« »That was nice of him«, fand Hedwig, und sie meinte es wirklich. Dass Fritz ein guter Vater war, war allerdings schlichtweg ein Irrtum. »Would you like to talk to him?« »To who? Walter?« »Yes, Walter. He knows some German. Fritz tought him.« Hedwig schluckte. »Okay.« »Wait.« Der Hörer wurde weitergereicht, die Frau sagte etwas in einer sehr fremdartigen, sehr seltsamen Sprache, aber in überaus liebevollem, ermunterndem Tonfall. Es meldete sich endlich eine Kinderstimme: »Hallo, Frau Klingler, wie geht es dir?« Hedwig schlug die freie Hand vor den Mund. Fritz war unzweifelhaft der Vater. Der Kleine hatte dieselbe Intonation. Dieselbe Art, die Wörter zu betonen. Seine Stimme würde, wenn sie durch den Stimmbruch gegangen wäre, dieselbe sein wie die von Fritz. »Gut, und dir?« »Sehr gut, danke.« Der Hörer wurde zurückgereicht, und die Mutter meldete sich wieder. »You have children too, no?« »Yes. Three. But they are older.« »Maybe we can meet one day«, schlug die Stimme von Sriprai Wongritiyan am anderen Ende der Welt vor. »Yes. Maybe.«

Da war wieder die Stimme. Sie war so vertraut, und wenig später war da Musik. Karolin Klingler schwebte wie immer, aber diesmal wusste sie, wo der Boden sein musste, wo oben und unten war, sie bewegte sich nicht gänzlich körperlos im Raum. Die Stimme zog sie an, nur ihr Klang, denn was sie sagte, konnte Karolin nicht verstehen. Wieder erhaschte sie eine ferne Ahnung von Orchideenduft, dann wieder Musik, aber keine sphärischen Klänge, die zu ihrer Welt eigentlich ganz gut gepasst hätten, sondern vielmehr Musik, die sie kannte und mochte, aber deren Namen sie vergessen hatte. Sanft sprach die Stimme, sanft und schmeichelnd, liebevoll, und Karolin konnte sich an ihr orientieren, in Richtung Boden schweben, vielleicht fände sie dort ja die Person, der die Stimme gehörte.

Heiko öffnete leise die Tür. Der junge Mann, der am Bett saß, bemerkte sie zuerst gar nicht, was wohl auch besser war. Für einen kurzen Moment ließen die beiden Kommissare die geradezu rührende Szene auf sich wirken. Der junge Mann hatte sich auf einem Hocker an der Seite des Bettes niedergelassen und hatte Karolins Hand ergriffen. Dabei redete er murmelnd auf sie ein, erzählte ihr wohl irgendetwas, was nicht wirklich zu verstehen war. Im Hintergrund lief eine Nirvana-CD, irgendeine Ballade. Heiko stieß die Tür vollends auf und trat ins Zimmer. Der Mann bemerkte sie, zog tadelnd die geschwungenen Augenbrauen zusammen, stutzte dann und erhob sich. »Thomas?«, fragte Heiko, denn einen anderen Namen hatte er ja nicht. Der Mann nahm die Hände aus den Hosentaschen, wo er sie im Aufstehen hingetan hatte, und verschränkte sie vor dem Körper. »Wer will das wissen?« »Polizei. Lisa Luft und Heiko Wüst. Wir … müssten kurz mit Ihnen reden.« Im Hirn des jungen Mannes arbeitete es. Kurz wanderte sein Blick zum Fenster und schweifte sofort wieder zurück. »Aber natürlich«, meinte er dann. Er ging schlendernd ein paar Schritte auf Lisa zu, schubste sie dann plötzlich zur Seite und drängte sich auf den Flur. Heiko versicherte sich im Bruchteil einer Sekunde mit einem Blick, dass Lisa unverletzt war, und hechtete hinterher. Er verfehlte den Mann knapp, beinah hätte er ihn am Pullover zu fassen gekriegt. Heiko stolperte, und Karolins Freund machte einige weitere Sätze nach vorne, in Richtung Treppenhaus. In Heiko kochte die Wut hoch, dieser Bubi würde ihm nicht durch die Lappen gehen. Er setzte ihm nach. Als Thomas fast die Tür zum Treppenhaus erreicht hatte, drehte er sich um, um abzuschätzen, wie weit er seinen Verfolger zurückgelassen hatte. Deshalb sah er auch nicht, dass sich in diesem Moment vor ihm eine Zimmertür öffnete und dass sich ein großer, metallener Wagen aus der Tür schob. Der Aufprall war hart und kam unerwartet. Thomas taumelte, wurde von Heiko noch im Fallen aufgefangen, der ihm sofort die Arme auf den Rücken drehte und die Handschellen zückte.

Sie hatten den jungen Mann sofort aufs Revier bringen lassen, der würde ihnen nicht mehr abhauen. Jetzt saß er im Verhörraum. Frau Brucker hatte schon Feierabend, deshalb ließ Heiko ein Tonband laufen, das er der Sekretärin hinterher aushändigen könnte.

»Ihr Name?«, fragte Heiko den jungen Mann, der noch gar nichts gesagt hatte.

Der Mann verdrehte die Augen. »Ohne Anwalt sage ich gar nichts.«

»Ihren Namen brauchen wir so oder so«, gab Lisa zu bedenken. »Und der wird Sie ja wohl kaum belasten.« Der Mann dachte kurz nach und sagte dann: »Euler. Thomas Euler.«

»Und Sie sind … Karolins Freund?«, forschte Lisa weiter.

Wie ein Dreijähriger in der Trotzphase presste der Mann die Lippen zusammen und schüttelte bockig den Kopf.

»Ich frage mich, warum Sie nicht mit uns kooperieren. Warum sind Sie abgehauen? Ein schlechtes Gewissen? Haben Sie etwas zu verbergen? Möchten Sie womöglich gleich den Mord gestehen?«

Der junge Mann lachte unfroh. »Etwa an Karolins Vater?«

»Sie wissen ja gleich Bescheid«, stellte Lisa lakonisch fest.

Der junge Mann schnaubte. »Das ist ja wohl keine Kunst. Stand ja im HT.«

»Karolins Vater wurde umgebracht. Von einem Orchideenliebhaber, denn an der Leiche wurden Orchideenpollen gefunden. Mögen Sie Orchideen, Herr Euler? Sind die Orchideen in Karolins Zimmer von Ihnen?«

»Kennen Sie jemanden, der zuhause keine Orchidee auf der Fensterbank hat?«, hielt der junge Mann dagegen.

»Sie sind Karolins Freund«, wiederholte Heiko.

»Ich bin ihr Verlobter. Wir wollten heiraten.«

»Karolin war doch erst 18, als der Unfall passiert ist«, wunderte sich Lisa.

»Na und. Es war eben die große Liebe. Und sehen Sie, weil mir das sowieso keiner geglaubt hätte und nur die Verwandtschaft zu den Patienten darf, hab ich mich eben als ihr Bruder ausgegeben.«

»Und seither besuchen Sie sie? Zweimal pro Woche?«

Der Mann nickte.

»Das muss schlimm für Sie sein, Ihre Verlobte in diesem Zustand zu sehen«, mutmaßte Lisa.

Nun schien sich der Mann ein klein wenig zu öffnen. »Furchtbar. Aber ich kämpfe. Ich kämpfe um sie. Ich lese, wissen Sie. Und die Fachmeinung ist, dass die Leute besser zurückfinden, wenn sie eine vertraute Stimme hören. Vertraute Musik. Ich spiele ihr Nirvana vor, das war … das ist ihre Lieblingsband.«

Lisa konnte sich beim besten Willen nicht vorstellen, dass in diesem Körper noch so etwas wie ein Verstand war, geschweige denn ein Gefühl, irgendetwas, was mit

Wahrnehmung zu tun hatte. Aber wer konnte das schon wissen. Sie würde in dieser Lage vielleicht das Gleiche tun, sich an denselben Strohhalm klammern.

»Sie müssen sie sehr lieben«, vermutete Heiko.

»Das tue ich«, bestätigte Thomas. »Aber wieso macht mich das verdächtig?«

»Wie war denn Karolins Vater auf Sie zu sprechen?«

Nun beugte sich Thomas über den Tisch. »Was denken Sie denn. Der wusste doch gar nicht, dass es mich gibt. Das hätte zuhause ein Riesentheater gegeben. Mit 18 einen Freund – also nein.«

»Aha«, machte Heiko und fuhr dann fort: »Nun, uns ist der Gedanke gekommen, dass Sie das Mordopfer vielleicht für den Unfall verantwortlich machen könnten. Dann wäre es nur logisch, sich an dem Mann zu rächen.«

Thomas verzog das Gesicht. »Das hättet ihr wohl gerne, was? Aber ich muss euch enttäuschen. An dem Unfall war Karolin ganz alleine schuld, und das sage ich bestimmt nicht gerne. Sie hat nicht aufgepasst.«

»Mit Airbag wäre das nicht passiert«, hielt Lisa dagegen.

»Es ist aber passiert.«

»Ihre Mutter meint, dass Fritz Klingler damals am Auto für die Fahranfängerin wohl ein bisschen gespart hat. Ihr eine Schrottkarre gekauft hat.«

Thomas zuckte wieder die Achseln.

»Ist so oder so egal. Es ist, wie es ist.«

»Haben Sie für den Tattag ein Alibi?«, fragte Lisa weiter.

»Was ist denn der Tattag?«

»Der Donnerstagabend vor drei Wochen. Der 7.«

»Vor zwei Wochen? Also, wenn ihr nicht lauter kleine

Mädchen, die jeden Tag Tagebuch schreiben, als Verdächtige habt, dann viel Spaß beim Ermitteln«, höhnte der junge Mann.

»Och, eigentlich haben wir doch einen ganz guten Verdächtigen«, fand Heiko. »Karolins Freund, einen Orchideenliebhaber, der abgehauen ist, als die Polizei mit ihm reden wollte. Der einen ziemlichen Hass auf das Opfer hatte, weil er ihm die Schuld am Zustand seiner Freundin gibt. Der sicherlich auch die Möglichkeit hatte, die Tat zu verüben«, zählte er anschließend auf.

Nun verschränkte der junge Mann die Arme. »Na, dann müssen Sie mich wohl hierbehalten, oder?«, konstatierte er bockig.

Heiko warf Lisa einen Blick zu. Können wir? Haben wir genügend Beweise? Lisa neigte den Kopf, eine eher undeutbare Geste. »Jedenfalls bleiben Sie hier in Untersuchungshaft, mindestens über Nacht. Und wir werden eine Hausdurchsuchung bei Ihnen beantragen.«

»Das dürfen Sie nicht«, ereiferte sich Thomas Euler. »Das ist Hausfriedensbruch.«

»Da irren Sie sich aber gewaltig«, meinte Heiko und verkniff sich ein süffisantes Lächeln.

»Einfacher wäre es natürlich, Sie würden uns Ihren Schlüssel überreichen«, erklärte Lisa. »Wenn Sie nichts zu verbergen haben, dann dürfte das ja kein Problem sein.«

Der junge Mann schüttelte den Kopf, wieder wirkte es beinahe bockig.

»Also, dann nicht. Dann machen wir das anders«, beschloss Heiko und zückte sein Handy, um den Staatsanwalt zu informieren.

»Ich muss aber ins Gschäft«, beklagte der Mann, nun etwas kleinlauter.

»Wo arbeiten Sie denn?«

»Maultaschen falten im Schichtdienst.«

»Rufen Sie Ihren Chef an.«

»Dass ich heute nicht kommen kann, weil ich in den Knast muss?«

»Lügen Sie meinetwegen. Melden Sie sich krank.«

Heiko ließ erst den jungen Mann in der Firma anrufen, bevor er selbst den Staatsanwalt informierte und die Untersuchungshaft veranlasste.

Eine halbe Stunde später hatten die beiden den jungen Mann in die Zelle verfrachtet und waren auf dem Weg nach Wallhausen, wo er wohnte. Die Sonne war soeben dabei, hinter dem Horizont zu verschwinden, und tauchte die Landschaft zu ihrer Linken in ein rotgoldenes Licht. Eine Weile sprachen die beiden gar nichts, es passte irgendwie zur Landschaft und zum Sonnenuntergang, einfach nur zu schweigen. »Da ist er ziemlich nah an der Frau Lindenthal«, fiel Lisa endlich ein, als sie auf der Schnellstraße zwischen Crailsheim und Wallhausen die Satteldorfer Ausfahrt passierten. »Tatsach«, bestätigte Heiko. »Wenn er jetzt eine solche Orchidee zuhause stehen hat, ist er geliefert.« »Die Frau Lindenthal hat ihn aber nicht erkannt«, erinnerte Lisa. »Menschen täuschen sich«, erklärte Heiko.

Wenig später hielt der schwarzlackierte M3 vor einem Mehrfamilienhaus, das von einem üppigen Gartengrundstück umgeben war. Es war blütenweiß gestrichen, wie alle Häuser in jenem Neubaugebiet. »Hast du gewusst, dass die auch ein Naturfreibad haben, hier in Wallhausen? Das ist so eine Art Teich«, erzählte Heiko. Lisa schüttelte den Kopf. »Hoffentlich nicht mit Fröschen drin?« Heiko lachte. »Nein, nein. Alles ganz ordentlich. Ich glaube, das haben die Bürger selbst auf die Beine gestellt. Da müssen wir im Sommer dringend mal hin.« Lisa nickte. Sie kramte nach dem Schlüsselbund, den Thomas Euler ihnen letztendlich doch noch ausgehändigt hatte, als sie ihm klargemacht hatten, dass die Alternative war, die Türe aufzubrechen. Es war die linke Wohnung im Erdgeschoss. Heiko steckte den Schlüssel ins Schloss und drehte ihn herum. Die moderne Wohnungstür schwang nahezu geräuschlos auf und gab den Blick frei auf einen kleinen Vorraum, in dem sich auch die Garderobe befand. Schon beim ersten Blick war klar, dass Thomas Euler nicht grade zu den ordentlichsten Menschen gehörte – an der Garderobe türmten sich die Jacken, Schuhe standen unordentlich und nicht zusammenpassend darunter. In den Ecken befanden sich Staubmäuse, der Bewohner war wohl länger nicht zum Saugen gekommen. Lisa und Heiko betraten die Wohnung und wandten sich als erstes rechterhand ins Wohnzimmer, wo ihre Blicke zuerst von einem riesenhaften Terrarium angezogen wurden. »Was sind das denn für Viecher?«, wunderte sich Heiko und wies auf die beiden Minikrokodile, die schnell unter eine Steinhöhle huschten, als sie die beiden Fremden entdeckten. »Geckos, glaube ich«, meinte Lisa und trat dicht vor das Terrarium, um unter den Stein zu spähen. »Och, die sind aber süß, schau mal!«, meinte sie und wies auf eine kecke Reptilienschnauze, die ein wenig unter dem Stein hervorspähte. »Um die muss sich jemand kümmern«, meinte Heiko. »Ja, aber nicht wir«, grinste Lisa. »Das soll der Anwalt vom Euler anleiern.« Heiko zuckte die Achseln. Schon bei ihrem ersten gemeinsamen Mordfall hatten sie beide als Pflegeeltern für den beleidigenden Papagei Hansi fungiert. Gottseidank waren sie den Vogel aber anschließend wieder losgeworden. Vom ersten Fall geblieben war ihnen hingegen der Deutsche Riesenschecke Alfred, der ja seither ein Luxusleben führte, verglichen mit dem, was den Hohenloher Stallhasen ansonsten so geboten wurde. »Suchen wir lieber nach Orchideen«, beschloss Lisa und ließ ihren Blick zur Fensterbank schweifen, die bis auf eine hölzerne Schale mit wenigen Sukkulenten aber leer war. »Komisch«, fand Heiko. »So komisch ist das nicht«, erklärte Lisa. »Hier haben wir Nordseite. Der ideale Platz für Orchideen ist im Süden.« Sie öffnete die Tür in ihrem Rücken, und kurz darauf befanden Heiko und sie sich in einem Schlafzimmer, das ebenso unordentlich war, wie es die Diele bereits vermuten ließ. Auf dem Boden lagen Socken und Unterhosen wild verstreut herum, das Bett war ungemacht. Und tatsächlich entdeckten die Kommissare mehrere Orchideen auf der Fensterbank, allerdings gab es rechterhand etwas, was noch viel auffälliger war und ihre Aufmerksamkeit sofort auf sich zog. »Das ist ein Altar«, stellte Heiko fest. Auf einer Kommode an der Wand standen mehrere Fotos in Goldrahmen, sie alle zeigten Karolin Klingler, auf einigen war Thomas mit drauf, beide zehn Jahre jünger. Immer sah er glücklich zu ihr hin, während sie mit undeutbarem Blick in die Kamera lächelte.

An der Wand war ein Foto von Karolin im Großformat angebracht. Es lagen außerdem mehrere vertrocknete Rosen auf der Ablage, die wohl einmal rot gewesen waren und jetzt schwarzbräunlich wirkten. Links neben dem großformatigen Foto befand sich eine Art Collage, die Thomas wohl selbst gebastelt hatte. »Was ist das denn alles?«, fragte Lisa und studierte das Poster. »Immer mit einem Datum versehen«, stellte Heiko fest. »Das sind sicher Orte, wo sie zusammen waren.« Lisa nickte langsam. »Könnte sein.« Endlich entdeckte Lisa noch einen Ordner mit Herzchenmotiv. Sie öffnete ihn und fand einige Zeitungsberichte zum Unfall, unter anderem mit dem Foto des zerquetschten Fiat. Sie blätterte bis zum Ende durch und fand als letzten Beitrag die Todesanzeigen von Fritz Klingler aus dem HT vor. »Aha«, machte Heiko und studierte die kleine Sammlung. Eine war von der Familie, in steifem, bemüht traurigem Ton wurde bekannt gegeben, der Verstorbene sei »unerwartet von uns gegangen.« Eine Anzeige des MEC neben dem Bild einer kleinen Lok betrauerte wortreich den »treuen Vereinskameraden«, der für den Verein eigentlich »unentbehrlich« sei. Eine dritte Anzeige war vom TÜV, der beklagte, einen »unvergessenen Mitarbeiter im Ruhestand« verloren zu haben, dem es »leider nicht vergönnt war, seinen Lebensabend allzu lange zu genießen.« »Krass«, fand Heiko. »Irgendwie krank.« Lisa wiegte den Kopf. »Er ist halt sehr auf Karolin fixiert«, relativierte sie. »Nicht nur auf Karolin«, widersprach Heiko. »Sondern auch auf den Alten.« Er zückte einen Plastikbeutel, um das kleine Album einzutüten. »Schauen wir nach den Orchideen«, schlug Lisa vor und trat zur Fensterbank, um die Pflanzen eingehender studieren zu können. Heiko stellte sich daneben, da kannte er sich allerdings gar nicht aus, da war Lisa die Expertin. »Und?«, fragte er. Lisa schüttelte den Kopf. »Nichts dabei«, meinte sie enttäuscht. Sie wandten sich zum Gehen, und durch die geöffnete Tür hatten sie plötzlich freie Sicht auf einen Holzstoß, der vor der Terrassentür säuberlich aufgestapelt war. »Der hat einen Holzofen«, stellte Heiko fest und wies auf den Holzstoß. Sie gingen wieder zurück ins Wohnzimmer und entdeckten letztlich den kleinen Ofen, der ihnen beim ersten Reinschauen gar nicht aufgefallen war, vor lauter Orchideen. »Dann muss er auch eine Axt haben«, beschloss Heiko und öffnete die Terrassentür. Und richtig: In einem Holzpflock, der sich direkt hinter dem Stoß befand, steckte eine Axt. »Das wird jetzt grade diese Axt sein«, mutmaßte Lisa. »So blöd ist doch kein Mensch.« »Er musste nicht damit rechnen, dass wir auf ihn kommen«, entgegnete Heiko. »Und außerdem: Manchmal sind die Leute blöder, als man denkt. Vielleicht haben wir Glück.« Heiko zückte ein Taschentuch und packte die Axt dort, wo sie sonst niemand anfassen würde, nämlich hinten am Kopf. »Die nehmen wir mit«, beschloss er und zog das Werkzeug mit einer Leichtigkeit aus dem Pflock, die Lisa staunen ließ. Heiko war schon ein starker Kerl. Ein echter Hohenloher eben.

Thomas Euler zermarterte sich das Hirn, was er zu seiner Verteidigung vorbringen könnte. Wenn die Kommissare seine Gedenkecke fanden, war er aufgeschmissen. Und sie würden sie finden, ganz klar, sie war ja nicht zu übersehen. Dann würde er ratz, fatz zum Hauptverdächtigen mutieren. Er hatte einen Hass auf den Alten gehabt, ja, und er hatte ihn noch. Er war schuld, er allein, er hatte Karolin diese Schrottkarre gekauft, einzig und allein aus Geiz. Thomas bewegte sich, und die Pritsche, auf der er sich niedergelassen hatte, knarzte leise. Die Matratze darauf war dünn, die Zudecke aus Polyester. Durch ein Fenster, das zu hoch lag, als dass man hätte hindurchsehen können, drang diffuses Licht, und in der vorderen Ecke der gekachelten Zelle, direkt neben der Tür und durch den Spion aller Wahrscheinlichkeit nach einsehbar, befanden sich das Klo und ein Waschbecken. Er musste etwas tun, etwas unternehmen, sich etwas ausdenken, wenn er nicht die nächsten Jahre, wenn nicht Jahrzehnte, in einer solchen Zelle zubringen wollte. Er wunderte sich, wie die Kommissare auf ihn gekommen waren, bisher hatte niemand etwas wissen wollen, all die Jahre war er als Karolins Bruder durchgegangen. Es war so leicht gewesen, die Pflegerinnen hatten ihm geglaubt, ohne weiter nachzuhaken. Und von der Familie kam sowieso niemand, die Mutter war zu feige, Christian auch, und Viola hatte ihre Schwester immer gehasst, weil sie gewusst hatte, wie sie den Vater zu händeln hatte. Und trotzdem hatte er sie zerstört, ihren Körper, vielleicht ihren Geist. Nur ihre Seele war noch da, in diesem geschundenen, kranken Körper. Und er, er gab die Hoffnung nicht auf, dass in diesem Körper noch mehr war, mehr als nur die Seele, sondern auch seine Karolin. Er ballte die Faust und hieb sie auf das dünne, billige Kissen. Verdammt. Er hätte nicht auffliegen dürfen. Und ihm musste etwas einfallen, wie er aus der Sache rauskommen könnte. Er hatte keinen Bock auf Knast.

Heiko und Lisa brachten die Axt bei Uwe vorbei, damit der das Beutestück eingehender studieren konnte. »Kannst du die Axt nach Blutresten absuchen?«, bat Lisa.

»Ihr habt sie hoffentlich nicht angefasst?«, fragte Uwe zurück.

»Nur mit dem Tempo, hinten am Rücken.«

Uwe nickte gönnerhaft. »Ich kümmere mich«, meinte er und entließ sie mit einer wedelnden Handbewegung.

»Und was machen wir jetzt?«, fragte Heiko,

»Jetzt hoffen wir erst mal, dass wir den Mörder haben«, meinte Lisa und nippte an ihrem Automatenkaffee. »Also, ich kann verstehen, dass der eine Wut auf den Alten hat«, meinte Heiko. »Aber … denkst du, dass er das wirklich war?«

Lisa wiegte den Kopf hin und her und stellte den Kaffeebecher ab. »Du meinst, weil der Mord so kompliziert war?«

»Genau. Wenn ich ein Problem mit jemand habe und den umbringen will, manipuliere ich doch nicht eine Modelleisenbahn, warte, bis der Stromschlag den Kerl umbringt, zerhacke ihn dann, verpacke ihn in Müllsäcke und verstecke ihn.«

»Du meinst, man würde ihn halt erschießen. Oder so.«

Heiko nickte. »Ganz genau.«

Lisa streckte sich. »Er hat ihn gehasst. Er hat sowieso

einen Knall, ich meine, erinnere dich an den Karolin-Altar.«

»Hm.«

»Vielleicht haben wir ja Glück und er gesteht. Oder wir haben Blutspuren vom Mordopfer auf der Axt.«

»Ja, vielleicht.«

Inzwischen saß Thomas Euler in seiner Zelle und sann immer noch darüber nach, wie er aus der Sache rauskommen könnte. Es musste einen Weg geben. Donnerstagabend vor drei Wochen, da hatte er Frühschicht gehabt, keine Chance. Denn Frühschicht bedeutete, dass er morgens um fünf anfing und mittags um drei aufhörte. Ausgiebig Zeit und Muße also, um den Mord zu begehen, um zu … halt. Das war doch die Woche gewesen, in der das Kind vom Grosser mit Fieber im Bett lag. Und in der er deshalb mit dem die Schicht getauscht hatte! Thomas Euler zögerte keine Sekunde, die Klingeltaste zu drücken, um den Beamten zu rufen.

Zwei Stunden später war Thomas Euler frei. Weder hatten sich auf der Axt irgendwelche Blutspuren befunden, vielmehr nur Späne von dreierlei Holzsorten. Noch dazu hatte er auf einmal ein hieb- und stichfestes Alibi, er hatte jeweils die ganze Nacht zwischen sieben Uhr abends und vier Uhr morgens im Schichtdienst gearbeitet.

»Okay«, meinte Lisa, als sie wenig später wieder desillusioniert in ihrem Büro saßen. »Was machen wir jetzt?« Heiko dachte kurz nach und meinte dann: »Die ganzen Anzeigen. Die haben wir uns noch nicht angeschaut.«

Lisa seufzte und langte nach dem Stapel, den sie eigens in einer Briefablage abgelegt hatten. »Wie sollen wir das schaffen? Und wie sollen wir herausfinden, wer da wirklich ein Problem gekriegt hat, ein solches, dass es als Mordmotiv ausreichen würde?« »Das bezweifle ich sowieso, dass sich daraus ein Motiv konstruieren lässt«, stimmte Heiko zu. »Trotzdem. Es ist eine Richtung, in die wir noch nicht ermittelt haben.«

Sie holten sich noch zwei Tassen Automatenkaffee und begannen, den Stapel zu sichten. »Hör dir das an:«, meinte Lisa und las vor. »›Sehr geehrte Damen und Herren, hiermit möchte ich Ihnen mitteilen, dass der Wagen mit dem amtlichen Kennzeichen SHA-SE 253 am 25.03.2014 in der Hauptstraße in Crailsheim-Roßfeld zu nah an der Einmündung geparkt war. Der Fahrer des Wagens hat beim Einparken nicht die vorgeschriebenen 5 Meter zur Tangente der Kurve freigelassen‹. In Roßfeld! Unglaublich, das juckt doch keinen. Das ist doch ein Wohngebiet, oder?« Heiko nickte. Lisa hielt das Blatt hoch und zeigte auf eine Fotografie, auf der nicht nur der Wagen, sondern auch ein Meterstab gut zu erkennen war. »Wenn die Behörde so einen Schrieb kriegt, gilt das als Anzeige, und die Beamten müssen dem nachgehen.« »Vielleicht sollten wir den Mörder unter den Damen und Herren suchen, die auf diese Weise eine Menge Zusatzarbeit aufgebrummt bekommen haben«, scherzte Lisa und packte den Stapel mit beiden Fingern. »›Sehr geehrte Damen und Herren und so weiter‹«, las Heiko. »Da hatte er wohl einen Serienbrief im Computer, liest sich genau wie der von dir grad. Nur, dass da drinsteht ›Der Wagen mit der Nummer CR-CL 14 fährt mit abgefahrenen Reifen herum und stellt somit ein hohes Verkehrsrisiko dar‹. Und daneben ist dann ein Foto mit einem alten Markstück. Das nicht mehr bis zur Zahl im Profil verschwindet.« Lisa schüttelte fassungslos den Kopf. »Trotzdem. Wegen sowas begeht man doch keinen Mord. Suchen wir weiter.«

Nach zwei Stunden und weiteren zwei Tassen Automatenkaffee fand Heiko schließlich etwas, was tatsächlich seltsam war. »Ich glaub, ich hab was«, meinte er und hielt Lisa ein Blatt hin. »Es ist ein Taxi, und der Klingler zeigt hier an, dass alle vier Reifen abgefahren und der TÜV seit einem Vierteljahr abgelaufen ist. Das dürfte dem Fahrer echte Probleme bereitet haben, wenn es ihn nicht sogar die Lizenz gekostet hat.« Lisa studierte das Blatt. »Wird das so schwer bestraft?«, fragte sie zweifelnd. Heiko bestätigte. »Sobald du Personen beförderst, legen die da nochmal ganz andere Maßstäbe an. Wenn es dumm läuft, ist das dann fahrlässige Körperverletzung, wenn dir nur einer reinfährt und dein Fahrgast ein Schleudertrauma hat.« »Ist dann nicht der Taxiunternehmer schuld?«, gab Lisa zu bedenken. Aber Heiko schüttelte den Kopf. »Nein. Das liegt auf den Schultern vom Taxifahrer und ist sein Problem, dass sein Auto gut gewartet ist.« »Wie lautet das Kennzeichen?«, fragte Lisa. »Das brauchen wir nicht. Das Taxi ist vom Ritter.«

Eine halbe Stunde später schlugen die beiden im Büro von Taxi Ritter auf. Und anders als in amerikanischen

Filmen, wo die Taxis in einer riesenhaften Garage standen und auf ihren Einsatz warteten, genügte der Firma ein kleiner, bungalowartiger Bau für die Verwaltung und die Logistik. Entsprechend saß auch nur eine Person in diesem Büro, nämlich der Chef selbst. Das Rauschen eines Funkgeräts empfing sie, als sie die gläserne Tür zu dem Gebäude, das wohl in den Siebzigern gebaut worden war, öffneten. Anders als in amerikanischen Filmen, wo dubiose Codes gemurmelt wurden, um die Fahrer herumzuschicken, sagte der Chef allerdings gerade in sein Funkmikro: »Horscht, bisch du grood frei? Kousch die Frau Riedmüller vom Krankahaus abholla? Die kummt von dr Dialyse, des is a Krankafahrt.«

»Wo muss die nou?«, dröhnte es aus dem Gerät.

»Nach Blaufelda.«

»Okay.«

Nun wandte sich der Chef den beiden Gästen zu, etwas verwundert, denn es kam wohl nicht allzu oft vor, dass ihn Leute in der Firma besuchten. »Grüß Gott«, meinte er also und stellte sich als Herbert Ritter vor. »Was kou ii fir eich doona?«

»Wir sind Lisa Luft und Heiko Wüst von der Kripo Crailsheim«, erklärte Lisa.

»Ou«, meinte der Mann und überlegte wohl fieberhaft, ob er etwas angestellt hatte. »Bei uns is alles okay. Wella Sie a Betriebsprüfung macha?«

»Nein, keine Sorge. Wir kommen im Zusammenhang mit einem Mordfall.«

Der Mann sog scharf die Luft ein, verschränkte die Hände und meinte dann: »Also, ii hobb awwer koon umbroochd.«

Lisa lächelte beruhigend und absolut entwaffnend, was seine Wirkung niemals verfehlte. »Das denken wir auch nicht. Wir sind allerdings im Zusammenhang mit einem Mordfall auf eine etwas seltsame Geschichte gestoßen.«

»Sie macha mii jetz awwer reechd neigierich.«

»Ja. Und zwar gibt es da einen gewissen Herrn. Einen Fritz Klingler.«

Der Mann dachte angestrengt nach, schüttelte aber letztendlich den Kopf. »Secht mr nix.«

»Naja, eigentlich gab es ihn auch, er ist nämlich unser Mordopfer. Und sein Hobby war Leute anzeigen, vor allem Autofahrer, die falsch geparkt haben oder sonst ein schweres Verbrechen begangen haben.«

Nun schien bei dem Mann irgendwas zu klingeln. »Aaaah, wor des der alte Sack, wo uns aa zwaamal ouzeicht hat?«

»Zweimal?«

»Des is awwer scho a Weile her. A Johr uugfähr.«

»Das kommt hin«, meinte Heiko. »Erzählen Sie doch mal, was da war.«

»Des wor a bleedi Gschicht. Den oona hat er ouzeicht, weil er im Halteverbot gschdanda is. Des wor awwer net asou schlimm. Awwer den andera hat's bääs erwischt. Des hat den Kerle domols sei Taxilizenz koschdet. Ii glaab, der gricht etz Hartz IV.«

»Weil er abgefahrene Reifen auf dem Taxi hatte und der TÜV abgelaufen war, nicht wahr?«, half Lisa.

»Des mecht mer ja aa net«, gab Ritter zu. »Awwer grood in derra Wuch hat der sich ja kimmera wella. Und der is jetz halt arbeitslos, des is jetz halt aweng dumm gloffa. Ii hob do aa nix mehr macha kenna, vielleicht, wenn ii des friher gwisst hätt, no hätt ii den ja gor net sou foohra lassa.«

»Wie heißt denn der Mann und wo wohnt er?«, fragte Lisa weiter.

Erst schwieg der vorher so redselige Chef.

Dann gab Heiko zu bedenken: »Wir finden's sowieso raus.«

Herr Ritter seufzte und antwortete: »Bergmann. Markus Bergmann.«

Sie hatten schnell herausgefunden, wo dieser Markus Bergmann wohnte, nämlich im Roten Buck. Die Wohnung befand sich in einem der Wohnblocks aus den Siebzigern. Lisa und Heiko klingelten an einem Schildchen, auf das nachlässig mit blauem Kugelschreiber »Bergmann« gekritzelt worden war. Die Sprechanlage knarrte und eine Stimme meldete sich, die nicht unbedingt freundlich war und eher im Ton von »Wer stört« »Ja, bitte« murmelte. Lisa und Heiko erläuterten ihr Anliegen – natürlich etwas unkonkreter, als es tatsächlich war – und wurden ohne weitere Kommentare eingelassen. Der Türöffner surrte, und die beiden stiegen ein Treppenhaus hoch, das zwar alt, aber sauber war. Wenig später standen sie vor der Tür eines Mannes in Jeans und mit schwarzem T-Shirt. Er war um die Vierzig und wirkte ungekämmt. Markus Bergmann empfing sie misstrauisch in der Tür stehend. »Zeigen Sie mir Ihren Ausweis?«, bat er als erstes. Lisa und Heiko hielten dem Verdächtigen ihre Ausweise hin, und Bergmann studierte die Papiere lange, bevor er sie ihnen zurückgab.

»Was wollen Sie von mir?«, fragte er dann, und es klang immer noch unwirsch. »Dürfen wir vielleicht hereinkommen?«, fragte Lisa. »Ungern«, lautete die Antwort. »Ich habe nicht aufgeräumt. Aber bitte.« Er trat beiseite und ging den Kommissaren voraus in ein Wohnzimmer. So schlimm, wie man es von einem alleinstehenden, arbeitslosen Mann, der behauptete, er habe nicht aufgeräumt, erwarten könnte, schaute die Wohnung allerdings gar nicht aus. Hier ein Pizzakarton, da ein Zigarettenstummel im Aschenbecher, ein halbvolles Glas mit irgendeinem Gelben Sprudel auf dem Couchtisch, sonst war es eigentlich recht ordentlich. Der Mann packte sogleich den Pizzakarton und verschwand damit in die Küche. Dann kehrte er zurück und wies Lisa und Heiko Plätze auf dem billigen, cremefarbenen Sperrholzsofa an und setzte sich selbst auf einen Hocker, den er sich herangezogen hatte. »Also. Ihr wollt etwas von mir«, stellte er fest. »Worum geht es denn? Ich hab nix gemacht.«

»Sie kennen einen Herrn Fritz Klingler?«, begann Heiko.

Markus Bergmann schnaubte und fuhr sich mit einer wütenden Geste durch die Haare. »Klar kenn ich dieses Arschloch. Der hat mein Leben zerstört.«

Heiko nickte.

»Wieso, was ist mit dem?«

»Lesen Sie keine Zeitung?«, wunderte sich Lisa.

»Seh ich so aus, als hätte ich keine anderen Probleme, als jeden Morgen gediegen bei einem Kaffee und frischen Croissants das Hohenloher Tagblatt zu studieren?«, hielt der Mann dagegen.

Genügend Zeit hättest du doch, dachte Heiko sich

innerlich, verkniff sich aber einen entsprechenden Kommentar. Der Mann wirkte sehr unstet, womöglich hatte er mit Depressionen oder ähnlichem zu kämpfen.

»Er wurde umgebracht«, informierte Heiko also so neutral wie möglich.

»Recht so«, war das Erste, was dem Verdächtigen dazu einfiel, und dann: »Das geschieht ihm recht.«

»Sie können sich vorstellen, warum wir auf Sie gekommen sind?«, fragte Lisa.

»Weil er mein Leben zerstört hat?«, riet Bergmann.

»Na, na, Herr Bergmann, so schlimm ist das Ganze doch auch wieder nicht.«

»Ich war verlobt, und wir wollten heiraten. Wir haben ein Kind, einen kleinen Sohn. Da habe ich meinen Job verloren und hatte die Anzeige am Hals, und da hat sich meine liebe Freundin überlegt, dass sie doch keinen Bock auf so einen Loser hat und dass ich womöglich nie ein guter Vater sein werde.«

Heiko dachte bei sich, dass die Freundin dann eh keinen Wert gehabt hatte, ließ aber auch diesen Gedanken unausgesprochen.

»Ich musste aus unserer Wohnung raus und kriege jetzt Hartz IV. Ich habe Schriftsetzer gelernt, das braucht heutzutage kein Mensch mehr. Also bin ich arbeitslos.«

»Können Sie sich keinen anderen Job suchen?«, schlug Lisa etwas unbedarft vor.

»Klar, es gibt Hunderte freier Stellen. Aber alle bei Zeitarbeitsfirmen, die wahrscheinlich mehr an dir verdienen, als du selber mit heimbringst.«

»Hm«, machte Heiko. »Sie können sich jedenfalls denken, wie wir auf Sie gekommen sind.«

Wieder schnaubte der Mann. »Ich soll das Aas umgebracht haben? Ja, bitte, was kommt denn noch? Jetzt bin ich auch noch ein Mörder, oder was? Meine Freiheit ist das Letzte, was ich noch habe, wenn ihr mich jetzt einsperrt, dann kann ich mich ja gleich erschießen.«

»Haben Sie Orchideen, Herr Bergmann?«, fragte Lisa, den Ausbruch gänzlich ignorierend.

»Wie bitte, was?«, fragte Bergmann zurück, wohl an ihrem Verstand zweifelnd.

»Orchideen. Ob Sie welche haben«, beharrte Lisa, freundlich lächelnd.

Der Mann stand auf, ging zur Fensterbank und griff sich einen Blumentopf mit einer arg verkümmert aussehenden Grünlilie, die er den Kommissaren demonstrativ vor die Nase hielt. »Das ist meine einzige Zimmerpflanze. Ich gieße sie ab und zu, meistens vergesse ich es.«

»Stellen Sie den Blumentopf wieder weg, Herr Bergmann«, befahl Heiko, und der Mann gehorchte.

»Wo waren Sie am Donnerstagabend vor drei Wochen?«

»Wie bitte?«

»Donnerstagabend. Den 7.«, wiederholte Lisa.

Ein Lächeln umspielte seine Lippen. »Ou, da hab ich ja einmal im Leben Glück, endlich mal«, meinte er und rieb sich die Hände.

»Wie meinen Sie das?«

»An diesem Tag hat meine Mutter ihren siebzigsten Geburtstag gefeiert. In Langenburg im Mawell, alles vom Feinsten. Wir haben dann sogar dort übernachtet.«

»Was ist denn das Mawell?«, fragte Lisa.

»Mayers Wellness«, antwortete Heiko. »Ist echt schön, da müssen wir auch mal hin.«

»War super«, bestätigte auch Bergmann.

»Sie hätten sich da durchaus abseilen können«, versuchte Heiko.

»Nicht wirklich. Wir sind den ganzen Abend zusammengesessen, bis in die Nacht hinein. Da können Sie jeden aus dem Hotel fragen«, versicherte Bergmann.

Es dauerte keine halbe Stunde, bis Bergmanns Alibi überprüft und bestätigt war. Missmutig saßen Lisa und Heiko kurze Zeit später wieder im Auto und grübelten und beschlossen endlich etwas desillusioniert, für heute Feierabend zu machen.

Für den Abend waren sie mit Uwe, Eva und Johnny im »Sellichsmol« verabredet. Eva war Lisas beste Freundin aus Wesel und seit drei Jahren mehr oder weniger fest mit Uwe liiert. Die beiden führten eine Fernbeziehung und verbrachten die Wochenenden meist in Wesel, ab und zu kam Eva jedoch auch nach Crailsheim. Manchmal war dann auch Schluss, und es kam gar niemand nirgendwohin, aber irgendwie konnten sie doch nicht voneinander lassen und rauften sich immer wieder zusammen. Eva begrüßte ihre beste Freundin stürmisch. »Lisa, schön dich zu sehen«, meinte sie und umarmte sie fest, während sie Heiko mit festem Händedruck die Hand schüttelte. Eva ließ ihren Blick zu dem Haus schweifen, das auf den ersten Blick eher einem Wohnhaus als einer Wirtschaft glich.

»Und wie heißt das jetzt nochmal?«, forschte sie.

»Sellichsmol«, meinte Uwe.

»Sellixmoohl«, probierte Eva, und es klang mäßig authentisch.

»Das ist der alte ›Ochsen‹ hier in Satteldorf. Eine Traditionswirtschaft, die praktisch wiedereröffnet wurde«, erklärte Heiko. Er deutete auf das gusseiserne Schild, das einen Ochsen zeigte und seitlich neben dem Eingang aufgehängt war. »Siehst du das Loch? Das hat mal einer da reingeschossen, im Zorn.«

»Jetzt echt?«, meinte Eva zweifelnd.

»Echt«, versicherte Heiko.

Sie betraten das »Sellichsmol« und fühlten sich sofort um ein Jahrhundert zurückversetzt. Die Betreiber hatten offenbar alles an alten und uralten Sachen, die sie hatten auftreiben können, im Gastraum drapiert. Alte gusseiserne Dekogegenstände, goldgerahmte Schwarzweißfotografien und naturalistische Ölgemälde sowie eine enorme, alte gedrechselte Wanduhr harmonierten hervorragend mit der restlichen, sehr rustikalen Einrichtung und den rot-weiß-geblümten Vorhängen.

»Das ist ja urig«, fand Eva und klatschte begeistert in die Hände.

»Nicht wahr«, bestätigte Lisa.

Heiko winkte Manuela Lindenthal, die in einer Gruppe saß und die freundlich zurückgrüßte. Die fünf setzten sich an den einzigen freien Tisch und bestellten bei der sofort herbeieilenden Bedienung, einer schlanken Kurzhaarigen mit Brille, die Getränke.

»Schön habt ihr es hier«, fand Eva. Heiko gab die Speisekarten herum. Johnny, Uwe, Heiko und Lisa studierten sie eingehend, nur Eva wirkte etwas ratlos.

»Ich glaube, ich habe eine ausländische«, meinte sie letztlich und reichte ihre Karte Lisa. »Was für eine Sprache ist das denn ... ist das ... Tschechisch, oder so?«

Lisa grinste. »Nein, Hohenlohisch«, erklärte sie. »Die Karte im ›Sellichsmol‹ ist auf Hohenlohisch.«

»Aha«, machte Eva.

»Was ist denn ein Putasteg mit gräschte Ehbira?«

»Puhdaschdeeg mit greeschde Eebira«, korrigierte Heiko.

»Putensteak mit Bratkartoffeln.«

»Aha. Und Zwiwelroschtbrota mit Spetzle?«

»Zwiwwelroschdbrooda mit Schbätzle«, korrigierte Uwe. »Zwiebelrostbraten. Spätzle kennst du doch.«

»Gibt es auch was Vegetarisches?«, fragte Eva, und es klang etwas hilflos.

»Do. Gfilldi Babrikaa mit Schoofskäs un Reis.«

»Reis hab ich verstanden«, meinte Eva nicht ohne Stolz.

»Gefüllte Paprika mit Schafskäse und Reis.«

»Ist da auch ein Salat dabei?«, hakte Eva nach.

Uwe deutete auf eine Stelle in ihrer Karte. »Klona Bailochasalod«, las Eva.

»Glooner Beiloochasalood – kleiner Beilagensalat. Oder willst du Eebirasalood?«

»Was ist das denn?«

»Kartoffelsalat.«

»Nein, der Beilagensalat ist schon gut. Ich nehme dann die Paprika.«

Eine Stunde später hatten sie gegessen, und es hatte ganz hervorragend geschmeckt.

»Was machen wir denn jetzt heute noch?«, fragte Eva endlich. »Wo kann man denn hier Party machen?«

»Gor net«, vermutete Johnny. »Oder?«

»Also, vor zwanzig Jahren wäre man jetzt nach Hengstfeld auf die SWR3-Party.«

»Wo ist denn Hengstfeld?«, fragte auch Lisa.

Heiko deutete in eine unbestimmte Richtung. »Kleines Dorf hinter Wallhausen. Da gab es in der Turnhalle früher immer richtig gute Parties. Die haben ein riesiges Tarnnetz aufgehängt, und dahinter war dann die Bar. Meistens haben richtig gute Bands gespielt, und zu Essen gab es immerhin Belegte. Und zum Trinken gab es auch alles, war eine richtig gute Party immer, oder, Uwe?«

Uwe nickte. »Schee wor's immer, ja«, stimmte er zu.

»Wo kann man denn dann noch hin?«, fragte Eva weiter. »Ihr wollt doch nicht etwa schon ins Bett, oder?« Heiko meldete das Zahlen an, was die Bedienung veranlasste, kurze Zeit später braune, glasierte Becherlein mit hochprozentigem Obstler vor ihnen abzustellen.

»Proschd«, meinte Heiko, und während er, Johnny und Uwe den Schnaps wie es sich gehörte in einem Zug kippten, nippten die Damen lediglich daran.

»Im Hangar ist heute nichts, oder?«, überlegte Lisa. Im alten Flugzeughangar in Crailsheim fanden des Öfteren Parties statt, die ebenfalls nicht mal schlecht waren und wo nicht nur lauter Kinder, sondern durchaus auch Erwachsene hingingen.

»Glaub net«, meinte Heiko.

»Hey, wir können nach Hall. In die Kultbucht. Da soll heut eine gute Party sein«, meinte Lisa.

Heiko brummte. »So weit fahren? Heut noch?«

»Och, da ist man doch gleich. Und dann können wir der Eva auch mal Hall zeigen. Das nächtliche Hall ist doch schön.«

»Lang nicht so schön wie Crailsheim«, protestierte Heiko.

Lisa verdrehte die Augen. Lächerlich, diese Konkurrenz zwischen den beiden Städten. Die Crailsheimer waren unendlich froh gewesen, als sie endlich ihr altes Autokennzeichen »CR« wiederbekommen hatten – denn nach landläufiger Meinung hieß »SHA« »Sie Haben Alles.«

»Los, das machen wir«, beharrte Lisa.

Eine Stunde später standen die fünf auf dem Haalplatz in Schwäbisch Hall. Der Mond spiegelte sich im Kocher, der sanft unter ihnen vorbeirauschte.

»Schau, wie schön«, fand Lisa, fasste Eva bei der Hand und führte sie über eine kleine, hölzerne Brücke, den »Sulfersteg«, der die Verlängerung der Straße »Im Haal« bildete, zu einem kleinen, gelben Häuschen, vor dem mehrere Schaukästen angebracht waren. Die Männer folgten achselzuckend, Heiko hatte sich eine Zigarette angezündet. Lisa blieb mit Eva endlich vor einem kleinen Schaukasten stehen, in dem sich eine kleine Szene befand.

»Was ist das denn?«, meinte Eva und studierte interessiert den Inhalt des gläsernen Kastens.

»Das ist Dr. Plunder«, erklärte Heiko. »Der sagt die Zukunft voraus, und am Ende jeder Session hebt sich der Tisch.« Er zeigte auf den kleinen Holztisch, hinter dem die kleine, weißhaarige und in ein helles Gewand gekleidete Puppe hockte. Auf dem Tisch befand sich eine Kristallkugel, zudem war noch eine ältere Dame im roten Kleid rechts von dem Mann zu erkennen. Lisa kramte ihren riesigen Frauengeldbeutel hervor, der, anders als ein Männergeldbeutel, unzählige Kundenkarten, Rechnungen und sonstigen Müll enthielt, suchte nach einem Eurostück und warf es in den Geldschlitz des kleinen Automaten. »Soooo, wer bist du denn?«, meldete sich sogleich die Figur und bewegte ihre Augen rollend hin und her. »Das ist ja süß«, fand Eva. »Immer wieder gerne, schau ich für euch in die Sterne …« Die Kristallkugel leuchtete auf, und Dr. Plunder sagte Eva anschließend die Zukunft voraus – ein Jahr voller Liebe und unerwarteten Geldsegen, womöglich einen Lottogewinn, aber so genau könne er das nicht sehen. Am Schluss hob sich der Tisch, und Dr. Plunder ermunterte die Zuseher, noch einen Euro in den Geldschlitz zu werfen, was Heiko mit einem »typisch Haller« quittierte.

»Also, Schwäbisch Hall ist schon hübscher als Crailsheim, ne!«, fand Eva.

»Scht«, machte Lisa. »Das darfst du den Crailsheimern nicht sagen. Da sind die beleidigt.«

»Im Ernst?«, wunderte sich Eva.

Lisa grinste. »Nein, im Spaß. Aber nur halb.«

Nach einem schnellen Spaziergang über das romantische Unterwöhrd gelangten die fünf über den Steinernen Steg zurück in die Altstadt. Sie machten einen kurzen Schwenk zur Michaelskirche, die nachts beeindruckend gelblich erstrahlte und schon was hermachte, wie Heiko zugeben musste. Aber die Johanneskirche in

Crailsheim war auch schön. Endlich spazierte die kleine Gruppe zur Kultbucht, und Heiko schwante schon von Weitem nichts Gutes: Salsamusik drang an sein Ohr, ein absolutes Trauma, seit Lisa ihn zu einem Salsatanzkurs zwangsangemeldet hatte. Schlimmer war nur noch ihre Zumba-Anwandlung von neulich.

»Hach, das hatte ich ja ganz vergessen«, flötete Lisa. »Heute ist ja Salsaabend.«

»Das hast du mit Absicht gemacht«, unterstellte Heiko.

Lisa grinste. »Vielleicht.«

»Och, wieso, Salsa is doch schee«, fand Johnny. Uwe hatte auch nichts gegen Salsa, obwohl er sonst sehr männlich war. Er hatte allerdings den praktischen Nutzen des Salsa Tanzens immer in den Vordergrund gestellt – Weiber angraben. Zumindest hatte er das immer behauptet. Es endete damit, dass Uwe mit Eva und Johnny mit Lisa tanzte und dass Heiko sich den ganzen Abend missmutig an einem Glas Wein festhielt.

Hedwig Butzer lag mit offenen Augen im Bett und starrte an die Zimmerdecke. Sie schlief nicht mehr gut, gar nicht gut, seit der Sache mit Fritz. Denn sie hatte so eine Ahnung, eine furchtbare Ahnung. Die Schlaflosigkeit quälte sie, Nacht für Nacht, und auch heute. Sie drehte sich um, starrte auf die Leuchtanzeige des Weckers. »2.31« stand da. Eigentlich egal, sagte sie sich, du musst doch morgen nicht aufstehen, wer sagt dir denn, dass du das musst. Du kannst schlafen, wann immer du willst, im Bett bleiben, solange du willst, du musst nicht aufstehen. Hedwig Butzer presste die

Augen zusammen und zog die Bettdecke enger um sich. Sie wollte aber schlafen. Aber sie konnte nicht. Denn diese Ahnung, die sie da hatte, quälte sie. Sie konnte sich gut vorstellen, wer den Fritz auf dem Gewissen hatte, sehr gut sogar. Aber diese Person stand ihr nahe, sehr nahe, zu nahe, sie liebte sie über alles, und sie stand tief in ihrer Schuld. Denn der Fritz hatte diesem Menschen Fürchterliches angetan, er hatte der ganzen Familie Schaden zugefügt, irreparablen Schaden, der sich in die Seelen gefressen und sie beinah zerstört hatte. Nein. Dieser Mensch hatte schon genug mitgemacht, und sie würde ihn schützen müssen, würde den Teufel tun, ihn zu verraten. Sie dachte zuviel, durfte nicht soviel nachdenken, denn sonst würde sie nie einschlafen können. Sie öffnete wieder die Augen, der Wecker stand auf 2.37. Hedwig Butzer starrte ihn eine Weile an, dann schlüpfte sie in ihren Morgenmantel und ging in die Küche, um sich eine warme Milch mit Honig zu machen.

SAMSTAG, 30. APRIL

Es war ein schöner Frühlingstag, und Wilhelm Siegloch war in seinem Revier unterwegs. Heute kontrollierte er das kleine Wäldchen zwischen Tiefenbach und Rüddern. Die Sonne strahlte vom wolkenlosen, knallblauen Himmel, und erstmalig in diesem Jahr waren ihre Strahlen zumindest gefühlt in der Lage, wirklich zu wärmen. Der Boden zu beiden Seiten des Waldwegs war noch hart, aber hier und da sprossen hoffungsvoll Anemonen. Vom Waldboden stieg eine erste Ahnung nach Leben auf, nach Erwachen, nach Aufblühen. Wilhelm Siegloch liebte die Frühlingsstimmung im Wald, die zahllosen Grüntöne der aufknospenden Blätter der Bäume. Sein Foxterrier Schorschi hetzte irgendwo einige Meter neben ihm durch das Unterholz, hier und da knarrte es, er nahm ab und zu begeistertes Schnauben und Scharren wahr. Es war ein guter Hund, zuverlässig, für die Jagd absolut tauglich. Wilhelm liebte es, in solchen Momenten nachzudenken, über das Leben, manchmal war sein Kopf auch ganz leer, und das war dann wirklich erholsam, wahre Meditation. Heute allerdings wurden seine ins Nirwana abschweifenden Gedanken jäh durch seinen aufgeregt bellenden Hund unterbrochen. Siegloch folgte dem Tier mit Blicken und fand es etwa zehn Meter von sich entfernt stehend, im Gebüsch, wo es aufgeregt an etwas herumscharrte. »Aus!«, befahl er und ärgerte sich über die unerwartete Arbeit, womöglich hatten Hobbyjäger sich wieder ein Reh geschossen und die Innereien gleich an Ort und Stelle verscharrt. Dabei war jetzt absolute Schonzeit, die Ricken waren hochträchtig. Solchen gehörte absolut der Prozess gemacht. Am besten auch gleich erschießen. Siegloch bemerkte, wie es dem Hund schwer fiel, zu gehorchen, offenbar war er aufgeregt, offenbar wollte er unbedingt haben, was er da gerade ausbuddelte. Siegloch bahnte sich einen Weg durch das dichte Gestrüpp, seine schweren Stiefel brachten die Zweige zum Knarzen. »Aus!«, befahl er noch einmal in scharfem Ton, weil er sah, dass Schorschi gerade darüber nachdachte, ob er nicht doch weiterbuddeln sollte. Schließlich war er herangekommen, und was er sah, hätte er niemals erwartet. Es waren keine Innereien, auch kein Kopf oder etwas anderes Organisches. Das, was da offenbar von Menschenhand vergraben worden war, war metallisch. Es war eine Axt, die über und über mit einer dunkelbraunen Flüssigkeit verschmiert war, womöglich mit Blut. Wilhelm Siegloch atmete tief durch und dachte daran, was bei ihm zuhause in Triensbach umging, über den Mord am Modelleisenbahner. Er atmete noch eine Minute tief durch, um sich zu fassen, bevor er sein Handy zückte und die Polizei rief.

Lisa und Heiko hatten sich die Akte noch einmal vorgenommen und blätterten etwas lustlos darin herum. »Welche Spuren haben wir noch nicht angeschaut?«, überlegte Heiko laut. »Vielleicht sollten wir nochmal zum Mordopfer nach Hause«, schlug Lisa vor. »Vielleicht fällt uns noch irgendwas auf.«

Klinglers Haus wirkte seltsam trostlos, schon von außen. Als wüsste es, dass sein Besitzer verstorben war. Die Kommissare öffneten das Gartentürchen, das perfekt geölt war.

»Hallo? Sie, was macha Sie denn do?«, tönte plötzlich eine Stimme. »Gennäs sofort, sunsch holl ii d Bollizei.«

Lisa und Heiko blickten sich um und entdeckten im Nachbargarten eine Frau mittleren Alters, die mit einer Rosenschere die knospenden Pflanzen bearbeitete. Sie trug Jeans und einen älteren, zerschlissenen rosafarbenen Pulli, der wohl extra für die Gartenarbeit reserviert war.

»Wir sind die Polizei«, meinte Lisa und trat auf den Gartenzaun zu, um der Frau ihren Ausweis hinzuhalten. Die Frau kam zögernd und immer noch misstrauisch her und nahm schließlich den Ausweis in die Hand, um ihn zu studieren. Dann nickte sie. »Sie müssa entschuldicha. S is sou vill Gsindel unterwegs heitzudooch. Vill mehr, wie mer denkt.«

»Wir sind die Kommissare Wüst und Luft von der Polizei«, stellte Lisa vor.

»Ach, und Sie ermitteln wegen dem Mord an meinem lieben Nachbarn«, meinte die Frau, zu leidlichem Hochdeutsch wechselnd.

»Sie sagen das so ironisch?«

»Entschuldigen Sie. Man soll ja nicht schlecht über Tote reden.«

»Aber?«, lockte Lisa.

»Aber … nun ja, er war schon ein schwieriger Mensch.

Wehe, einer von den Ästen von meinem Birnbaum ist über die Grundstücksgrenze gehangen. Der hat alles abgezwickt, gnadenlos.«

Heiko unterdrückte ein Grinsen. Das war ja an Bosheit nicht zu überbieten. »Und sonst? Was war er sonst für ein Typ?«

Die Frau schnaubte. »Der hat ja immer so heilig getan, so korrekt und alles. Und dann hat er sich immer diese Junge da kommen lassen, ich sag's Ihnen, das war hundertprozentig eine Professionelle.«

Lisa und Heiko wechselten einen Blick. »Wie hat die Dame denn ausgesehen?«

»Eine recht hübsche, eigentlich. Hätte das womöglich gar nicht nötig, die könnte auch irgendwo Sekretärin sein. Aber wenn mer's halt net sou mim Schaffa hat, gell.«

Lisa nickte und lächelte freundlich, geduldig.

»Welche Haarfarbe hatte sie denn?«

»Braun. Aber ein schönes Braun, wissen Sie, nicht so Straßenköterbraun, sondern Kastanie.«

Heiko verdrehte innerlich die Augen. Was die Weiber nur immer mit den Farben hatten. Braun war ja wohl Braun, auch bei Haaren. Aber denen fiel da alles Mögliche ein. Haselnussbraun, Kastanienbraun, Schokobraun, Walnussbraun, Kaffeebraun. Und offenbar wusste jede Frau ganz genau, welchen Farbton die andere meinte. Das war ihm ein Rätsel.

»Und schääni grääni Aacha hat's«, beschrieb die Frau weiter.

»Grüne Augen? Dann kennen wir die Dame womöglich.«

Friedhelm Hanselmann besuchte die Crailsheimer Modellbahnbörse. Normalerweise fand die Börse sonntags statt, aber an diesem Wochenende hatte man das Ereignis wegen des Ersten Mais und der zahlreichen Event-Konkurrenz einen Tag vorverlegt. Er betrat die Hirtenwiesenhalle, zahlte bei seinem Kollegen Baumeister und schritt begierig die Treppe in die Halle hinunter. Die Luft sirrte vom Rasseln der Modellbahnanlagen, die zahlreich aufgebaut waren. Gemurmelte Gespräche waren allgegenwärtig, zumeist von tiefen Männerstimmen. Hanselmann senkte den Blick, um nur ja nicht angesprochen zu werden, ihm war gerade definitiv nicht nach Smalltalk. Denn er war auf der Suche, wie jedes Mal, und das Adrenalin schnellte bis zum Anschlag hoch, auch wie jedes Mal. Heute, vielleicht würde es heute klappen. Er ignorierte die Kuchen- und Getränkestände, für sowas hatte er jetzt wirklich keine Zeit. Vielmehr wandte er sich augenblicklich den eigentlichen Modellbauständen zu, und wie immer musterte er sie nur vage, denn was er suchte, würde ihm sofort ins Auge stechen. Er passierte die Stände mit Unmengen Landschaftsbaubedarf, Flockage und Streumaterial in allen Farben und Größen, Streumaschinen, Strukturplatten, Fertigfelsen und Geröll aller Art, Büschen und Bäumen, ebenso Häuschen jeder Größe, Art und jeder Aufwendigkeit, teure und billige, Straßenlampen, Figurensets, Trafos und Gleisanlagen. Bis er zu den beiden Ständen kam, die er gesucht hatte. Die alten Loks. Die Oldtimer, sozusagen. Und er suchte eine bestimmte, seine Lok. Seine Märklin Dampflok H0 R 700 A. Beim ersten Stand gab es sie nicht, seine Lok, und enttäuscht und desillusioniert wandte er sich dem zweiten Stand zu. Und als er seinen Blick über die Auslage schweifen ließ, blieb ihm fast das Herz stehen, und er bemühte sich, sich nichts anmerken zu lassen. Das war sie. Seine Lok. Im Originalkarton. Er warf dem Verkäufer, einem mittelalten Mann mit Hemd und blauem Pullover, einen Blick zu. Scheinbar gelangweilt starrte dieser ins Leere, beobachtete ihn aber wohl genau. Es wäre sicher nicht zuträglich, wenn der Mann wüsste, wie sehr er, Hanselmann, diese eine Lok wollte. Also steckte er mühevoll die Hände in die Hosentaschen und ließ seinen Blick weiterschweifen, trat, wozu er sich wirklich zwingen musste, noch einmal zum Nachbarstand, schaute sich dort alles genau an, kehrte dann zurück, betastete vorsichtig ein paar Loks, bis er schließlich scheinbar desinteressiert nach der R 700 A griff. Er hoffte, dass das glückliche Strahlen, das sich in seinem Herzen ausbreitete, nicht nach außen sichtbar war, dass der Mann nicht bemerkte, wie sich seine Atmung und sein Puls beschleunigten. Er leckte sich über die trockenen Lippen und fragte dann: »Was ist das … eine …«

Der Verkäufer erhob sich umständlich. »Eine Märklin Dampflok H0 R 700 A. Guter Zustand. Originalverpackt von 1937.«

»Aha«, machte Hanselmann und drehte den Karton scheinbar kritisch in den Händen. »Kann ich die mal sehen?«

Der Verkäufer nahm den Karton, so vorsichtig, als enthielte er rohe Eier, öffnete ihn und zog die Lok behutsam heraus.

»Kaum Kratzer, keine Zinkpest«, warb er.

»Bespielt«, stellte Hanselmann fest.

Der Verkäufer nickte. »Natürlich. In diesem Alter finden Sie nichts Unbespieltes.«

»Hm«, machte Hanselmann und wagte nicht, das glänzende, verheißungsvolle Metall zu berühren. »Was kostet sowas?«, fragte er und steckte einem inneren Zwang folgend die Hände in die Hosentaschen zurück. »6–5«, antwortete der Verkäufer lakonisch. Und fügte schließlich noch ein »Verhandlungsbasis« hinzu. Hanselmann schnaubte theatralisch. Innerlich rechnete er. »Ich geb Ihnen zwei, nicht mehr und nicht weniger«, bot er dann mit klopfendem Herzen an.

Das Lächeln auf dem Gesicht des Verkäufers wurde spöttisch, fast böse. Dann schüttelte er den Kopf. »Nein. Tut mir leid.« Er packte die Lok wieder ein und legte sie zurück an ihren ursprünglichen Platz. Und das war der Moment, in dem Friedhelm Hanselmann einen Entschluss fasste.

Obwohl sie eine neue Information bekommen hatten, gingen die beiden Kommissare doch noch ins Haus, da sie nun schon einmal da waren. »Es ist unglaublich, wie still es ist«, meinte Lisa, als sie die Wohnung betraten. »Als wüsste die Wohnung, dass ihr Bewohner gestorben ist.« Heiko stimmte zu, es war eine etwas seltsame Stimmung. Lisa und Heiko durchstreiften die Wohnung, öffneten Schränke und Schubladen – fanden noch einige Ordner mit weiteren Anzeigen, die sie seufzend einpackten, und gingen schließlich wieder ohne bahnbrechende neue Erkenntnisse. Sie beschlossen, der neuen Spur zu folgen und sich der Tänzerin zu widmen, die mit hoher Wahrscheinlichkeit die geheimnisvolle sporadische Besucherin von Fritz Klingler war und der sicher auch die pinkfarbene Zahnbürste gehörte.

Diesmal machte Nicole Seifert auch tatsächlich auf. Anders als bei ihrer letzten Begegnung trug sie heute Jogginghose und Schlabberpulli, was zwar weniger sexy war, aber dennoch war nicht zu übersehen, dass die Tänzerin eine schöne Frau war. »Die Kommissare«, meinte sie, nachdem sie die Tür geöffnet hatte. »Werde ich jetzt verhaftet?« Sie warf Heiko einen schmachtenden Blick zu und klimperte mit den Wimpern. »So mit Handschellen und so?« Nun zwinkerte sie auch noch mit dem rechten, diesmal ungeschminkten, aber unergründlich schönen Auge. »Das werden wir sehen«, meinte Lisa spitz. Das Lächeln auf dem Gesicht der jungen Dame verschwand, und sie wurde förmlich. »Bitte. Kommen Sie doch herein.«

Das hohenlohisch-westfälische Ermittlerteam saß eine Minute später auf einem pinkfarbenen Plüschsofa. »Das hab ich von der Arbeit«, hatte Nicole erklärt. »Die haben das ausrangiert und ich fand's irgendwie cool.« Das Wohnzimmer hatte nichts von der gutbürgerlichen Spießbürgerlichkeit, die solche Räume normalerweise ausstrahlten. Vielmehr war es wild zusammengewürfelt, eben mit dem Plüschsofa, einem goldfarbenen, riesigen Polyresinspiegel, gelben Samtvorhängen am Fenster, zwei Sesseln, die mit einiger Sicherheit von der Oma stammten, und einem cremefarbenen Flokati, der sich Mühe gab, ein Schaffell zu imitieren. Lisa musste zugeben, dass sie die Einrichtung auch cool fand. Nur, dass diese Tussi mit Heiko flirtete, das ging gar nicht.

»Also. Ich nehme an, euer Besuch hat einen bestimmten Grund?« Mit einer gleitenden Bewegung ließ sich Nicole Seifert auf den Omasessel fallen, automatisch lag ihr perfekt geformter Unterarm auf der Seitenlehne, die schöne, schmale Hand hing lässig darüber. Heiko räusperte sich und vermied es, die Erscheinung allzu auffällig zu mustern, denn das würde Lisa sofort bemerken.

»So ist es«, meinte er dann.

Eine Augenbraue wurde hochgezogen, nach diesen kurzen Momenten der Neutralität war die Tänzerin wieder in ihrer Rolle.

»Uns ist zu Ohren gekommen, dass Sie beim Mordopfer ein- und ausgegangen sind«, half Lisa, innerlich die Augen verdrehend, weil Heiko offenbar von dem bisschen weiblichen Manipulieren völlig von der Rolle war.

»So. Ist euch das zu Ohren gekommen«, meinte die Angesprochene und versuchte, die Worte genau wie Lisa zu betonen.

Als Lisa nicht reagierte, verdrehte sie die Augen. »Da haben Sie ganz recht. Ich war öfter da. Ich mochte ihn.«

»Waren Sie verliebt?«, fragte Heiko.

Nun lachte die Frau, etwas unfroh. »Ich bin 25. Denken Sie ernsthaft, ich würde mich in einen über Siebzigjährigen verlieben? Ich würde sagen, dass alle Frauen, die sowas behaupten, lügen. Hach, ich bin Playmate und knappe 20, aber er hat mit seinen 80 Jahren so viel Lebenserfahrung und außerdem liebe ich ihn total, blablabla, das Geld ist mir egal.« Sie verlagerte ihr Gewicht auf die andere Seite. »Sowas mache ich nicht. Der Fritz wusste, woran er bei mir war. Ich mochte ihn.«

»Keiner mochte ihn«, hielt Lisa dagegen.

Nicole nickte. »Genau. Und deshalb tat er mir leid. So verkehrt war er nicht.«

Heiko dachte nach, das war im weitesten Sinne wirklich edelmütig.

»Sie haben sich aus Solidarität mit ihm zusammengetan? Das Geld war Ihnen egal?«, fragte Lisa und nahm damit die Formulierung auf, die die Frau selbst verwendet hatte.

Die schüttelte den Kopf und fuhr sich mit der Hand kurz durch das wunderschöne, kastanienbraune Haar. »Nein. Ich hab mir schon gedacht, dass er vielleicht mal was springen lässt. Hab ja auch so öfters mal einen Fünfziger gekriegt.«

»Hm«, meinte Heiko.

»Aber nicht, wofür Sie denken. Wir waren schon ab und zu mal im Bett, ja. Aber ich habe ihm meistens zugehört. Wir waren Freunde.«

Heiko war geneigt, das sogar irgendwie zu glauben.

»Sie haben Schulden, Frau Seifert?«, vermutete Lisa.

Die Tänzerin setzte sich aufrecht hin und sah Lisa direkt in die Augen. »Ja. Habe ich. 20000.«

»Da sind die 10000 ja schon die Hälfte«, rechnete Lisa.

»Immerhin, ja«, stimmte Nicole zu. »Und wissen Sie was? Ich werde mich auch weiterhin mit älteren Herren anfreunden und ab und zu in deren Testament vorkommen. Ich finde da nichts dabei. Aber nicht, weil ich ihnen Freundschaft vorspiele. Meine Freundschaft ist nicht gespielt. Ich sehe es als Aufwandsentschädigung für den Sex und die Zeit, die ich investiere. Viele Männer in dem Alter sind sehr, sehr einsam, die Ehen kaputt, aber niemand traut sich, die Scheidung einzureichen, das wäre gesellschaftlich unmöglich in dieser Generation. Also werde ich ihre Freundin.«

»Wie viele Männer haben Sie denn auf diese Weise schon verschlissen?«, fragte Lisa.

»Das, meine Liebe, geht Sie gar nichts an«, gab Nicole zurück, und Lisa musste innerlich zugeben, dass sie auch irgendwie zu weit gegangen war.

»Aber wo Sie am Donnerstagabend vor drei Wochen waren, das geht uns etwas an.«

Nun schnaubte die Tänzerin und lümmelte sich in den Omasessel zurück. »Das könnt ihr euch doch denken, oder etwa nicht? In der Arbeit. Den ganzen Abend und die ganze Nacht.«

»Aha. Ja, richtig. Aber wir werden das überprüfen«, versprach Heiko.

Die Frau zuckte mit den Achseln. »Tut das.«

»Wenn Sie mit dem Mordopfer so gut befreundet waren, dann wissen Sie doch bestimmt, mit wem er Probleme hatte. Hat er Ihnen etwas erzählt?«, fragte Lisa, und es sollte versöhnlich klingen.

Nicole nickte. »Ständig. Wie schon gesagt, er war ein sehr unglücklicher Mensch.«

»Und?«

»Er hat über seine Exfrau gelästert, dass er bei ihr immer der Böse gewesen sei, egal, was er gesagt oder getan habe.«

»Er war wohl während der Ehe ein ziemlicher Tyrann«, erzählte Heiko.

Die Befragte hob die Hand und ließ sie wieder sinken. »Das war mir auch klar, dass er in der Konstellation wohl auch nicht grad engelsgleich war. Aber das war okay für mich. Ich wollte ja auf seiner Seite sein, und das waren in seinem Leben wohl nicht viele Menschen.«

»Und weiter?«

»Weiter, ja. Über Christian hat er nur gut geredet, der sei schon in Ordnung. Seine Tochter Viola hat er ›die rothaarige, fette Hexe‹ genannt, die war bei ihm untendurch. Da muss irgendwas Krasses vorgefallen sein.«
»Was denn?«, hakte Heiko nach.

»Keine Ahnung. Mit der war der Ofen ganz aus. Obwohl, enterbt hat er sie ja nicht, vielleicht hatte er doch noch irgendwie Vatergefühle.«

»Und hat er auch von Karolin erzählt?«

Nicole nickte. »Ein einziges Mal. An dem Abend waren wir betrunken. Und er hat erzählt, dass er womöglich schuld ist, dass sie die Karre gegen den Baum gelegt hat.«

»Hat er auch gesagt, warum?«

»Ich hab ihn natürlich gefragt. Er hat gemeint, er hätte ihr eine Schrottkarre gekauft, weil er gedacht hatte, das mache man so bei Fahranfängern, wenn die ein paar Kratzer in das alte Ding reinfahren, sei das nicht so wild.«

»Aha.«

»Ja. Und dann hatte das Mädchen doch diesen schrecklichen Unfall, und er hat sich da wohl schon Vorwürfe gemacht, insgeheim. Wir haben aber nur ein einziges Mal darüber gesprochen.«

»Hm.«

»Und dann war ja da noch sein Hobby, Leute anzeigen. Ich hab immer versucht, ihm das auszureden, aber hat immer nur gelacht und gemeint, Recht und Ordnung müsse sein, das sei schon okay so.«

»Sie wissen nicht zufällig, wem er damit auf den Schlips getreten sein könnte?«, erkundigte sich Lisa.

»Den Berg im Ablagekorb haben Sie schon gesehen?«, fragte Nicole zurück.

»Liegt bei uns auf dem Revier.«

»Also. Dann können Sie sich ja denken, dass das nicht wenige waren.«

Die Kommissare überprüften rasch das Alibi der Tänzerin – es war tadellos – und waren zurück auf dem Revier, als ihnen auf dem Flur Uwe entgegenkam, mit einer Tasche, von der sie wussten, dass er sie bei Einsätzen dabeihatte. »Ihr könnt gleich mitkommen«, meinte er im Vorbeigehen. »Die haben eine Axt gefunden, mit Blut dran. Im Wald bei Rüddern.«

Keine Viertelstunde später standen Lisa und Heiko zusammen mit Uwe im Wald bei Rüddern vor einer halb ausgebuddelten Axt, die deutliche braune Spuren von eingetrocknetem Blut trug.

»Die ist ja über und über voll damit«, stellte Heiko fest und bückte sich, um das Werkzeug genauer zu studieren.

»Was denkst du, Uwe, ist das unser Tatwerkzeug?«, fragte Lisa.

Uwe brummte zustimmend. »Mit hoher Wahrscheinlichkeit. Wer sonst sollte eine blutbeschmierte Axt im Wald vergraben, wenn nicht ein Mörder, der seine Tat vertuschen will.«

»Mein Schorschi hat die Axt gefunden«, tönte es nun von hinten, und es klang richtiggehend stolz.

»Und Sie sind ...«, fragte Lisa und gab dem Mann, der einen Wollpullover zur braunen Hose trug, die Hand.

»Siegloch, Wilhelm«, stellte sich der Mann vor und schüttelte Lisas Hand mit kräftigem Rütteln. »Ich bin der Revierförster hier. Angenehm, Frau Kommissarin.«

Schorschi, der Foxterrier, bellte auffordernd, was Lisa dazu verleitete, dem Hund über das strohige Fell zu wuscheln.

»Du bist ja ein Süßer«, meinte sie »Und so klug. Du hast die Axt gefunden, ja?«

Der Hund hechelte freudig, er bemerkte offenbar, dass er irgendwie gelobt wurde.

»Ein ganz ein Schlauer ist mein Schorschi«, bestätigte der Förster und wirkte so stolz wie der Vater eines Abiturienten am Abiball.

»Und was haben Sie hier gemacht?«, forschte Heiko.

»Einen Kontrollgang. Ich schau ab und zu in jedem Härdtle nach, ob alles in Ordnung ist.«

»Härdtle?«, fragte Lisa, das war jetzt ein hohenlohisches Wort, das ihr so gar nichts sagte.

»Äh, kleines Waldstück«, übersetzte Heiko beiläufig.

»Ach so.«

»Und da hat der Schorschi dann angeschlagen und mich zu der Axt geführt.«

»Ahja. Na, also. Haben Sie die Axt angefasst?«

Der Mann hob die Hände. »Auf keinen Fall. Nicht, dass da noch meine Fingerabdrücke draufkommen. Ich will ja nicht in einem Mordfall verdächtig sein. Sagen Sie mal, das ist jetzt schon die Axt, mit der das Mordopfer zerhackt wurde, oder?«

»Woher wissen Sie das denn so genau?«, fragte Lisa.

»Och, das weiß doch inzwischen jeder«, gab der Mann zurück.

»Soso. Das können wir jetzt noch nicht sagen. Herr Siegloch, wir haben ja Ihre Telefonnummer, nicht wahr? Wir würden Sie anrufen, wenn noch was wäre.«

»Ich helfe euch gerne, jederzeit«, meinte der Mann eifrig nickend und wirkte beinah enttäuscht, dass es das mit seiner Verwicklung in einem echten Mordfall schon gewesen sein sollte.

Die Axt sauste auf den Hackklotz nieder und brachte das Holzscheit zum Splittern. Kai Schumann hob die Axt erneut und schlug das Scheit nochmals gegen die Hackfläche des großen Klotzes, sodass es endlich sauber in zwei Teile zerbrach. Sorgsam legte er das nächste Scheit auf und holte aus. Wieder sauste die nagelneue Axt herab, krachend barst das kleine Scheit. Immer so weiter, noch ein Scheit, noch eines, noch eines. Die Axt sauste. Schließlich hielt er inne. Er war außer Atem. So war es dem Alten ergangen, so wie den Holzscheiten, und es geschah ihm ganz recht. Es war nicht wiedergutzumachen, was er der Viola angetan hatte, nicht mit Geld, wie er geglaubt hatte, nicht mit Entschuldigungen, mit gar nichts. Viola war hart geblieben, und sie hatte recht gehabt damit. Die Schuld des Alten war nur durch seinen Tod zu sühnen gewesen. Und die Axt passte ganz wunderbar als Waffe. Kai Schumann legte erneut ein Holzscheit auf, ließ seinen Blick einmal kurz über die Jagstaue schweifen, und hackte dann noch stundenlang ohne Pause weiter.

»Der Blutgruppen-Schnelltest passt schon mal«, meinte Uwe, der sich nun schon seit einer halben Stunde mit dem noch halb im Boden steckenden Werkzeug beschäftigte.

»Ach, tatsächlich? Das wäre ja ein echter Volltreffer. Vielleicht finden wir sogar DNA«, meinte Heiko.

»Gut möglich. Dazu muss ich das Teil allerdings erst aus der Erde holen. Und das dauert.«

»Aber du machst so schnell wie möglich, ja? Wir könnten wirklich ein bisschen DNA von einem neuen Verdächtigen brauchen, wir sind nämlich grad wieder bei Null angekommen.«

Uwe schürzte scheinbar genervt die Lippen, nickte aber anschließend gnädig.

Es blieb ihnen also nichts anderes übrig, als die Ergebnisse von Uwes Untersuchungen der Axt abzuwarten. Sie beschlossen, mit Johnny im La Piazza zu Mittag zu essen.

Das italienische Bistro war direkt gegenüber des Rathauseingangs gelegen und bot einen hervorragenden Blick auf das Storchennest. Immerhin waren die Störche schon da, hatten es sich auf ihrem Nest auf dem Rathausdach bequem gemacht und klapperten aufgeregt. Wie man der Webcam auf der Homepage der Stadt Crailsheim entnehmen konnte, lagen sogar schon drei Eier im Storchennest. Das war nicht nur dem Hohenloher

Tagblatt die eine oder andere Meldung wert, vielmehr erfreute sich auch die ClixMix-Seite der »Crailsheimer Störche« bei den Usern großer Beliebtheit. Lisa bestellte beim italienischen Kellner auf Italienisch – denn Lisa liebte Sprachen, und ihre Bemühungen wurden von den Kellnern in den Restaurants immer mit einem milden, aber anerkennenden Lächeln honoriert. Diesmal orderte sie Risotto con Funghi – vegetarisch, während Heiko Spaghetti Bolognese bestellte, da hatte man wenigstens ein bisschen Fleisch dabei. Etwa zehn Minuten später hatten sie ihr Essen, und für einen Moment schafften sie es, einmal abzuschalten und nicht über den Fall zu reden.

Tatsächlich zitierte Uwe sie kurze Zeit später zu sich ins Büro. »Ihr habt Glück und Pech«, eröffnete er das Gespräch und schlürfte am pappsüßen Automatenkaffee.

»Zuerst die Glücksmeldung, bitte«, verlangte Heiko und trommelte mit den Fingern fordernd auf die Arbeitsplatte, auf der die Axt nun lässig hindrapiert war.

»Die Axt ist über und über voll mit dem Blut des Mordopfers«, erklärte Uwe. »Zweifel ausgeschlossen.«

»Ha«, machte Heiko, ganz im Sinne von »Jawoll.«

»Und die schlechte Nachricht?«, fragte Lisa.

»An der Axt sind keinerlei Fingerabdrücke von irgendjemandem, den ihr bisher verdächtigt habt«, desillusionierte Uwe.

»Verdammt«, machte Heiko.

Uwe schlürfte wieder Kaffee. »Aber etwas habe ich trotzdem noch für euch«, lockte er.

»Nämlich?«

»Da sind jede Menge anderer Fingerabdrücke drauf. Fingerabdrücke und DNA.«

»So? Und von wem?«, forschte Lisa.

Uwe zuckte die Achseln. »Keine Ahnung. Aber bei der DNA gibt es eine interessante Besonderheit. Drei der vier Proben scheinen mit dem Mordopfer verwandt zu sein.«

»Wie, verwandt?«

»Verwandt. Wie genau, kann ich nicht sagen, das kommt jeweils auf die Genanteile an. Mutter, Neffe, Nichte, Tochter, Enkel, keine Ahnung.«

Lisa und Heiko wechselten einen Blick. »Denkst du, was ich denke?«

»Viola?«, versuchte Heiko.

»Viola«, bestätigte Lisa.

Eine halbe Stunde später parkte Heiko den M3 an der Mühle. Uwe hatte ihm schnell noch ein Foto der Axt ausgedruckt, welches er nun in der Tasche bei sich trug. Die Umgebung wirkte friedlich wie eh und je. Vögel sangen in den Zweigen, Gräser wiegten sich sanft im Wind. Über allem spannte sich ein knallblauer Himmel mit weißen Wattewolken. Trotz der aufkommenden Frühlingswärme war die Kühle des Flusses zu spüren, kroch aus dem kleinen Tal herauf und setzte sich in den Gliedern fest. Lisa fröstelte. Sie und Heiko folgten wieder dem kleinen Fußweg, der zur Mühle hinunterführte. Diesmal fiel Heiko ein gewaltiger Holzstapel auf, mit einem Holzpflock davor, in dem eine nagelneue Axt steckte, die noch kaum benutzt war. »Neue Axt«, stellte er fest, und Lisa nickte bestätigend. »Womöglich finden wir hier unseren Mörder«, meinte sie. »Oder die Mörderin«, ergänzte Heiko. »Möglich.« Schweigend gingen sie vollends nebeneinander her, bis sie unten im Tal angekommen waren. Diesmal trafen sie zuerst auf einen nicht allzu großen, aber kräftigen blonden Mann mittleren Alters, der sicher Violas Lebensgefährte war. Er blieb stehen, als er sie bemerkte, und steckte die Hände in die Hosentaschen. »Grüß Gott, Herr …« »Wer will das wissen?«, fragte der Mann. Er wirkte extrem misstrauisch. Nun, offenbar lebten sie nicht umsonst so abgeschieden. Man merkte, dass dieser Mann nicht unbedingt scharf darauf war, übermäßig mit Fremden zu tun zu haben. »Wüst und Luft. Polizei«, meinte Heiko also, ebenso kurzangebunden. »Wir müssten mit Ihnen und Ihrer Frau sprechen. Ist sie da?« Der Mann nickte und führte sie einen Weg hinunter ins Tal. Dort am Fluss stand Viola mit ihren beiden Kindern. Die Kleinen hatten einen Damm gebaut und wateten nun aufgeregt mit Gummistiefeln im etwa 30 Zentimeter tiefen Ministausee umher. Im Hintergrund stakste ein Graureiher, der sich offenbar gar nicht an den Menschen störte, durchs Wasser. »Vivi!«, rief der Mann, und Viola drehte sich um und entdeckte die Kommissare. Sie wischte sich die Hände an der Jeans trocken und kam auf die drei zu. »Hallo«, grüßte sie. »Und, habt ihr den Mörder gefunden?« Heiko schüttelte den Kopf. »Nein. Aber wir haben etwas anderes gefunden. Nämlich diese Axt hier.« Er zückte das Foto und hielt es der Frau schnell unter die Nase, um ihre Reaktion genau studieren zu können. Viola zog die Augenbrauen zusammen, die für eine Frau relativ buschig waren, und wirkte … irgendwie überrascht. »Kennen Sie diese Axt, Frau Klingler?«, fragte Lisa. Viola zögerte, dann nickte sie. »Ja, das ist tatsächlich unsere Axt. Die ist vor ein paar Wochen verschwunden.« »So, verschwunden«, zweifelte Heiko. »Da ist jede Menge DNA drauf von Leuten, die mit Fritz Klingler verwandt sind.« Nun schnaubte Viola, und es klang unfroh. »Klar. Ist ja auch unsere Axt, und ich und auch meine Kinder hacken ab und zu ein bisschen Holz.« Heiko betrachtete den etwa Zehnjährigen und den Siebenjährigen, die zu ihren Füßen im Wasser planschten. »Sie lassen Ihre Kinder mit der Axt spielen?«, meinte Lisa fassungslos. Nun schaltete sich der Mann ein. »Drehen Sie bitte der Vivi nicht das Wort im Mund rum. Unsere Kinder spielen nicht mit Äxten. Sie hacken ab und zu ein bisschen Holz klein, das macht ihnen Spaß.« Heiko winkte die beiden Jungs heran, die die Szene sowieso schon die ganze Zeit verstohlen aus den Augenwinkeln beobachteten. »Hey, Jungs«, meinte er etwas unsicher. Er wusste nie genau, wie er mit Kindern umgehen sollte. Alles, was er wusste, war, dass eine solche Kindheit wie hier in der Mühle absolut traumhaft sein musste. Den Fluss buchstäblich vor der Haustür, die Natur rundherum, und wenn es stimmte, was der Mann behauptet hatte, durften die Jungs sogar mit Äxten hacken. Die Jungen kamen heran, ihre Gummistiefel verursachten dabei schmatzende Geräusche im Uferschlamm. »Sagt mal, habt ihr schon mal Holz gehackt?«, fragte Heiko. Der ältere der beiden, ein blonder, ernst dreinblickender Junge in Cordhosen und Streifenpulli, nickte. »Klar. Das kann ich voll gut. Das macht voll Spaß.« »Und macht ihr das oft?«, wollte Lisa wissen und ging in die Knie, um auf Augenhöhe mit dem Kind zu sein. »Manchmal.« »Und hilft dein Bruder da auch?«, forschte Lisa weiter. Nun antwortete der Kleine. »Klar. Ich hacke gern.« »Habt ihr denn da keine Angst?«, machte Lisa weiter. »Wieso Angst?«, fragte der Zehnjährige. »Na, weil das ja schon ein bisschen gefährlich ist.« »Wieso? Wir haben keine Angst. Wir sind doch Männer.« Heiko unterdrückte ein Grinsen. »Geht wieder spielen, Jungs, ja?«, meinte er, und die Kinder drehten sich um und stapften wieder zum Fluss. »Es war Ihre Axt, mit der Ihr Vater zerhackt wurde.« Lisa sah Viola forschend ins Gesicht. Doch sie sah nur Gleichgültigkeit, die vielleicht gespielt war, vielleicht echt. »Ich habe euch schon gesagt, dass ich nicht besonders traurig bin, dass mein Vater tot ist«, meinte Viola steif. »Sie verstehen uns nicht. Die Frage muss vielmehr lauten, ob Sie uns vielleicht etwas zu sagen haben. Ein Geständnis. Ob Sie ihn vielleicht umgebracht haben. Sie, oder Ihr Lebensgefährte.« Kai Schumann sog scharf die Luft ein. »Ich? Wieso ich?« »Auf der Axt ist auch DNA, die nicht zur Familie gehört«, betonte Lisa. »Ich bestreite ja auch gar nicht, dass wir die Axt angefasst haben, alle miteinander. Jeder von uns hackt mal kurz ein paar Scheite klein. Aber das bedeutet noch lange nicht, dass wir den Alten auf dem Gewissen haben.« »Die Axt ist vor vier Wochen verschwunden«, erklärte Viola erneut. »Sie war plötzlich weg.« Kai zuckte die Achseln, und Heiko tastete nach seiner Pistole. Es war eine reflexhafte Bewegung, aber wer konnte schon wissen, wozu Leute, die sich derart in die Enge getrieben sahen, fähig waren. Kai Schumann hatte die Bewegung offenbar bemerkt und erbleichte. »Die Axt kann jeder genommen haben«, versuchte er. Heiko schnaubte. »Klar. Der Mörder kommt hier runtergefahren, zur Blaumühle, und klaut aus eurem Hackblock die Axt, um dann damit ihren Vater zu zerhacken. In Rüddern.« Er zeigte auf Viola. »Da müsst ihr doch selber lachen.« Kai Schumann hob endlich die Hände. »Okay, okay. Dann muss es wohl sein.« Viola sah ihren Lebensgefährten fragend an und schüttelte den Kopf, immer wieder. »Was muss sein, Kai? Was?« Kai trat zu Viola und küsste sie auf die Stirn, umarmte sie und streichelte ihr übers Haar. Flüsterte ihr etwas zu. Heikos Hand wanderte wieder in Richtung Waffenhalfter. »Ich war's«, gab Kai Schumann zu. »Ich hab den Alten umgebracht.« Nun rann Viola Klingler eine einzelne Träne über die Wange, erst eine, dann mehrere, ein ganzer Sturzbach. »Das hast du nicht«, wisperte sie, während ihre beiden Kinder zu ihr gelaufen kamen und sie irritiert anblickten. »Mama, warum weinst du denn?«, fragte der Jüngere von beiden. Viola verzog ihr Gesicht zu einem Lächeln, das sie wirklich große Mühe kostete, und streichelte dem Kind übers Haar. »Nichts, mein Kleiner. Es ist nichts. Ich hab mir nur wehgetan.« Der Kleine schien damit zufrieden zu sein, aber der Größere von beiden verzog ungläubig das Gesicht, widmete sich aber gleich wieder seinem Staudamm. Offenbar wusste er nicht wirklich, wie die Situation einzuordnen war. »Ich werde jetzt mit euch kommen, und ich leiste keinen Widerstand«, meinte nun der Mörder weiter und nickte Heiko zu, der immer noch seine Waffe betastete. »Ist recht, Herr Schumann«, meinte Heiko, ließ seine Hand aber, wo sie war. Das Paar verabschiedete sich noch kurz,

Kai raunte Viola zu, ob sie klarkäme, mit all dem hier, und Viola nickte tränenüberströmt. Sie musste ja klarkommen, es half alles nichts. »Rufen Sie Ihre Mutter an«, riet Lisa der Frau. »Oder Christian.« Viola sandte der Kommissarin einen hasserfüllten Blick aus den katzengrünen Augen. Und sie blieb stumm. Im Hintergrund klaubte der Graureiher einen zappelnden, silberglänzenden Fisch aus dem Wasser, streckte den Hals durch und verschluckte ihn im Ganzen. Lisa senkte den Blick, und Heiko nahm den Mann am Arm und forderte einen Streifenwagen an, der auch nach längerem Warten den Weg in die Blaumühle gefunden hatte und der Kai Schumann aufs Revier zur Vernehmung brachte.

Auf dem Revier legte Kai Schumann ein umfangreiches Geständnis ab. Ja, er habe seinen Schwiegervater in einer Urlaubswoche ausspioniert, um seine Gewohnheiten kennenzulernen und herauszufinden, wo der beste Ort für den Mord sei. Es habe sich herausgestellt, dass das Opfer jeden Montag-, Dienstag,- und Donnerstagabend im Vereinsheim des MECC in Rüddern verbringt. Er habe dann den Raum ausgekundschaftet, das Loch entdeckt, an jenem Donnerstagabend die Trafos manipuliert und sich dann im hinteren Raum versteckt. Ja, er habe abgewartet, bis der Alte einen Stromschlag gekriegt habe. Anschließend habe er ihn ins Loch gezerrt, das er zuvor mit Mülltüten ausgelegt habe. Dann habe er ihn zerhackt, mit der Axt, die Leichenteile in den Mülltüten verstaut und sie dann im Loch möglichst weit nach hinten geschoben. Sein Motiv sei Hass gewesen, er habe den Alten noch nie leiden können, und es sei gut, dass er tot sei. Das genügte Lisa und Heiko, und sie konnten den Fall endlich abschließen.

Auch an diesem Abend waren sie wieder mit Uwe, Eva und Johnny verabredet. Sita stieg bellend an Eva hoch, wurde aber von Heiko sofort ins Ohr gezwickt. »Ach, lass ihn doch, das ist doch so ein Süßer«, zwitscherte Eva, und Heiko, Johnny und Uwe wechselten vielsagende Blicke. Weiber. Garfield hatte sich, wie immer, wenn Eindringlinge kamen, ins Schlafzimmer verzogen. Und Alfred stieg interessiert an seinem Käfiginneren hoch. Er wurde als nächstes von Eva getätschelt und genoss die Streicheleinheiten. Auch Johnny fand den Hasen süß.

Wenige Minuten später zogen die fünf ihre Jacken und Mäntel wieder an. »Und jetzt geht's zum Tanz in den Mai auf dem Land«, meinte Eva. »Wie aufregend!« »Nicht ganz«, berichtigte Uwe. »Wie, da wird nicht getanzt?« Heiko schüttelte den Kopf. Das wäre ja noch schöner. Womöglich noch Salsa. Die Aktion von gestern reichte ja wohl wieder für die nächsten zehn Jahre. Heiko schüttelte sich innerlich. Salsa. Sowas tanzte kein Hohenloher freiwillig, außer vielleicht Uwe. Und der tat es ja auch nicht aus einem inneren Bedürfnis heraus, sich mit der südamerikanischen Musik und der Kultur zu befassen, sondern einfach, um Weiber kennenzulernen. Als Hohenloher hatte man den Discofox zu beherrschen, zumindest den Grundschritt und eine Drehung, um damit notfalls im Apfelbaum oder in späteren Jahren in Neustädtlein in der Tanzmetropole der Angebeteten etwas näherzukommen. Da Heiko ja aber schon liiert war, musste er auch nicht mehr tanzen. Heiko leinte Sita an, die freudig erregt bellte und sich über den abendlichen Spaziergang freute. Wenig später liefen die fünf die Straße entlang und folgten dem Gängele zwischen Wiesbergstraße und Ernst-Waldmann-Straße, das nur etwa einen Meter breit und von hohen Hecken gesäumt war.

»Also, das ist ein ganz entzückendes kleines Dorf, wo ihr da wohnt«, lobte Eva.

»Ja, ne?«, meinte Lisa, in den nordrhein-westfälischen Slang verfallend.

Evas Blick fiel auf eine Gruppe Kinder, die schwer bepackt mit Tüten und Rucksäcken an ihnen vorüberzogen.

»Machen die ne Wanderung?«, mutmaßte sie.

»Nein. Die machen Maistreiche«, erklärte Heiko.

»Maistreiche? Was ist das denn?«

»Die Mainacht ist ja die Walpurgisnacht, in der die Hexen unterwegs sind«, erklärte Lisa. »Also passieren da Dinge, die nicht ganz geheuer sind. Beispielsweise fehlt am nächsten Morgen dein Gartentürchen, oder dein Auto ist mit Klopapier umwickelt, oder dein Wäscheständer steht im Nachbarsgarten.«

»Ach, echt?«, fragte Eva und blickte fragend Uwe an.

Der bestätigte nickend. »Echt.«

»Seit Neuestem haben die Kinder die Mainacht sogar als Einnahmequelle entdeckt«, erzählte Heiko.

»Wieso Einnahmequelle?«, wunderte sich Eva.

»Da wird über die Straße eine Schnur gespannt, und als Auto musst du dann anhalten. Und wehe, du gibst denen dann ihren Euro nicht.«

»Soso.«

»Bei uns in Franken gibt's das auch«, kommentierte Johnny.

»Aber in Bayern wird der Baum am 1. Mai aufgestellt, oder?«, fragte Heiko.

»In Bayern schon. In Franken nicht. Wir stellen ihn auch am 30. April auf, wie sich das gehört«, erklärte Johnny.

Sie waren inzwischen am Seeweg angekommen und entdeckten einige Kinder, die soeben fröhlich kichernd von einem teilweise mit Klopapier umwickelten Auto wegrannten.

»Das macht sicher Spaß«, vermutete Eva.

»Ja, es war ein bisschen schade, als wir so mit sechzehn allmählich zu alt für so was waren«, erzählte Heiko nicht ohne Wehmut.

Nun war es nicht mehr weit bis zum Dorfplatz. Die Luft war lau, der Abend senkte sich auf die Szenerie herab. Wegen der Zeitumstellung war es nun abends wieder länger hell, Vögel zwitscherten in der Abendluft. Blütenblätter, die sich ab und zu von den Obstbäumen in den Vorgärten lösten, flogen wie Tausende kleiner Federn durch die Luft und landeten letztlich als frühlingshaftes Konfetti auf der Straße. Sie ließen die Felder, wo einige Dorfbewohner auch kleine Äcker zur Selbstversorgung betrieben, links liegen, und betraten schließlich den improvisierten Dorfplatz gegenüber der Alten Schule. Was natürlich sofort ins Auge stach, war der riesenhafte Bulldog, auf dessen Anhänger sich der Maibaum befand, den Heiko und die Jungs aus dem Dorf einige Nachmittage vorher aus dem Wald geholt hatten. Die Landfrauen hatten lange, bunte Kreppbänder vorbereitet, die gerade mit Draht in der ja noch erreichbaren Baumkrone befestigt wurden.

»Ein Maibaum muss eine Birke sein«, erklärte Heiko.

»Bei uns ist das immer ein Nadelbaum«, hielt Johnny dagegen.

»Ja. Die Franken halt. Aber Nadelbäume passen zu Weihnachten. Laubbäume passen in den Frühling. Oder?«, meinte Uwe.

»Du siehst, das ist Glaubensfrage«, meinte Lisa und zwinkerte Eva zu. Es war doch egal, was für ein Baum der Maibaum war. War doch alles schön.

»Dürfen wir da helfen?«, fragte Eva.

»Klar«, meinte Lisa, nahm ihre Freundin bei der Hand und zog sie zur Baumkrone, um gemeinsam mit ihr einige Bänder zu befestigen.

»Was hat das eigentlich für eine Bedeutung?«, wollte Eva wissen.

»Mr begrüßt da Frühling«, informierte eine Frau, die neben ihr stand.

»Ach so, ja, das ist logisch, ne«, fand Eva.

»Naja, und eigentlich ist das Ganze ein heidnischer Fruchtbarkeitsritus, der sich bis in die Neuzeit gehalten hat. Im Mittelalter muss es da ziemlich rundgegangen sein«, erzählte Lisa.

»So«, machte Eva. »Na, da bin ich ja mal gespannt.«

Die Frau, die Eva soeben die Erklärung geliefert hatte, lachte auf. »Do braucha S sich ko Sorcha macha. Mir sin alle ouschdändich.«

Eva nickte und lächelte, hatte aber kaum was verstanden. »Was sind die?«, wisperte sie ihrer Freundin unauffällig zu.

Lisa grinste. »Anständig. Alle Hohenloher sind hochanständig.«

»Ach so. Und wie hat die das jetzt gesagt?«

Lisa räusperte sich und probierte: »Auschtändich. Oder so ähnlich.«

Eva schüttelte den Kopf.

»Schau mal, wie süß«, meinte Lisa und wies auf Heiko, Uwe und Johnny, die anerkennend den riesigen Bulldog musterten. Sita hatte sich ehrfürchtig im Schatten der Maschine niedergelassen, und Heiko tätschelte soeben eines der mannshohen Räder. Johnny strich bewundernd und liebevoll über das leuchtend grün lackierte Metall und Uwe klopfte prüfend gegen den Radkasten.

»Das ist ein Fendt«, erklärte Lisa.

»Was?«

»Ein Fendt. Der beste Trecker der Welt. Sozusagen der Porsche unter den Treckern.«

»Niedlich«, fand Eva, »irgendwie werden sie doch nie groß.«

»Jetzt wird es gleich richtig feierlich, pass nur auf«, flüsterte Lisa.

Die Frauen traten vom Wagen zurück, und es rückte ein weiterer Bulldog an, der vorne eine riesige Gabel montiert hatte. Schlagartig standen alle Männer parat und betrachteten mit fachmännischen Mienen den Maibaum, den Bulldog und die Gabel. »Do muss mr von vorra noulanga«, hörte Lisa, auch »Bass uff, uff derra Seit is er aweng schäps.« Voller Ehrfurcht beobachteten die Dorfbewohner, wie der Maibaum abgeladen, dann sein Stamm zum dafür vorgesehenen Loch gebracht und der Baum langsam aufgerichtet wurde. Und tatsächlich, auch Eva wurde von einer gewissen Feierlichkeit erfasst, als der Baum immer gerader in den Abendhimmel aufragte, immer höher. Schließlich, als er fast im Loch versenkt war, sprangen mehrere Männer aus dem Dorf bei, unter anderem auch Heiko, und steckten einzelne Holzscheite zur Stabilisierung in das Loch, die anschließend mit den Rückseiten von Äxten festgeklopft wurden. »Und was passiert jetzt?«, fragte Eva. »Schau. Jetzt tritt der Posaunenchor auf.« Lisa zeigte ihrer Freundin die sich bereits formierende Musikkapelle, die mobile Notenständer vor sich stehen hatte. Die beiden Westfälinnen begaben sich zurück zu ihren Männern und lauschten gemeinsam den Klängen des Posaunenchores Tiefenbach, der als erstes »Der Mai ist gekommen« spielte. »Ist das schön«, fand Eva und lehnte sich an Uwe, der zwar nichts sagte, aber das augenscheinlich auch fand. Weitere Klänge erfüllten die Luft, insgesamt drei weitere Lieder wurden vorgetragen. Eva blickte empört drein angesichts des aufkommenden Gemurmels während des Vortrags.

»Können die nicht mal leise sein?«, maulte sie flüsternd.

Lisa lachte und winkte ab. »Das ist normal. Die meinen das nicht bös.«

Eva schüttelte missbilligend den Kopf. Der letzte Ton verklang, und nun wurde doch begeistert Applaus gespendet.

»Und was machen wir jetzt?«, wollte Eva wissen.

»Nix«, meinte Uwe.

»Wie, nix?«

»Ha, Hocketse halt«, korrigierte Heiko.

»Hocke... was?«

»Hocketse. Man sitzt da und unterhält sich«, erklärte Lisa.

»Und isst und trinkt«, ergänzte Heiko.

»Ja. Essen und Trinken sind sehr wichtig in Hohenlohe. Ein großes Thema.«

»Ach, und was gibt es dann? Ich hab grad ja meine vegetarische Phase«, erinnerte Eva.

Uwe und Heiko wechselten einen Blick und verdrehten unmerklich die Augen.

»Heute wird deine vegetarische Phase pausieren müssen«, meinte Lisa. »Es gibt Steak und Wurst.«

»Keinen Salat?«

»Nein, keinen Salat.«

»Du kannst ja ein trockenes Weckle essen«, foppte Uwe.

»Ein was?«

»Ein Brötchen ohne was.«

»Es gibt das beste Steak der Welt«, informierte Heiko. »Wenn du das einmal probiert hast, wirst du es verstehen.«

»Aha«, machte Eva, »na dann.«

Eine halbe Stunde später saßen alle an einem Tisch und ließen sich ein Steak schmecken und tranken ein kühles Bier. Für Sita hatte Heiko eine Rote Wurst erstanden, die der Hund nahezu in einem Stück und beinah ohne zu kauen geräuschvoll verschlungen hatte. Eva hatte sich unter Protesten letztendlich doch zu einem Steak durchgerungen, auf dem sie nun herumkaute, und nickte anerkennend.

»Das ist ja wirklich richtig lecker«, fand sie. »Wie machen die das?«

Heiko zuckte die Achseln. »Das weiß niemand. Es ist eine geheime Marinade.«

»So eine Art Heiliger Gral?«, witzelte Eva.

»Der Vergleich passt eigentlich ganz gut. Ein hohenlohischer Heiliger Gral«, lachte Heiko.

»Und heute Abend wird wirklich gar nicht getanzt?«, versicherte sich Eva nochmal, und es klang sehr bedauernd. »Wäre doch schön, das könnte man einführen, nicht, Lisa?«

Lisa nickte begeistert. »Also ich wäre da gleich dabei.«

»Nix«, bestimmte Heiko.

Die Mädels seufzten.

»Und jetzt sitzt man hier«, stellte Eva fest. »Und dann?«

»Wir bewachen den Maibaum.«

»Wie, bewachen, damit er nicht umfällt, oder was?«, fragte Eva zurück.

»So ähnlich. Der Maibaum ist nämlich in Gefahr. Die Guerilla-Truppe vom Nachbardorf könnte unterwegs sein, um ihn abzusägen. Und dann wäre die Ehre des Dorfes perdu.«

»Im Ernst?«, vergewisserte sich Eva.

»Im Ernst«, bestätigte Lisa.

»Und ist das schon mal passiert?«

»In Tiefenbach noch nie«, erklärte Heiko, nicht ohne Stolz, obwohl er noch gar nicht lange in Tiefenbach wohnte.

»Aber in Crailsheim einmal.«

»Tatsächlich.«

»Ja. Und das war eine ziemliche Schande für die Stadt. Mal ganz abgesehen davon, dass es ganz schön gefährlich war. Der Baum wäre nämlich um ein Haar aufs Rathaus gefallen.«

»Ach!«

»Ja.«

»Und wie lange bewacht man dann den Baum?«

»Die ganze Nacht. Zumindest manche. Und dann gibt es ja noch die kleinen Maibäume«, erzählte Uwe. »Wenn man Glück hat, kriegt man als junges Mädchen einen Maibaum ans Haus«, erklärte Lisa ihrer Freundin.

»Ahja?«

»Ja. Damit alle sehen können, dass man einen Verehrer hat. Darauf kann man ziemlich stolz sein.«

»Ach was.«

»Und wenn man bös ist, kriegt man einen Doorabusch«, fügte Heiko hinzu.

»Einen Dornenstrauch«, übersetzte Uwe und puffte seine Eva in die Seite. »Wenn man ein zänkisches Weib ist.«

»Ach, und ich bin ein zänkisches Weib oder was?«

»Natürlich nicht.« Uwe grinste.

»Ahja. Habt ihr noch mehr so irre Bräuche?«

»Kalkspura«, meinte Johnny.

»Kalk was?«

»Kalkspuren«, informierte Heiko. »Wenn zwei heimlich verliebt sind, machen die Bekannten eine Kalkspur zwischen ihren Häusern, mit einem Auto und einer Gießkanne mit Kalkwasser.«

»Im Ernst?«

»Ja. Damit alle von der heimlichen Liebschaft erfahren.«

»Soso. Und jetzt sitzen wir hier also die ganze Nacht?«, vergewisserte sich Eva.

Heiko lachte. »Wer weiß.«

Die ganze Nacht saßen die fünf zwar nicht um den Maibaum, aber immerhin bis um eins. Später begaben sie sich noch in den hinteren, abgeteilten Bereich des Zeltes, der eine improvisierte Bar war, und tranken selbstgebrannten Obstler. Gegen zwei fielen Lisa und Heiko erschöpft, aber glücklich in ihr Bett.

Um vier Uhr erwachte Lisa aus einem unruhigen Schlaf. Sie hatte irgendetwas geträumt, etwas Ungutes, von einer dunklen Mühle, in der viele Äxte lagen. Sie setzte sich auf und blinzelte in die Dunkelheit. Unwillkürlich tastete ihre Hand nach rechts, um die von Heiko zu fassen. Aber sie griff ins Leere. Heiko war nicht da. Irritiert knipste sie die Nachttischlampe an und sah auf den Wecker. Es war halb fünf. Durchs Schlafzimmerfenster kroch eine erste Ahnung von Dämmerung herein. »Heiko?«, rief Lisa. Sie schlüpfte in ihren seidenen Morgenmantel und die Hausschuhe, die vor dem Bett immer parat standen, und stand leise auf. Beinah wäre sie über Garfield gestolpert, der irritiert den Kopf hob, kurz den Schwanz missbilligend pendeln ließ und sich dann sofort wieder hinlegte. »Heiko?«, rief Lisa, noch einmal. So langsam bekam sie es mit der Angst zu tun. Wo war Heiko? So etwas machte er normalerweise nie, sie konnte sich immer sicher sein, dass er die ganze Nacht neben ihr lag. War womöglich etwas passiert, und er hatte sie nicht wecken wollen? Soeben war sie auf dem Rückweg zum Bett, um ihr Handy vom Nachttisch zu holen, als sie auf der Terrasse ein Geräusch hörte, und dann ging die Tür auf. Mit klopfendem Herzen stieg Lisa aus den Hausschuhen und ging barfuß und völlig geräuschlos den Flur entlang. Im Wohnzimmer trank Alfred aus seiner Wasserflasche, was das charakteristische Klappern verursachte. Lisa linste um die Ecke und entdeckte zu ihrer großen Erleichterung Heiko, der soeben die Tür nach draußen zumachte. »Wo warst du denn?«, fragte sie, entgeistert und gleichzeitig erleichtert. Heiko fuhr herum. »Draußen. Eine rauchen.« »So. Komm wieder ins Bett, ja? Ich hab schlecht geträumt, und du warst nicht da.« Es dauerte eine halbe Stunde, bis Lisa sich so weit beruhigt hatte, dass sie wieder einschlief.

Zur gleichen Zeit war jemand in Roßfeld unterwegs, und zwar jemand, der da nicht hingehörte und dessen Herz raste. Lange hatte Friedhelm Hanselmann überlegt, ob er es heute tun sollte, denn es sprach einiges gegen diese Nacht. Die Polizei war viel präsenter als sonst, es war viel mehr los. Andererseits würde ein einzelner Mann frühmorgens auf der Straße auch kaum auffallen. Er schob die Hände etwas tiefer in die Hosentaschen, zog die Baseballkappe tiefer ins Gesicht, senkte den Blick. Es musste schlendernd aussehen, falls ihn jemand sähe, denn es gab so Irre, die sich wegen der Maistreiche nachts auf die Lauer legten und ihr Grundstück beobachteten. Die Kühle der Nacht kroch in seine Klamotten, aber das war ihm nur recht, die Kälte machte ihn wach und aufmerksam. Noch wenige Meter, dann stand er vor Klinglers Haus. Es lag da wie ein bedrohlicher, abweisender, schlafender Riese. Noch einmal zweifelte Hanselmann, dann aber fasste er sich ein Herz. Es musste sein. Er betrat das Grundstück nicht durch das Gartentürchen, das womöglich quietschen würde, sondern kletterte behäbig über den Gartenzaun. Er hielt sich rechts am Haus, das Haus links von Klinglers war nicht weit weg, seine Fenster groß. Adrenalin flutete seinen Körper, er lauschte in die Nacht, aber außer dem fernen Raunen des immer noch laufenden Maibaumfests war es still. Friedhelm Hanselmann huschte um das Haus herum, er wusste, dass es hinten einen Kellereingang gab, er war schon einmal hier gewesen, als Fritz ihn einmal eingeladen hatte, um ihm die Lok zu zeigen, seine Lok, quasi aus Nettigkeit. Seine Schritte tapsten schwer auf den Betonstufen, die zur braungestrichenen, hölzernen Kellertür hinabführten. Die Türe hatte ein größeres Glasfenster. Mit fahrigen Fingern nestelte Hanselmann den Glasschneider aus seiner Tasche, keine leichte Aufgabe, da er ja Handschuhe trug. Er setzte ihn an und ritzte ein kreisrundes Loch hinein, drehte den Schneider mehrere Runden, hoffte, dass niemand das ungewöhnliche Kratzen in der Stille der Nacht bemerken würde, und dann, dann löste sich das Glasstück, brach mit leisem Knirschen heraus, blieb am Saugnapf hängen, hinterließ ein Loch, und Hanselmann konnte hindurchfassen und den Schlüssel, den Klingler immer gewissenhaft betätigt hatte, wegen der Einbrecher, umdrehen. Mit unvermeidlichem Knarren schwang die Kellertür auf, aber das war Hanselmann jetzt egal. Er schritt die Kellertreppe hinauf. Für einen Sekundenbruchteil fragte er sich, was er tun würde, wenn sein Vereinskamerad die

Tür in den Keller ebenfalls verschlossen hätte. Aber er hatte Glück. Sie schwang auf, als er die metallene Klinke drückte, und zwar geräuschlos. Es war unwirklich, wie die Wohnung ruhig im Halbdunkel der anbrechenden Dämmerung vor ihm lag. Hanselmann orientierte sich kurz, richtig, das Schlafzimmer befand sich dort drüben. Er lief durch die Wohnung und war froh, dass er nicht an Gespenster glaubte. Nicht, dass der Fritz plötzlich vor ihm stünde, etwa um Rache zu nehmen. Ungewohnt flink schlüpfte Hanselmann durch die halb angelehnte Schlafzimmertür und stand schließlich direkt vor Klinglers Modellkommode. Er zog den Umschlag heraus, denn es musste seine Richtigkeit haben, er war ja kein gemeiner Dieb. Aber es war nur recht. Und es war fair. Der Umschlag enthielt genau 1379,81 Euro. Er war unbeschriftet und Hanselmann hatte ihn nur mit Handschuhen angefasst. Zur Sicherheit. Er öffnete die Kommode und fand sehr schnell, was er suchte. Die Lok lag unter ein paar anderen. Hanselmann schnaubte. Klingler hatte sich überhaupt nicht für sie interessiert. Er hatte sie nur haben wollen, weil er, sein Vereinskamerad, sie wollte. Mit zitternden Fingern zog Hanselmann den Karton heraus, um ihn kaum anzusehen und sofort in seinem mitgebrachten Baumwollbeutel, den er in die Tasche des Kapuzenpullovers geknüllt hatte, zu bergen. Er legte den Umschlag an die Stelle, wo vorher die Lok gelegen war, und trat unverzüglich den Heimweg an.

SONNTAG, 1. MAI

Am nächsten Morgen schliefen sie erst einmal aus. Immerhin war Feiertag, sie hatten ihren Mörder gefasst und sich einen Tag Auszeit redlich verdient. Sie hatten gestern in Neidenfels im Mühlenhäuschen noch schnell ein selbstgebackenes Brot gekauft, und so konnten sie den Tag schließlich gegen zehn mit einem Xälzbrot und frisch gebrühtem Kaffee beginnen. Heiko hatte die Zeitung vom Vortag reingeholt, nun kam er endlich einmal zur Lektüre. Lisa biss soeben in ihr Xälzbrot und kaute genüsslich, als sie etwas irritierte. »Schau mal. Ich glaube, auf unserer Terrasse hat einer einen Maistreich gemacht«, meinte sie, als sie dort etwas Buntes entdeckte, das sich aber ihrem Blickfeld fast ganz entzog. Heiko runzelte die Stirn. »Echt? Ha, schau halt mal nach.« Lisa stand auf und öffnete die Terrassentür, um hinaus in die kühle, aber sonnenbeschienene Morgenluft zu treten. Sie fixierte das Bunte, das sie von drinnen gesehen hatte, und stellte ungläubig fest, dass es sich um einen kleinen, etwa zwei Meter hohen Maibaum handelte. Sie hob die Hand und berührte eines der bunten Krepppapierbänder, die sie von drinnen gesehen hatte. »Was ist das denn?«, meinte sie erfreut. Heiko stand umständlich auf und trat neben sie. »Och, das? Scheint ein Maibaum zu sein. Womöglich von einem Verehrer.« »Vielleicht von Alfred?«, vermutete Lisa. Heiko schaute so enttäuscht drein, dass Lisa ihn sofort knuddelte und ihm einen Kuss auf die Lippen drückte. »Danke, mein Bärchen, das ist sehr süß von dir.« Und Heiko brummte tatsächlich wie ein Bär. Sie gingen wieder hinein und tranken ihren Kaffee fertig.

Später fuhren sie auf den Spargelhof nach Rüddern, aufs Spargelfest. Die Hermanns veranstalteten jedes Jahr zur Spargelernte ein großes Fest, wo es absolut leckeres Essen und eine schöne Hocketse gab. Auch der MEC leistete jedes Jahr seinen Beitrag zum Fest. Inzwischen war der Tatort wieder freigegeben worden und der Verein konnte seine Anlage der Öffentlichkeit vorstellen. Heiko hatte mit dem Auto fahren wollen, aber Lisa hatte ihn mit einem »Also, so faul ist man aber nicht!« gezwungen, Fahrrad zu fahren. Jetzt radelten die beiden durch Tiefenbach, in Lisas vorderem Fahrradkörbchen saß Sita und hechelte begeistert. Und selbst Heiko, der absoluter Fahrradmuffel war, musste zugeben, dass heute ein wunderschöner Tag zum Radeln war. Soeben passierten sie eine Gruppe junger Männer, die mit einem »Laaderwächele«, einem Leiterwagen vollbepackt mit Bier, den Ersten Mai feierten. Sie bogen in der Nähe des ehemaligen Dorfladens, den es zum großen Bedauern aller leider nicht mehr gab, links ab und folgten der Landstraße nach Rüddern. Die Stille war umwerfend, obwohl es eigentlich keine Stille im eigentlichen Sinne war, sondern vielmehr eine ländliche Stille. Vögel zwitscherten in den Obstbäumen, ein leise säuselnder Wind wehte Blütenblätter über die Straße, einzelne Grillen, die das Wetter wohl schon für Sommerwetter hielten, zirpten hoffnungsvoll. Über allem das leise Schnurren der Fahrräder, Sitas Gehechel und strahlender Sonnenschein, der die Haut streichelte und der letztendlich dazu führte, dass Lisa auch noch ihr dünnes Jeansjäcken auszog und im grellgrünen T-Shirt weiterfuhr. Obwohl sich Heiko normalerweise keine Gedanken über Frisuren bei Frauen machte, fand er Lisas Pferdeschwanz immer äußerst sexy. Wenn Lisa diese Frisur trug, so fühlte er sich in die neunziger Jahre zurückversetzt, in seine Jugend. Die Neunziger. Gott, sie beide gingen schon auf die Vierzig zu. Naja. Eigentlich war das ja egal, Hauptsache, sie hatten sich. Sie passierten das Wäldchen, wo vor ein paar Tagen die Axt gefunden worden war. »Gut, dass der Fall aufgeklärt ist«, rief Heiko durch den Fahrtwind nach hinten. »Dann kann man endlich wieder was anderes denken.« »Ja«, schrie Lisa zurück. »Endlich!« Sie sahen die zahllosen Autos schon von Weitem. Inzwischen hatte sich herumgesprochen, dass das Spargelfest absolut lohnend war. Die beiden passierten die vielen Autos mit den Fahrrädern, und schließlich ketteten die beiden ihre Räder an einer Straßenlaterne fest. Sita wurde aus dem Körbchen gehievt und schnüffelte sofort aufgeregt auf dem Boden herum. Heiko und Lisa kannten den Hof ja schon und betraten zielstrebig den großen Innenhof, vorbei an einem großen Stand mit Bauernhofeis und einem großen beigefarbenen Hund mit braunen Flecken, der mitten auf dem Hof in der Sonne döste und sich zu Sitas Leidwesen gar nicht für sie interessierte. »Was essen wir?«, fragte Heiko. »Jetzt sei doch nicht so verfressen«, tadelte Lisa. »Wir sind grade erst gekommen.« »Das Essen kriegst du eh erst in einer halben Stunde«, erklärte Heiko und wies auf die etwa dreißig Meter lange Schlange, die sich vor der Essensausgabe gebildet hatte. »Oh«, machte Lisa überrascht. »In einer Viertelstunde ist die Schlange doppelt so lang«, prophezeite Heiko und zog Lisa zur Bonkasse, die von den beiden jüngeren Kindern der Hermanns, einem dunkelhaarigen, schlanken Jungen namens Tim und einem blonden Mädchen namens Jule verwaltet wurde. »Helft ihr da mit«, lobte Heiko. Tim nickte. »Ja, und die Lea macht den Getränkestand.« Nach kurzem Studium der Speisekarte entschieden sich das hohenlohisch-westfälische Ermittlerpaar für »Spargelvariationen vom Grünen und Weißen Spargel« und einen »Salat mit Spargelspitzen.« Für Sita kauften sie einen Steak-Bon, der Hund sollte auch ein bisschen feiern dürfen. Und es dauerte tatsächlich eine gute Dreiviertelstunde, bis sie schließlich vor der Essensausgabe standen. »Matthias, die Kartoffeln«, rief Mareike Hermann soeben mit gestresstem Unterton, grüßte Heiko fahrig und fasste nach den Bons. Der Angesprochene, ein großer Mann mit grauem, leicht lockigem Haar, Schnurrbart und buschigen Augenbrauen, kippte soeben eine Ladung frischer Salzkartoffeln in die Essensschütte. »Bidde, Chefin«, murmelte er grinsend, und Heiko nahm einen hessischen Einschlag in seiner Intonation wahr. Heiko sah voller Vorfreude zu, wie Mareike anschließend mit Speck umwickelten grünen Spargel, einige weiße Stangen und ordentlich Eebira auf dem Teller drapierte. Dazu kam noch etwas Sauce Hollandaise – ein Gedicht! Selbst der Spargelsalat, den Lisa bekam, sah gut aus, obwohl es nur Salat war, was Heiko ja grundsätzlich nicht gutheißen konnte. Für

Sita nahmen sie ein durchwachsenes Steak im Weckle mit. Sie setzten sich in den ehemaligen mit Biergarnituren ausgestatteten Schweinestall, da draußen aufgrund des guten Wetters und weil sie auch ein bisschen spät dran gewesen waren schon alles belegt war. Sita ließ sich unter dem Biertisch nieder, und sobald Heiko das Steakweckle im fordernd geöffneten Hundemaul platziert hatte, war von unten ein zufriedenes Schmatzen zu vernehmen. Dann widmeten sich die beiden Kommissare den leckeren Spargelgerichten. »Die waren sicher gestern noch in der Erde«, mutmaßte Heiko, schnitt eine grüne, mit Speck umwickelte Portion ab und schob sie sich in den Mund. Es schmeckte hervorragend – der fein-nussige Geschmack des Spargels harmonierte ganz wunderbar mit dem kräftig-rauchigen des Specks. Sogar die Kartoffeln waren perfekt, wie Heiko Sekunden später feststellte, butterweich und aromatisch. »Lecker«, urteilte er mit vollem Mund, was ihm einen tadelnden Blick von Lisa eintrug, die ihm da allerdings inhaltlich voll zustimmte. »Mein Salat auch.« Ein älteres Ehepaar setzte sich neben sie, grüßend nickend. Die beiden Alten aßen schweigend, aber begeistert. »Gut, gell?«, meinte Heiko endlich, weil sie gar so schweigsam waren. »Mr kou nix soocha, ja«, lobte der Mann, höchstes Lob also, denn wenn man sich nicht beschweren konnte, dann war ja auch alles in Ordnung.

Eine halbe Stunde später saßen Lisa und Heiko draußen, Lisa hatte sich bei der zweiten Hermannstochter, einer blonden, bebrillten jungen Frau, ein Johannisbeerschorle gekauft, Heiko am Kaffeetisch im alten Stall einen Kaffee. Außerdem hatte Heiko noch ein Rosenküchle erstanden, ein überaus selten zu bekommendes traditionelles Gebäck aus Brandteig, das in einer speziellen Form in siedendem Fett ausgebacken wurde und aus knusprigen »Röschen« bestand.

»Das könnte ich jetzt nicht essen, ich bin pappsatt«, bekannte Lisa mit Blick auf das fettige Schmalzgebäck.

»Von deinem Salat?«, zweifelte Heiko.

Sita, die sich zu ihren Füßen niedergelassen hatte, nahm den Geruch wahr und blickte Heiko mit treuen Hundeaugen mitleidsheischend an. Schließlich brach er ein Stück ab und warf es ins Hundemaul, das begeistert klappte.

»Heute ist es so schön«, meinte Lisa und schloss genießerisch die Augen, um noch besser wahrzunehmen, wie die Sonnenstrahlen ihre Haut berührten. »Schön, dass es wieder Frühling ist.«

»Und gut, dass wir unseren Mörder haben«, ergänzte Heiko, und wie auf Kommando stand plötzlich Sven Schirrlein vor ihnen, Baumeisters Rechtsanwalt und Heikos ehemaliger Schulkamerad. An seiner Seite befand sich eine überaus schlanke und perfekt gerichtete junge Dame, die sie eher nachlässig grüßte und überhaupt so wirkte, als müsste sie andauernd darauf bedacht sein, nicht mit ihren High-Heels in einem Misthaufen steckenzubleiben.

»Auch da«, meinte Sven, und es klang überrascht.

»Na, das Spargelessen darf man sich nicht entgehen lassen«, stellte Heiko fest.

»Stimmt«, meinte Sven. »Und, wie läuft euer Fall?«, fragte er im Plauderton weiter.

»Ist aufgeklärt«, informierte Lisa. »Unser Mörder hat gestanden.«

»Ach, echt!«, meinte Sven. »Dass es das noch gibt.«

»Jaja«, meinte Heiko und schob sich ein Stück Rosenküchlein in den Mund.

»Was mir hinterher noch eingefallen ist, war diese Viola nicht ein paar Klassen unter uns, damals auf dem ASG?«

Heiko nickte. »Ja, aber irgendwie war die dann plötzlich verschwunden. Oder?«

»Ja, und zufällig weiß ich auch die Story. Die war nämlich schwanger, vom Kai.«

»Ach!«, entfuhr es Heiko. »Aber die hat doch das Abitur.«

»Ja, die ist ja dann auch zurückgekommen, später. Aber davor – das war eine echte Tragödie. Ich war damals mit ihrer besten Freundin zusammen und hab alles mitbekommen. Der Alte, also euer Mordopfer, hat sie zur Abtreibung gezwungen, stellt euch vor.«

»So«, meinte Lisa, und ihre Gedanken rasten. »Das war sicherlich sehr schlimm für sie.«

»Wie man's nimmt«, relativierte Sven. »Der Arzt hat, wie man sich erzählt, nur einen Fötus erwischt.«

»Wie, nur einen?«

»Sie war mit Zwillingen schwanger, damals«, erzählte Sven. »Wusstest du das nicht? Sie hat den anderen zur Welt gebracht, ich glaube, er heißt Robin.«

»Und demnach müsste der Robin jetzt …«

»… so um die 20 sein«, erklärte Sven. »Circa. Ist ein netter Junge. Er hat Elektriker gelernt, schafft beim Hubert.«

»Ach!«

»Ja. Die haben damals alle so getan, als sei der Robin ihr Bruder.«

Lisa und Heiko saßen eine Weile schweigend nebeneinander in der Sonne, dann meinte Lisa: »Komisch.«

»Was ist komisch?«

»Dass der Junge Elektriker gelernt hat. Und dass wir noch nie was von ihm gehört haben.«

»Wieso ist das komisch? Der Kai hat gestanden, er war's.«

Lisa überlegte noch kurz und nickte dann. »Wahrscheinlich hast du recht.«

Als Heiko sein Rosenküchle fertig geknuspert und Lisa ihr Johannschorle ausgetrunken hatte, beschlossen die beiden, noch einen Schwenk zum MEC zu machen. Uwe hatte das Gebäude auf Drängen von Jensen rechtzeitig zum Spargelessen wieder freigegeben. Lisa und Heiko legten die paar Meter zwischen Hermannshof und MEC zurück und betraten schließlich den Bau, der heute deutlich fröhlicher und belebter wirkte als beim letzten Mal, als sie sich hier aufgehalten hatten. Jensen war im Gespräch mit einigen anderen älteren Herren, außerdem entdeckten die Kommissare Winfried Baumeister, der Hedwig Klingler am Arm gefasst hatte, und Friedhelm Hanselmann, der heute irgendwie glückselig wirkte. Allgegenwärtig war das hohe Sirren zahlloser Modellbahnen, die nach irgendwelchen geheimen Plänen mal standen, mal weiterfuhren. Links am Eingang war die Jugendabteilung, die sie ja nun auch schon sämtlich kennengelernt hatten, damit beschäftigt, konzentriert auf einen Laptop zu starren, während auf der Platte ihrer Anlage die Züglein abwechselnd standen und fuhren. Kinder rannten begeistert zwischen den Anlagen hin und her, vor allem die »interaktiven« Aufbauten, sprich, das Geisterschloss und die Dinosaurierhöhle, waren stark frequentiert. Die Erwachsenen wurden hingegen eher vom Kuchenbuffet angezogen, das sich im hinteren Teil des Raumes befand und von den Gattinnen der MECler betrieben wurde, die das Treiben ihrer Männer mit nachsichtig-mildem Lächeln beobachteten. Die älteren Herren hingegen, Vereinsmitglieder wie Besucher, standen sämtlich in Grüppchen zusammen und unterhielten sich über die Technik, die schön gestalteten Anlagen und den Modellbau an und für sich. Jensen hatte sie schnell entdeckt und begrüßte sie sogleich wortreich. »Ihr habt den Mörder, wie man hört«, begann er, und Heiko sparte es sich, darüber nachzudenken, woher um alles in der Welt er das wusste. »Glückwunsch. Der Fritz hatte seine Mucken, aber das hat er nicht verdient.« »Für euch ist das Fest ja ein großer Erfolg«, lobte Lisa, elegant das Thema wechselnd. »Haja, man tut, was man kann. Es war jetzt schwierig, alles noch hinzubekommen, wegen der Sperrung.« »Ja, aber das war wirklich nötig, Herr Jensen, da sind wir nicht drumrumgekommen.« »Ist mir klar«, meinte der Vorsitzende und klopfte Heiko versöhnlich auf die Schulter. »Ist jedenfalls echt eine schöne Sache hier«, meinte Lisa und hoffte inständig, dass Heiko nicht auf die Idee käme, dem Modelleisenbahnclub beizutreten. Eine solche Anlage käme dem männlichen Bedürfnis nach Schweigen und Zuschauen zwar entgegen, wäre aber nicht unbedingt unterhaltsam für sie als Frau. Lisa und Heiko spendeten dem MEC zum Abschied einen Zehner, statteten dem improvisierten Flohmärktlein gegenüber noch einen Besuch ab, Heiko aß ein weiteres Rosenküchlein, sie tranken einen weiteren Kaffee und fuhren endlich am Spätnachmittag zurück nach Tiefenbach.

Es war bereits tief in der Nacht, als Lisa hochschreckte, aus wirren Träumen. Etwas hatte sie geweckt, sie war sich nicht sicher, was es war, aber irgendwas. Vielleicht ein Geräusch. Vielleicht Garfield. Nein. Es war ein Gedanke gewesen. Ein einzelner Gedanke. Etwas störte sie. Etwas stimmte nicht. Der Fall. Etwas war heute seltsam gewesen, auf dem Fest. Lisa ordnete ihre Gedanken und knipste die Nachttischlampe an. Sie tastete nach ihrem Smartphone, strich die langen Haare, die ihr ins Gesicht gefallen waren, hinters Ohr und startete den Browser. Zuerst gab sie »Abtreibung« in die Suchmaske ein. Nach kurzem Laden fand sie eine Homepage zum Thema. »Es gibt mehrere Möglichkeiten, einen Fötus abzutreiben, sofern die 12. Schwangerschaftswoche noch nicht überschritten wurde. Bei der Ausschabungsmethode wird der Fötus durch eine Kochsalzeinspritzung ins Herz getötet. Er erleidet einen Herzstillstand. Anschließend wird der Fötus zerstückelt und abgesaugt. Früher war es gang und gäbe, dass die menschlichen Überreste anschließend entsorgt wurden, inzwischen wird den Eltern die Möglichkeit eingeräumt, sie bestatten zu lassen.« Lisa blinzelte und las den Abschnitt mehrere Male. Herzstillstand. Zerstückelt. Weggeworfen. Das konnte doch nicht sein! Das konnte kein Zufall sein! Sie googelte weiter. »Zwilling« und »Abtreibung.« Nach nicht allzu langem Suchen stieß sie auf ein Forum. Die Überschrift des Threads lautete: »Mein Zwilling wurde vor unserer Geburt abgetrieben.« Lisa öffnete den Link und las: »Mein ganzes Leben hatte ich das Gefühl, unvollständig zu sein. Ich litt unter Borderline und Depressionen. Bis mir meine Mutter von meinem abgetriebenen behinderten Bruder erzählt hat und ich die Erklärung gefunden habe. Seid ihr in einer ähnlichen Situation? Wie geht ihr damit um? Bitte helft mir!« Lisa scrollte nach unten und fand zahllose Beiträge. Wie immer gab es einige wohlmeinende Ahnungslose, die scheinbar gute Tipps gaben. Allerdings hatten sich auch mehrere Betroffene zu Wort gemeldet. Einige kamen überhaupt nicht damit klar, litten ebenfalls unter Depressionen, waren gar in Behandlung. Viele hatten eine Therapie hinter sich. Bei manchen wirkte sich diese Erfahrung gar nicht aus, sie gingen gelassen damit um. Wieder andere behaupteten, ihren Zwilling immer bei sich zu tragen, als Kind sogar regelmäßig mit ihm gesprochen zu haben. Eine Gänsehaut breitete sich auf Lisas Körper aus, sie fröstelte und zog die Bettdecke enger um sich. Sie fühlten sich zerrissen, halbiert, teilweise ausgelöscht. Wie furchtbar. Und es war eine Erklärung. Für alles. Für wirklich alles. Sie stupste Heiko an, der unwillig und bärenartig brummte. »Heiko«, wisperte sie, dann lauter: »Heiko!« Heiko brummte noch unwilliger, öffnete aber endlich die Augen, drehte sich um und schaute sie an. »Was ist?«, fragte er, und es klang nicht grade begeistert. Und dann erzählte Lisa Heiko ihre Theorie, und warum sie glaubte, dass Kai Schumann doch nicht der Mörder war.

MONTAG, 2. MAI

Am nächsten Morgen nahmen sich die beiden sofort Kai Schumann vor, der sich inzwischen mit seinem Schicksal absolut arrangiert zu haben schien. Frau Brucker protokollierte das Verhör, die Laptoptasten klackten verhalten. Heiko hatte einen Korb dabei, den er aus der Spurensicherung mitgebracht hatte.

»Herr Schumann,« eröffnete Heiko das Gespräch.

»Ich habe bereits gestanden. Der Fall ist gelöst. Was wollt ihr noch von mir?«, meinte der Mann, und er wirkte nur scheinbar gelassen.

»Es haben sich neue Erkenntnisse ergeben«, erläuterte Lisa. »Zunächst einmal: Wie genau haben Sie denn Ihren Schwiegervater ermordet?«

»Er war nicht mein Schwiegervater«, widersprach Schumann.

»Entschuldigen Sie. Den Vater Ihrer Lebensgefährtin.«

Nun entspannte sich der Mann, er schien die Antwort zu kennen. »Mit einem Stromschlag. Mit zwei Trafos, die ich zusammengeschlossen habe. Dann habe ich mich versteckt und ...«

Heiko hob die Hand, um ihn am Weiterreden zu hindern. »Könnten Sie uns das mal zeigen?«

»Wie, zeigen?«

Heiko stellte den Korb auf den Tisch und förderte die beiden inzwischen wieder zusammengebauten Trafos zutage. »Zeigen. Wie Sie das gemacht haben.«

»Sie zweifeln an meiner Aussage?«, vermutete Schumann.

»Wir möchten es einfach nur mal sehen«, relativierte Lisa.

»Muss ich das?«, meinte Schumann und kuckte zweifelnd. »Dürft ihr das überhaupt, ohne Anwalt?«

»Sie haben doch eh schon gestanden«, hielt Lisa dagegen. »Es geht nur um das Procedere.«

»Ich muss das nicht«, meinte Schumann, schüttelte den Kopf. Mit einer unsicheren Handbewegung schob er die beiden Geräte, die Heiko auf den Tisch gelegt hatte, noch weiter von sich weg.

»Falsch. Sie können das nicht«, vermutete Heiko. »Habe ich recht?«

Nun zog der Mann mit trotziger Gestik wieder die Trafos zu sich her und fummelte an den herausstehenden Drähten herum. Sogar Heikos physikalisches Halbwissen reichte vollkommen aus, um festzustellen, dass das so auf gar keinen Fall funktionieren konnte. »Sie haben keine Ahnung, wie das geht, nicht wahr?«

»Ich hatte das aus dem Internet«, probierte Schumann. »Ich kriege das jetzt so nicht mehr zusammen.«

»Wie viele Kinder haben Sie eigentlich, Herr Schumann?«

»Wieso?«, fragte der Mann zurück.

»Nur so«, versetzte Lisa.

»Zwei. Johann und Leon.«

»Und Robin?«, bohrte Heiko.

Die Lippen des Mannes formten den Namen. Robin. Offenbar wurde ihm gerade bewusst, dass es müßig war, zu leugnen, dass sein Sohn existierte. »Robin. Der ist ja schon lange aus dem Haus.«

»Robin ist Ihr ältester Sohn«, stellte Heiko fest. »Ist er es, den Sie schützen möchten? Hat Robin Fritz Klingler umgebracht?«

Nun schüttelte der Mann den Kopf, immer und immer wieder. »Ich…«, begann er dann und hob die Hände, ließ sie aber letztendlich wieder in den Schoß sinken. Dann endlich fasst er sich und meinte, wieder selbstbewusster: »Ich würde gerne telefonieren.«

Aber Heiko schüttelte den Kopf. »Geht nicht. Verdunkelungsgefahr. Und Sie bleiben auch noch in Gewahrsam. So eine Haftentlassung dauert, wissen Sie. Und noch ist Ihre Unschuld ja nicht bewiesen.«

»Robin Klingler müsste grad in der Firma sein«, meinte Lisa. »Was machen wir jetzt? Es passt alles so gut zusammen.« »Fahren wir doch mal hin. Wir nehmen Handschellen mit, zur Sicherheit.«

Der junge Mann an der Theke der Firma Hubert erklärte allerdings, Herr Klingler habe heute Spätschicht und sei womöglich noch zuhause. Ja, die Adresse könne er ihnen gern geben. Nein, er würde ihn in nächster Zeit nicht telefonisch kontaktieren, obwohl er sich schon ein bisschen darüber wundere, ehrlich gesagt.

Kurze Zeit später war das hohenlohisch-westfälische Ermittlerteam auf dem Weg nach Jagstheim, wo der junge

Mann wohnte. Immerhin ganz in der Nähe der Blaumühle. Heiko und Lisa mussten am Bahnübergang warten, der Regionalexpress aus Stuttgart rauschte soeben durch. Auch danach dauerte es noch eine ganze Weile, bis die Schranke wieder aufging. Endlich hob sich der Balken, und sie passierten den Übergang, schließlich die Jagst und bogen alsbald nach rechts ein, vorbei an mehreren Höfen und einer kleinen Kirche, bis sie schließlich vor einem Wohnhaus zum Stehen kamen. Es war unscheinbar, klein, etwas gedrungen, die Art von Häusern, die in den 50er Jahren auf kleine Grundstücke in der Ortsmitte gequetscht wurden, mit einem kaum nennenswerten Vorgarten. Die Vorhänge waren zugezogen, die ehemals aprikotfarbene Fassade wirkte bröckelig. Insgesamt machte das Haus einen eher abschreckenden Eindruck. Heiko öffnete das niedrige, schmiedeeiserne Gartentürchen, das in den Siebzigern sicher schick gewesen war und das fürchterlich quietschte. Er zückte die Handschellen, während sie auf das Haus zuliefen. Innen bewegte sich nichts, es war absolut ruhig, obwohl es schon deutlich auf die Mittagszeit zuging. Lisa klingelte, und ein altmodisches Schrillen ertönte. Es regte sich nichts, für eine ganze Weile. »Keiner da«, vermutete Heiko, als plötzlich doch von drinnen eine Regung zu bemerken war. Eine Tür wurde geöffnet, und endlich auch die Haustüre. Vor den beiden Ermittlern stand ein junger Mann. Der normal aussah. Mit braunen Haaren und braunen Augen. Viola Klinglers Sohn, den es eigentlich gar nicht geben durfte. »Herr Klingler? Herr Robin Klingler?«, fragte Heiko den Mann, der nur mit Jogginghose und T-Shirt bekleidet war und offenbar bis eben noch geschlafen hatte.

»Ja?«, meinte er, und es klang misstrauisch.

»Sie sind vorläufig festgenommen. Dringender Tatverdacht im Mordfall an Ihrem Großvater.« Heiko hatte noch während des Sprechens den Arm des Mannes gepackt, bereit, ihn auf den Rücken zu verdrehen und den jungen Kerl somit außer Gefecht zu setzen. Robin Klingler war vollkommen perplex, viel zu perplex, um sich zu wehren oder gar an eine Flucht zu denken.

»Er war nicht mein Großvater«, protestierte er lediglich.

»Geben Sie die Tat zu?«, fragte Heiko und fügte hinzu. »Sie müssen sich nicht selbst belasten.«

Robin schwieg tatsächlich, schüttelte nur den Kopf. Die Kommissare verfrachteten den Mann erst einmal ins Wohnzimmer, wo Lisa auch sofort die Orchideen auf der Fensterbank ins Auge stachen. Besonders auffällig war eine grüne Orchidee mit purpurfarbenen Sprenkeln. Von ihr wusste Lisa, dass sie besonders selten war. Es war eine Vanda, eine Grammatophyllum scriptum, um genau zu sein.

»Warum haben Sie die Tat begangen?«, fragte sie den jungen Mann unumwunden und sah ihn direkt an. Erst stierte er finster vor sich hin, die Hände auf dem Rücken gefesselt, wechselte die Position, um sich Erleichterung zu verschaffen.

Dann seufzte er und begann: »Fritz Klingler war ein Schwein. Er hat meinen Bruder getötet. Seinen eigenen Enkel. Nur wegen der Angst vor dem, was die Leute sagen könnten, weil seine Tochter schwanger war, ohne verheiratet zu sein, und noch dazu mit 14.«

»Es ging ihm um Viola«, vermutete Lisa.

Aber der junge Mann schnaubte. »Es ging ihm nie um Viola. Nicht um Viola, nicht um Karolin, nicht um Christian oder meine Oma. Fritz Klingler ging es immer nur um sich selbst. Denn er selbst ist der einzige Mensch, der ihm je etwas bedeutet hat.«

Es lag so viel Bitterkeit in der Stimme des noch allzu jungen Mannes, dass Lisa fröstelte.

»Fritz Klingler war ein Mörder und hat den Tod verdient«, wiederholte Robin.

»Und da haben Sie gedacht, Sie bringen ihn genauso um, wie er Ihren Bruder getötet hat. Stimmt's?«, vermutete Heiko.

Nun lachte Robin unfroh auf. »Ihr seid gar nicht schlecht. Wisst ihr, wie so eine Abtreibung funktioniert? Wie das Baby getötet wird?«

»Heutzutage kann jede Frau selbst entscheiden, ob sie das Kind haben möchte oder nicht«, hielt Lisa dagegen.

Nun schüttelte der junge Mann den Kopf. »Meine Mutter hat aber nicht entschieden, meinen Bruder umzubringen. Sie wurde dazu gezwungen. Von ihm.«

»Sie hätte nein sagen können.«

»Er hätte sie rausgeschmissen«, erklärte Robin, und seine Züge wirkten verzerrt vor Hass. »Rausgeschmissen. Das eigene Kind. Sie war 14. Sie hatte keine Wahl.«

Heiko schluckte. Das war schon schwierig.

»Mit einem Stich ins Herz wurde mein Bruder getötet. Dann wurde er zerstückelt, rausgeholt und weggeworfen. Fritz Klingler ist jetzt das Gleiche passiert, und das ist nur fair.«

Heiko schüttelte den Kopf. »Man hätte das anzeigen können«, meinte er.

Wieder lachte Klingler, unfroh. »Das ist längst verjährt. Und überhaupt, hätte doch keinen interessiert. Ein unehelicher Bastard weniger auf der Welt. Aber mich. Mich hat es interessiert. Ich habe es immer gespürt, immer.« Er schwieg.

Von draußen schwappte eine Ahnung von Blaulicht herein, die Beamten waren mit dem Streifenwagen eingetroffen. Robin Klingler fuhr sich mit der Zunge über die Lippen und meinte dann:

»Wisst ihr, mein Bruder ist gar nicht tot. Nicht richtig, meine ich. Ich trage ihn immer bei mir. Er spricht sogar mit mir, ab und zu. Er war auch dabei, als ich den Alten um die Ecke gebracht habe. Wir haben das gemeinsam getan. Wir machen ganz viel gemeinsam.«

In diesem Moment flutete das Blaulicht intensiver zum Fenster herein und tauchte den Raum in ein unwirkliches Licht. Robin Klingler lachte auf.

»Wisst ihr, es ist okay. Ihr könnt mich einsperren, womöglich verdiene ich es. Aber der Alte hat den Tod verdient, dazu stehe ich, denn er war ein Mörder.«

Lisa ging, um den Kollegen die Tür zu öffnen. Robin wich bis zur Wand zurück, als er die beiden uniformierten Polizisten, die ihre rechten Hände an die Waffenholster gelegt hatten, kommen sah. »Ihr könnt mich einsperren«, wiederholte er. »Aber allein sein werde ich dort nie.«

»Also, der hat schon irgendwie einen Knall«, resümierte Heiko, als sie wieder auf dem Weg zum Revier waren, zusammen mit der Vanda, die Lisa gleich mitgenommen hatte.

Lisa seufzte tief und sagte dann:»Hab ich gestern Nacht in einem Forum gelesen, dass die Leute, die so etwas erlebt haben, als Kinder dann oft mit ihren Geschwistern reden, obwohl die schon längst nicht mehr da sind. Vielleicht hat sich bei Robin eine Schizophrenie daraus entwickelt.«

Heiko dachte nach. Irgendwas Krankhaftes war das auf jeden Fall, was Robin zu dieser Tat getrieben hatte. »Totschlag war das aber nicht«, gab er zu bedenken, »und auch kein Mord im Affekt. Er muss das ewig geplant haben.«

Lisa nickte. »Ja. Das war perfekt geplant, und perfide. Ich denke trotzdem, dass er in der Psychiatrie landen wird.«

»Möglich«, meinte Heiko und beschleunigte den M3 auf der Landstraße in Richtung Crailsheim.

Karolin Klingler schwebte. Sie schwebte, und sie … halt. Sie wusste, dass sie Karolin war. Ihr Name war Karolin, bläulich schimmerte er am Boden ihrer Welt, Karolin, in schnörkeligen Buchstaben. Am Boden, denn die Welt, in der sie schwebte, hatte plötzlich oben und unten, war nicht mehr nur Sphäre, sondern hatte oben und unten, links und rechts, hinten und vorne. Sie hörte die Musik, die sie herabzog, auf den Boden zog, Musik, die sie, Karolin, mochte, den Namen kannte sie nicht. Aber die Musik kam von unten. Sie hob die Arme, denn sie schien nun nicht mehr körperlos, sondern hatte Arme und Beine und einen Rumpf, Füße, auf denen sie stehen konnte, Hände, mit denen sie greifen konnte. Sie betrachtete ihre Fußspitzen, kippte sie nach vorn wie eine Balletttänzerin während des Sprungs vor der Landung, und sie sah zu, wie der Boden näherkam, näher und näher, und dann entdeckte sie das Loch. Es war seltsam, dieses Loch, denn obwohl es doch ein Loch war, war es nicht dunkel, sondern es leuchtete ein helles Licht heraus, das sie anzog, unwiderstehlich. Als ginge von dem Licht eine unsichtbare Schwerkraft aus. Zudem hörte sie eine Stimme, es war die alte, wohlbekannte Stimme, diejenige, die sie liebte. Karolin glitt weiter auf das Loch zu, das Licht blendete sie, sie hob ihre Hand, um ihre Augen zu schützen. Sie wurde schneller, aber sie geriet nicht in Panik, obwohl sie wusste, dass sie dabei war, ihre vertraute Welt zu verlassen, für immer, aber es war okay, sie war sogar glücklich dabei. Die Musik wurde lauter, die Stimme auch, der Sog aus dem Loch, und dann, endlich, endlich glitt sie hindurch.

Nun war es wirklich Frühling, und Heiko und Lisa hatten es endlich geschafft, die Hollywoodschaukel vollends aufzubauen. Sie hatten sie so aufgestellt, dass sie auf die Terrasse blicken konnten, und dass die Schaukel von zwei Rosenbüschen eingerahmt war. Und in dieser Nacht hatte es von Lisa für Heiko eine richtige Überraschung gegeben, anders als beim letzten Mal, eine mit dunkelblauer Spitze. Lisa kuschelte sich an Heiko und beobachtete Sita, die sich soeben glücklich schnaubend im Gras wälzte. Die Schaukel wiegte sich sanft, und irgendwie kamen sie sich vor wie glückliche Kinder. Garfield fläzte auf den heißen Betonfliesen, die ihre Terrasse bedeckten.

»Gut, dass der Fall endlich gelöst ist«, sagte Lisa.

»Ja, endlich.«

»Obwohl die ganze Geschichte schon tragisch ist.«

»Schon.«

Ein bunter Schmetterling flog direkt an ihnen vorbei und ließ sich endlich auf einer Narzisse nieder. Eine Weile schwiegen sie, dann meinte Heiko: »Die Blumen von der Muswiese machen sich gut«, und deutete vage auf die zahllosen Tulpen und Narzissen, die Lisa letztes Jahr auf der Muswiese gekauft und im Oktober gepflanzt hatte.

»Nicht wahr«, stimmte Lisa zu. Sie streichelte Heiko, dessen dunkle Haare sich in der Sonne aufgewärmt hatten. »Aber der Maibaum ist auch schön«, fand sie.

»Hm«, machte Heiko und streichelte seinerseits ihre Schulter. Die Vögel zwitscherten und Heiko sagte: »Weisch, ich hab dich scho lieb«, meinte er dann und drückte Lisa einen Kuss auf den Mund. Lisa löste sich von ihm, lächelte und sagte dann: »Ich dich auch.«

Das Telefon klingelte, und Hedwig Butzer erhob sich umständlich vom Sofa. Sie hatte es sich soeben mit einem Buch bequem gemacht, und wunderte sich, wer um diese Zeit noch störte. Sie nahm das schnurlose Telefon und drückte auf den grünen Hörer. »Butzer!«, meldete sie sich. »Frau Butzer«, meinte die Anruferin. »Hier Lindner aus der Gaildorfer Klinik.« Das Herz der Witwe blieb fast stehen. Wenn jetzt auch noch Karolin gestorben war, dann könnte sie sich gleich erschießen. Sie schluckte und fragte bebend: »Ist etwas mit Karolin?« »Ihre Tochter ist aufgewacht, Frau Butzer«, teilte die

Stimme am anderen Ende der Leitung mit. »Wir erkennen Zeichen von Bewusstsein. Sie kommt zurück.« Tränen kullerten Hedwig Butzer übers Gesicht, Tränen der Erleichterung, des Glücks, und all die Anspannung der letzten zehn Jahre fiel von ihr ab, und sie wusste, jetzt würde alles gut werden.

DANKSAGUNG

Liebe Leserinnen und Leser,

dies ist nun schon der fünfte Fall, den Lisa und Heiko gemeinsam gelöst haben. Auch bei diesem Buch haben mich viele Menschen unterstützt, denen ich auf diesem Wege danken möchte. Zunächst gilt mein Dank Herrn Gerhard Dehnke, dem 1. Vorsitzenden des MEC Crailsheim, der mich in Sachfragen und was das Vereinsleben betrifft umfangreich informiert hat und das Buch auch Probe gelesen hat. Bezüglich der Jugendabteilung waren Hans Untheim und Finn Callieri hilfreiche Ratgeber. Fragen zum Wachkoma habe ich an Simon Haberkorn gestellt und kompetente Antworten erhalten. In Sachen Polizei-Interna durfte ich mich an Herrn Polizeioberrat Thomas Heiner halten. Einen besonderen Dank möchte ich auch wieder meinen Probelesern aussprechen, namentlich Silke Neusser, meiner Mutter Sonja Streng und vor allem Rainer Zörlein, der auch diesem Roman sprachlich und stilistisch den letzten Schliff verpasst hat. Vielen Dank an Claudia Senghaas und ihr versiertes Lektoratsteam, ebenso an den Rest des Gmeiner-Verlags, ihr seid spitze! Wie schon bei den letzten vier Büchern ist das Cover wunderschön geworden, dafür vielen Dank an den Grafiker Lutz Eberle. Danke an alle Hohenloherinnen und Hohenloher dafür, dass ihr so seid, wie ihr seid. Und last but not least muss ich mich wieder bei Heiko bedanken, der mich jeden Tag aufs Neue zu seinem Roman-Pendant inspiriert. Leider raucht er immer noch. Aber sonst ist er »a reechder Kerle«. Auch danke an Sie, die Leserinnen und Leser, dass Sie das Buch gekauft und gelesen haben. Ich hoffe, ich konnte Sie gut unterhalten. Sollten Sie sowieso in Hohenlohe wohnen, so gratuliere ich Ihnen zu diesem Glück. Alle, die woanders wohnen, können die FRH – die Freie Republik Hohenlohe – ja einmal besuchen. Hm.

Ihre Wildis Streng.

Das Neueste aus der Gmeiner-Bibliothek

Unser Lesermagazin

Bestellen Sie das kostenlose Krimi-Journal in Ihrer Buchhandlung oder unter www.gmeiner-verlag.de

Informieren Sie sich …

www … auf unserer Homepage:
www.gmeiner-verlag.de

@ … über unseren Newsletter:
Melden Sie sich für unseren Newsletter an unter www.gmeiner-verlag.de/newsletter

f … werden Sie Fan auf Facebook:
www.facebook.com/gmeiner.verlag

Mitmachen und gewinnen!

Schicken Sie uns Ihre Meinung zu unseren Büchern per Mail an gewinnspiel@gmeiner-verlag.de und nehmen Sie automatisch an unserem Jahresgewinnspiel mit »mörderisch guten« Preisen teil!